刘心武说·寻美感悟

刘心武 著

大家文库
中国青年出版社

刘心武说寻美感悟

中国青年出版社

目录

目录

姐弟读书乐

我读初中时，姐姐已经上大学了。我和父母住在北京，姐姐是在哈尔滨上大学，因此，每临近寒暑假，我就盼姐姐回家。

放假了！姐姐回家了！我真是快活得不得了！记得我学会了在墙壁上"贴饼子"，就是两手撑地，把双腿往上甩，牵引身体倒竖，把一双脚落到墙壁上；姐姐刚回家，我就迫不及待地在她眼前"贴饼子"，希望她发出惊叹声；可是姐姐一点也不夸赞我，还批评我用鞋底弄脏了墙；后来，我又学会了完全不用墙壁支撑身体的"竖蜻蜓"（或称"拿大顶"），姐姐一到家，我就得意地倒立着，在她眼前走来走去，姐姐也仅是淡淡地夸我两句，使我很是败兴。

可是，我还是很喜欢姐姐回北京过寒暑假。姐姐除了帮妈妈做些家务事、跟中学老同学聚会，以及用妈妈的一架老式的手摇缝纫机给自己做新衣，就是看小说。我记得，有时候，她甚至除了吃饭、睡觉，几乎一直斜躺在床上，倚着被褥枕头看小说，可以说，看得昏天黑地！我们的父母，对子女一贯很温情，尤其是对子女看书，只要看的是好书，那么就很纵容，比如说姐姐那么样地一看小说竟看上一整天，爸爸妈妈绝不干涉，更不会催她去做什么家务事。姐姐如此这般地看小说，不跟我玩了，我当然不高兴，有时就跟她捣些乱，比如在她旁边发出怪声呀，假传爸爸妈妈的"圣旨"，让她去做某件事呀，可是大都收效甚微，她依然津津有味地只顾读手中所捧的书，而且，她还会忽然命令我，让我给她送杯茶，或让我把她的梳子找出来递给她，以便梳一梳倚靠中搞乱了的头发，我虽嘴里嘟嘟囔囔，实际行动上，却很乐于为她服务。

姐姐读小说的嗜好，很快地，传染给了我。记得有一天。姐姐的中学同学约她出去玩，我便到她床上枕边，翻看她读的那些书，结果，好像是一本《简·爱》，意外地吸引了我，我竟趴在她的床边，一页页地读了下去，直到她玩完了回来，我还在那里读。

那时，作为一名初中生，我原来读的，大体上是些少儿读物，如美国童话《绿野仙踪》，苏联童话《哈哈镜王国历险记》，意大利童话《洋葱头历险记》……当然更少不了安徒生童话和格林童话；除了童话和民间故事，那时我喜欢读的小说有苏联盖达尔的《铁木儿和他的伙伴》《远方》《蓝杯》《鼓手的命运》，中国古典小说《西游记》，以及那时《少年文艺》杂志上刊登的一些短篇小说。当然，也读过《钢铁是怎样炼成的》《牛虻》等少数成人读物。是姐姐，通过她的假期阅读，把我正式引入了成人读物的天地，记得那时，一般是，她先读，然后我接过去读。所读的，大体上分三类，一类是苏联长篇小说，如《远离莫斯科的地方》《茹尔宾一家》《钢与渣》《青年进卫军》《虹》等等；一类是外国古典名著，如《大卫·柯波菲尔》《巴黎圣母院》《欧也妮·葛朗台》《卡斯特桥市长》《安吉堡的磨工》《贵族之家》《复活》《被侮辱与被损害的》等；一类是中国古今名著，如《红楼梦》《家》《骆驼祥子》《死水微澜》等；那时像《青春之歌》等后来风靡一时的当代长篇小说还没出现，所以我们读当代长篇小说不多。渐渐地，我们姐弟也就读过的小说，很随意地交换些意见，当然，姐姐免不了笑我幼稚，我也免不了跟她抬杠犟嘴，但“开卷有益”，在独自默思与相对笑谈之中，也就体现出来了。

初中生读《红楼梦》《复活》这类的文学作品，是否早了一点？我个人的体验是：只要阅读动机是以渴望了解世界、人生为主，又有年长的人加以指导，初中生读这样的文学名著，并不能算过早。现在的初中生即使在寒暑假，也难得有时间读“闲书”了，我以为这种局面应予改变。现在城里的初中生，绝大多数都是独生子女，但同学之间，其实也还是可以结成我和姐姐那样的“读伴”，在共同吮吸好书精华的活动中，使心灵变得丰富而美好。

有个戴鸭舌帽的人

——读刘湛秋的无题抒情诗

开头,我们仅仅是邻居。严格意义上的邻居。

倘若邻居都能成为我们的朋友,那么,跑到远处去看朋友的事一定会显得很滑稽。

身近不一定心近。人的心灵,即人的精神世界,为什么这般复杂微妙?

湛秋知道我是写小说的,但他并不怎么读我的小说。我知道湛秋是写诗的,但我也并不怎么读他的诗。我们是邻居——同世界上大多数邻居一样,我们客客气气,彬彬有礼,在生活方面互相照应,但我们的感情世界,在相当长一段时间内并无交流。

有时我对他说:“嘿,你看到了吗?我最近新发表了一篇小说。”他照例没看。后来看了,看了也就看了,他无兴致评议,我便也不问。有时他对我说:“有几首诗,新发在刊物上……”那刊物我有,翻开看了,看了也就看了,再见他时想不起这个话题,他便也不问。自自然然地相处,这多么好。

渐渐地,出现了这种情况,他主动议论:你新发表的那篇小说,如何如何。我见了他也忍不住说:看见你新发表的几首诗,如何如何。与其说我们从对方的作品中产生了什么共鸣,不如说我们从对方的作品中发现和明晰了我们之间究竟有哪些不同。

人们仅能以礼相待而不能成为朋友,是否恰恰是因为不能明晰相互究竟有哪些不同。只有清醒地认识到相互的不同,才有可能产生充分的谅解。而充分的谅解应当是沟通人与人心灵的坚实的桥梁。

在这种情况下,我读到刘湛秋发在刊物上的若干无题抒情诗。其中有首说:“谅解无声而温暖/……/互送一个苹果的微笑/初春的黎明/悄悄融化着雪水/……/如果谅解能溶于空气/为我们每个人所呼吸/被谅解是一种幸福/谅解别人也是一种幸福。”我想:这恰恰也是我所想到的。当然,我不是用诗的思维方式来想的。

我谅解。因为我理解了他。他在另一首中说:“也许,一切又都会忘记/花儿开了,还要凋谢/在美丽却又是多事的世界/只祈求相逢多于离别。”为什么那么渴求相逢而害怕离别呢?贾宝玉总怕盛筵有终,而小红却看准了“天下没有不散的筵席”。对聚散的情感与认识,往细微处观察,自古就有多种不同派别。也许我毕竟比湛秋小,生活经历比他单纯,所以我总渴望着有机会去见更为广阔的世面,为此,我觉得离别次数多一点,也无所谓。当然,倘是“生离死别”,我也受不了。

不完全追求共鸣,而把别人的作品当做一个对比物,来衡量自己的情感和认识,引起思索,这是我阅读文学作品时所追求的一种乐趣。湛秋的另一首无题抒情诗写道:“你从远方归来/踏着栀子花的清香/汲水的辘轳更光滑了/没衰老的还是那一轮月亮……往事如细冷的雨滴/落叶悄悄地把你张望。”倘若我从远方回到故乡,触动我的细节,牵动我的感情思缕,难道也会是这样的吗?但湛秋在诗的结尾处说:“在这偏僻寂静的山沟,为什么会听到潮水的轰响/于是你又匆匆离开/去追逐那大海的波浪。”这倒可以肯定,我会这样的。我就这样读湛秋的诗。他希望我这样来读吗?他自己在一则短文中说:诗,“它是真诚情绪的勃发,是热点或冰点的十种升华和凝固”。“这种勃发的情绪,也不仅表现于外在的喜怒哀乐!也凝固于内在的深沉的思索,这种思索也是催开诗的花朵的力量。其实,思索本身也是情绪的特有的波动啊!”那么说,他一定赞成别人用思索的态度读思索的诗。

湛秋又在另一首无题抒情诗中勾勒了一个可爱的小姑娘的形象:“她挎着一筐蓝色的小花/从一片没有砍伐的森林/淋着叶子筛落的阳光雨/踏着绿云般的青苔/笑声,像可爱的山雀……她是从不疲倦的风/眸子像永远燃烧的星云/心中怀着爱,也怀着痛苦”。她是谁?无疑的,她象征着一种值得追随的东西。湛秋在结尾时宣布:“不管在记忆里/是金黄的果实还是衰败的落叶/有个戴鸭舌帽的人/会和她一起深情走去/不怕做出任何的牺牲。”我自认识湛秋起，就总见他戴着一顶鸭舌帽，所以这诗的最后一节，我认定是湛秋的自况——不管他承认，还是不承认。读了这个戴鸭舌帽的邻居的若干诗，有想说的话，现在便把它说了。算什么呢？吹捧吗？批评吗？什么也算不上吧？

我们能够不仅仅是邻居，也是朋友吗？我说的是严格意义上的朋友。

我爱吃苦瓜

满屋阳光，时针指着十一点。朦胧听见电话铃响，妻子又一次停下手中的家务活儿去接听。照例是这样的问答："您是哪里？""……""您下午再来电话吧。对不起了！"我在被窝中翻过身，继续我的浅睡眠。睡眠质量不高，标志是我虽睡在那里，甚至家里人听见我在打鼾，可是他们的大多数声响，我都还能听见。醒来以后，我会问："刚才谁把东西掉地下了？"儿子为此嘲笑过我："我看你应该到克格勃去混事由——对了，克格勃衰落了，你应该去摩萨德——比你写小说强多了！"当然我也有睡得较深的时候，标志是有梦，并且醒来后还记得。有人说做梦的觉不是好觉，我个人的感受恰恰相反。从梦中惊醒，撷拾残留在脑海中的碎片，是我起床后的一大乐趣。我以为应当从梦境里学习写作技巧，它该省略时一定省略。比如背景，往往十分地"大写意"，点到为止；该琐碎时则不厌其烦，或推成"特写"，或反复"叠现"；至于"蒙太奇"的剪辑，其诡谲灵动令人叫绝，那是张艺谋和陈凯歌都无法望其项背的；尤其可贵的是，它绝不"主题先行"，百无禁忌，"有话则长，无话则短"，往往是在最精彩、最动情、最惊险，特别是最恐怖的节骨眼上戛然而止，令人惊醒后回味无穷。可惜的是，当我在非梦状态下写作时，虽努力想达到"如梦如痴"的境界，却往往因为意识不"潜"而浮动到理性层面上了吧，竟失却了天马行空般酣畅淋漓的抒发态势。

中午我起床了，这时我会亲自接电话。那边或许是个不甚相熟的编辑，极客气地说："您正准备休息吧，真对不起……"如果是下午两三点钟，则往往更要连连道歉："打搅您午休了吧……"我一边说："没有没有，不要紧不要紧……"心中一边暗笑，我刚刷完牙、吃完"早点"，精神正旺，此时何言"休息”！有时则是朋友或熟人来电话，除了通话的主题，对方往往顺便劝我把“阴阳颠倒”的生活习惯改正过来，口吻极为友好，令我感动，但我却顽固不化。也曾跟他们举例，比如毛泽东就是昼眠夜作，但后来发现这样举例只能让人觉得我这人狂妄已极，其实我只不过是仅仅想用以说明，有这样“生物钟”的人，无论伟大还是渺小，都可能活到八十多岁——何况我又从不抽烟。

下午的时光多用来翻报纸杂志和读书，有时听音乐或下楼散步、购物。近年来尽量减少在家里会客的安排，有编辑来电话约稿，我总希望能在电话里就把事情“搞掂”。有的编辑对此很满意，因为这也节约了他或她的时间，有的似乎不大乐意，甚至生出误会。他们认为在家里接待一下才能体现出一个作家的谦虚热情，我可以理解这种心情。对因为对方欲来，而我以“电话里或信件里说清楚了就不一定再耽搁双方时间精力了”加以婉拒，生出不快的各方人士，我在这里诚恳致歉。但我家有些特殊情况，如家人身体不好，希望能安静休养等等，也盼获得一份理解。

我家重视晚餐，大半是照顾我的“生物钟”，因为这等于是我“承上启下”的“工作午餐”，十分重要。晚餐时一家人团坐，打破“吃饭时说话对健康不利”的戒律，有说有笑，既补充物质营养，也尽享亲情之乐。

晚上看不看电视？除非事先知道有个什么节目，觉得要看，一般不拿着遥控器“煲电视粥”。当然也有偶尔随意“乱看”的时候，结果会有意外收获，比如我就差不多看全了一部叫《大秦腔》的电视连续剧。此剧似乎与所有奖项都无缘，也不见热闹的评论，我却觉得挺不错，似乎比许多被传媒炒得热火朝天的剧目都更有味道。演那个“男一号”的演员我记住了他的名字，叫储智博，我以为形象、气质、演技都不错，但似乎没能因此剧红起来，也不知是否有另外的导演看中他，请他再演个什么。我曾写过一篇《“读青”与“观冷”》，“读青”指读比我年轻，特别是隔代，又特别是尚不知名或尚不甚被称道的作家的作品，觉得往往能给我以特殊的冲击或教益。比如我就曾在书店立读过王小波的《黄金时代》，感觉极好。那时王小波还未引起轰动，甚至继续发表作品还有些个困难。我想方设法与他取得联系，约他来我家，他后来果然来了，我带他到楼下一家饭馆，两个人占用了一个包间，把酒闲话。当我们离去时，外面大堂的桌子已拼合成了跑堂们的床铺，一看墙上挂钟，快十一点了！后来我们又在那饭馆聚了一次，我又另约了几个年轻人，大家聊得很过瘾。可惜当我再次要约小波来聊时，突然传来他猝逝在寓所的消息！至今他的音容笑貌在我心中宛然不灭。我很感激他给予我的许多启发，如我为什么建立不起宗教信仰？他帮我找出了几条关键的原因。“观冷”就是观赏一些相对来说不那么热闹的节目。

等家人陆续安睡了，约晚上十点半左右，我坐到电脑前，开始写作，往往一直写到凌晨三点半。我大约每天凌晨四点开始上床睡觉。

每天打夜工，过“夜猫子”生活，苦不苦？这是我常遇到的问题。也不能说不苦，但我嗜好这一份万籁俱寂中的苦涩。我在饮食上，酸甜苦辣各味中，偏爱清香的苦味，尤爱吃苦瓜。每逢苦瓜上市，我家餐桌上总少不了一盘清炒苦瓜，而且基本上是由我“包圆儿”。其余像青菜头、芥菜、蒿子杆、木耳菜、生菜、茴香、苋菜等或带苦涩味或味较“怪”者，都是我百啖不厌的。俗话说：“嚼得菜根，百事可成。”于我而言，是“吃得苦瓜，百文可成”。人生中，我也算酸甜苦辣乃至其余百味皆尝过了：得过奖，出过风头，停过职，下过台，挨过批，受过嘘，卷入过纠纷，陷入过困境，当然也上过镜，受到过欢迎……人生百味中，我最喜欢的，到头来也还是创作新作品过程中的那一份艰辛苦涩。比如我去年完成了一部非虚构长篇小说《树与林同在》，为写它我和其中的主人公不知深谈了多少次，又到处寻访相关的人物，考察故事环境……后来又熬了不知多少个夜，真可谓自找苦吃。现在此作的纯文字部分已在《中国作家》1999年第一期发出，由一百七十四幅照片、图画构成特殊文本的单行本也很快会被山东画报出版社推出。再回味那份创作中的苦涩，也就化苦为甜了。今年年初又一鼓作气，写成了继《秦可卿之死》、《贾元春之死》之后的第三篇“红楼梦探佚小说”《妙玉之死》，将在山东《时代文学》杂志1999年第二期推出。写这些“学术小说”，每一细节皆需有根有据，时时要翻查核对资料，那过程更是“苦不堪言”。但一旦工程告竣，也真是自得其乐，惬意非常！

好了。天快亮了，我该睡觉去了。希望能有摇曳多姿、匪夷所思的白日梦！

听沃尔科特受奖演说

瑞典斯德哥尔摩的古城岛不仅是王宫所在地，也是瑞典文学院的坐落处。1992年冬我应该学院邀请到北欧瑞典、丹麦、挪威三国进行文学访问，时逢1992年诺贝尔文学奖得主德里克·沃尔科特于12月7日在瑞典文学院发表受奖演说，有幸应邀到场聆听，留下深刻印象。

回国后见某些报纸发表的文章，称诺贝尔文学奖由瑞典皇家科学院评定，非。瑞典皇家科学院只管诺贝尔物理学奖、化学奖的评定，医学和生物学奖则由皇家卡洛琳学院评定。

我在11月甫抵瑞典后，即应邀访问了瑞典文学院，因为该机构每年要在10月8日公布一位(偶尔两位并列)诺贝尔文学奖得主，所以引得世界上不少作家(当然不是全部)心向往之，亦使得全世界文学爱好者(差不多是全部)津津乐道，更有些人为之引颈以盼，神魂颠倒乃至喋喋不休地议论诸如“为什么诺贝尔文学奖不颁给中国作家”一类的问题。

瑞典文学院外观拙朴，初进其门那廊梯也难称堂皇，但一推门进入内室，则双眼顿感爽耀。首先看到的是纵深莫测的大书库，两旁高及穹顶的书架上排满了望之生敬的大开本精装烫金书脊的图书，当然一路走过去细看倒也能看到若干小开本的平装书……听解说方知，该书库实为评定诺贝尔文学奖的重要信息源。为什么诺贝尔文学奖没有颁给中国作家?很可能是许多中国作家虽然写得不错却没有成本的译成西方文字特别是瑞典文和英文的个人专著，或虽有一本两本但难称丰富，或虽翻译稍多却译笔欠佳，或虽有优质译本却没有主动往该处递送……从书库转入文学院秘书办公室，堂皇且富丽，四壁不仅有鎏金浮雕装饰，悬有大幅油画，还有若干大理石雕出的胸像，都是本世纪以来担任过文学院院长且兼任过秘书的杰出人物的造像，但经询问颇令我这中国人吃惊，偌大的瑞典文学院，平日每天到院履职的仅两个半人，一位便是统揽一切的秘书，一位则是在图书馆已见过的管理员，另一位会计只半日来此工作，另半日则在另外机构任职，当然也许尚有勤杂工一二人，否则厅堂过道楼梯洗手间何以那般洁净？懵懵懂懂中，我觉得我们中国一个县级的文联机关总也得十来个人的规模倒属正常，他们这在全世界声誉大得不得了的瑞典文学院编制竟如此“不健全”，殊难理解。

也没人给我细解释为何瑞典文学院无办公厅人事司保卫处，便把我引入了会议厅，这便是文学院院士们讨论评诺贝尔文学奖颁给谁的场所，现文学院院士共十八位，系终生制，有三位因年老体衰已几年不参加一切活动，故现操诺贝尔文学奖评定权的实为十五位，其中仅一位马悦然院士通中文（不是一般的通而是精通），但其余十四位能否认出中国“福”字，都还是一个问题，他们只能通过阅读瑞典文或英文法文德文的译本来了解中国当代作家的创作；或许有人问，那他们为什么不读比如说某中国作家的作品译本？这就需要懂得，评定诺贝尔文学奖的第一环节是得有人推荐，只有下列几种人有资格推荐诺贝尔文学奖的候选人：一，历届诺贝尔文学奖得主，比如1992年获奖的沃尔科特，就得力于1987年得主布罗斯基的推荐，而布罗斯基则得力于1980年得主米诺什推荐；二，各国科学院的院士或相当于院士资格的人；三，各国高等学府中的语言和文学的正教授；四，各国作家协会的主席和副主席（理事和会员则没有资格）；推荐都需提出正式的推荐书并附原作或译本，由个人签署，不接受团体的推荐，推荐书需在每年的3月31日午夜前送达瑞典文学院，逾时则算作下一年度的推荐。全世界所推荐的作家至少有百十来个，最多时达一百五十多个，名单保密，然后便由十五位院士在轮值的主席主持下定期召开讨论会，最频繁时可达一周一次，依次递减候选名单，到夏日休假期间，所剩已无多，这时各院士方细读那无多的作品，入秋后再讨论，一般候选人已减至5人，到10月初则无记名投票，以票多者为当年诺贝尔奖得主（据说几无以全票通过者），于10月8日通过新闻媒介向全世界公布。为何中国作家总不能得？尤其是为何某某某大陆中国作家总不能得？那原因很可能是舆论虽炒得厉害，但却并无人认真从事有效的推荐，或虽有推荐但不够得当不够有力，或早在入夏前即已在讨论中被淘汰，或在最后无记名投票中不能获多数选票。连瑞典一般民众也早有“诺贝尔文学奖的评定总操纵在一帮老家伙手中”的訾议，所以近来文学院增选院士时(必得死掉一位方能补一位)，一位不到四十岁的女诗人终于入选，她这位“新鲜血液”的输入对中国作家获奖有无裨益，则难预料。

在式样古雅的院士会议长桌前端，会议主席座处前，有一醒目的木槌，大约在每年的无记名投票计数终了时，随着主席挥动那木槌的一声闷响，则引得全世界各处文坛沸沸扬扬议论纷纷的诺贝尔文学奖得主的名字，便被呼叫了出来。1993年的轮值主席便是马悦然院士，彼时他会呼出一个中国人的名字吗？

瑞典文学最重要的场所当然还得是二楼的那个大会议厅，从穹顶上吊下一连数盏缀满水晶饰件的大灯，各具三层，每一层都环簇着烛形灯泡，沃尔科特演讲那天大放光明，把彩绘的穹窿和古希腊风格的壁柱映照得金碧辉煌，那天与会的文化界、新闻界人士以及其他方面的社会名流个个衣着是男的庄重女的华贵。不过比起三天后在斯德哥尔摩音乐厅、国王王后亲临的五奖并颁仪式和该晚在市政厅中的盛大宴会，与会者的衣着却仍应以“随便”二字形容，因为在那后面的两个场合男士一律要穿正宗燕尾服执装银白色领结，女士则一律要穿古典式长裙，丝毫不得走样；毕竟文学界本身具有浪漫气息，所以那天沃尔科特演讲时，也只穿一套绝不华贵而只觉雅洁的西服，扎一条深色的斜纹领带。

沃氏演讲前，我已在入口处自取了一份英文的演讲稿(另有瑞典文的)，见演讲的题目，大意为《安德列斯:关于史诗记忆的碎说》。沃氏长相奇特，从背后看，骨架与欧美白人无异，从正面看，肤色微黑而眉骨突出，鼻子大而扁，具有加勒比海安德列斯群岛上土著的特征，从演讲的姿态、风度与音韵上，则又令你深感他是一位浸泡在西方主流文化中的精英，他用英语演讲不仅流利自如，与使用自民族语言无异，且英语讲稿文笔优美，具有诗的意蕴与韵律，据马悦然院士告诉我，现今英语文学文笔一流中的首席，当推沃氏。沃氏生长于各类文化汇聚的加勒比群岛，自己身上又流动着多种族的血液，故而他在受奖演说中主要阐释他那不求纯美但求弥合的美学信念，他说，一只完整无缺的花瓶纵使再美，也缺乏足够的魅力，但倘若将若干从历史的掩埋中挖掘的花瓶碎片加以细心的拼合，则那弥合的花瓶便具有欣赏不尽的艺术魅力，他又说一尊精心雕制的塑像固然美，但清晨凝聚于那雕像额上的清醇的露珠，当更具摇人心旌的瑰彩……我想他是力主将各民族的艺术血液，亲合为一种独具生命力的光焰，以穿越爱情交织的历史，达于一种人类的至善至美的境界。沃氏虽以顶尖水平的英文写诗，但其诗作如具史诗规模的《奥梅罗斯》，却都取材于生养自己的加勒比海群岛上延续至今的独具古风的生活，他在演讲开篇即讲到他已成为美国哈佛大学的教授后回到安德列斯岛上观看土著民连续九天举行传统仪式的场景，他说他原以为那是一种表演，但后来发现参与者的身心均处于一种竹箭飞梭般的自然状态，那仪式背景，便由许多射手不断以弓射出以优美弧线飞梭的竹箭构成，他说他悟到那便是他的先人和今日同胞的一种自在的生存方式，而绝非表演和挽悼……沃氏的演讲历时约七十分钟，即使是最具英语听力的听众，散席后也说虽犹如聆听美曲，但回家后必得细读讲稿，方能消化其所阐释的美学追求。我趁座席靠前之便，一散会便迎到沃氏面前，请他在我领取的讲稿上签名，并作简单的交谈，他说很高兴有中国作家在现场听他演讲，并说他读过中国的古诗，也认识一两位中国当代的诗人。

沃氏在演讲中说，一个游客不必言爱，因为爱意味着停留，而旅游的乐趣全在流动之中；当我又漫步在古城的圣诞市场中时，我感觉这北欧的童话般生活场景确实令我欣喜却还不足以令我留恋；但我又想到沃氏在演讲中说，建立在快乐之上的文化毕竟是肤浅的，没有悲伤也没有光环，但那单纯的生活的宽广性在于耐心，不是总在问生活错在哪儿；诗应是世界的早晨，历史只是一个被遗忘的失眠之夜，诗的命运是爱这个现时世界，不必顾及历史的存在……想到这儿我忽然有一种莫可名状的惆怅，在北欧早降的夜幕下，在烛光灯影中，我朝将古城和闹市区连接在一起的长桥上走去，踽踽独行中，我觉得那桥很长很长，走到桥当中，我更觉得桥两头都离我很远……“人在桥上”，是那天听沃尔科特受奖演说的主要感受。

我所喜欢的和不喜欢的

——我与古典文学

我不想正襟危坐地写一篇《我与中国古典文学》。我想坦白我在这个领域里的好恶。也许这可以帮助批评家和读者更理解我的创作。

最近我写了两篇评论文章。一篇是评论电影导演黄建中的新片《良家妇女》，题目作《碧海青天夜夜心》，一篇是评论前辈冯亦代的散文集《龙套集》，题目作《池塘生春草》，选用这样的诗句作文章题目，实在是因为我对这两部作品的感受，自然而然地与记忆中枢中的这两个诗句碰撞在了一起。

这就说明，古典诗歌对我的影响，是潜移默化的。

我曾经在一个笔记本上，译过数十首《国风》，那些被圣贤指认为有着微言大义的爱情诗，对我来说并不存在着少男少女热恋以外的情愫，比如"青青子衿，悠悠我心"这一首，我便毫不犹豫地翻译为：

你为什么还不来？
我的心，我的心，
我的心里只有你，
只有你那着青衣的身影，
就算我不能去找你，
可你为什么就不通个音信？
那时候，我大概17岁。

《诗经》读过，《楚辞》啃过，乐府诗诵过，最后自然主要滞在唐诗和宋词上。早就听说领袖喜欢"三李"，也随着一种无形的潮流把三李的诗找来读了，李白自然是好的，李商隐的《无题》诗令我心醉，但李贺能让我喜欢的不多，他的想象力自然是丰富的，但我不乐于接受艰涩的东西，比如《杨生青花紫石砚歌》，后来被采入中学语文课本，我当中学教师时，费了老大劲，也还是没能让所有同学弄懂“傭刓抢水含满唇，暗洒苌弘冷血痕”的意思，就算终于弄明白了，也搞得意趣全无，所以，我还是喜欢平实、流畅、豁朗的风格。比如白居易的《村居苦寒》，在写过“回观村闾间，十室八九贫。北风利如剑，布絮不蔽身……”之后，他能有这样的自省：“顾我当此日，草堂深掩门。褐裘覆絁被，坐卧有余温。幸免饥冻苦，又无垅亩勤。念彼深可愧，自问是何人？”我以为这便是人道主义精神，是深可感佩的，也是我应当勉力汲取的。

宋词在精神内涵上对我没有太多的启示，但经常诵读的效应，是使我对中国文字的节奏感和遣词布句的奥秘有所领悟。

“文革”中我手边只剩下3册印造得很粗糙的《韦苏州集》，我把它们压在枕头底下，夜深人静，一灯如拳，我便偷偷地取出来，随便翻翻，于是那些表现空灵和静穆的诗句，在那样一种特定的形势下，竟仿佛一汪甘泉，深深地抚慰着我那颗被煎熬得焦蔽的心：

今朝郡斋冷，忽念山中客。
涧底束荆薪，归来煮白石。
欲持一瓢酒，远慰风雨夕。
落叶满空山，何处寻行迹？

现在时过境迁，再读这样的诗，感受又不一样了，但韦苏州却几乎成了我最熟悉也最喜爱的古代诗人。

据说一般人读中国古典长篇小说，总不免是先醉心于《水浒》，再热衷于《三国演义》，最后才是《红楼梦》。“少读《水浒》”尤其被认为是规律性现象。我少时也翻过《水浒》，但不知怎么搞的，感受似乎与同辈少年不同。我忍受不了卖人肉包子的行为，即使是英雄豪杰所为；李逵劫法场时，挥舞板斧一路砍下去，不仅砍了坏蛋，更砍了许多仅仅是看热闹或偶然路过的人，这类场面也刺痛着我的良知。还有若干让我不舒服的地方。冷静下来，我觉得一百单八位好汉中，唯有浪子燕青完全符合我的内心趋向。这种对《水浒》的态度大概是令许多人惊诧的吧！《三国演义》我不能耐心地一行行看下去，常常要把许多枯燥的段落跳过去，专拣那些有兴味的地方看。而《红楼梦》，是我所钟爱的。早在家长仍宣布那是我的禁书的时候，我便偷读了它。后来我不知又读了多少遍。常常不是逐回地读，而是翻到某一回，便读某一回。小红这个人物给我留下了很深刻的印象，可惜的是曹雪芹未及塑造完这个人物，而高鹗的续书简直把这个人物写丢了，"天下没有不散的筵席" 这个话作者不让林黛玉说，不让晴雯说，不让平儿说，不让其他任何人说，而偏让小红来说，我以为绝非涉笔成趣。唯有小红看透了人情世态，她不随那一窝蜂似的少女们去追逐或幻想贾宝玉的爱情，而实事求是地衡量客观环境所能给予自己的幸福的最大限度，然后，她既不是一味地"春困发幽情"，也不是徒然地"俏语谑娇音"，而是精心地设计，果敢地行动，稳扎稳打地迎向自己的目标。就前八十回的描写，小红所追求的贾芸也并不是那么不值得追求。高鹗后来把贾芸写得那么不堪，我想断非曹雪芹原意。另外，对《红楼梦》中的赵姨娘这个人物，我的感受也许更与众不同。我不知道作者为什么写其他人物时都能够平心静气地采取"性格二重组合"(借用刘再复语)的方式，比如写作恶多端的凤姐，写淫荡无度的贾珍和贾赦，写荒唐霸道的薛蟠，都不仅"笔下留情"，而且细致地刻画出他们多方面的而且往往是矛盾的、又交融又拒斥的性格特征，如凤姐的机智爽朗、妩媚妖娆，贾珍的真情实意和贾赦的怨而不怒，薛蟠的天真憨厚、孝母怜妹，等等，但作者写到赵姨娘和贾环这一对母子时，下笔便不那么冷静蕴藉了，尤其对赵姨娘，简直是只写她的一面，让读者见而生厌，所以后来的评注者如"护花主人"之类，都用"蛇蝎"一类词语来给赵姨娘定性。但我通读《红楼梦》后，却不知怎么搞的，竟对赵姨娘生出了许多的同情。请设身处地为她想想，倘若说连晴雯，连司棋，以及那十二官们，生活中都毕竟有着乐趣，那么，对比一下吧，赵姨娘的生活状况，不是连她们都不如吗？她那些在作者笔下被描绘得十分可恶可厌的行为，难道不是一种对现实的反抗，和一种郁愤的发泄么？她实在是极其不幸的。曹雪芹对她的同情和谅解何以几达于零，这真是一个谜。

去年我完成了一个长篇小说《钟鼓楼》，采取一种很特别的攒花式的结构方式，小说里出现了几十个人物，却没有主要人物，这惹得一位外国汉学家问我："你采取这种写法，是不是受到了《儒林外史》的影响？"我的回答是否定的。《儒林外史》写一组人物，丢弃一组人物，贯串到底的人物不多，而我的《钟鼓楼》，作为众多人物合组成的群像是贯串始终的。我读《儒林外史》时大约才20岁，我不喜欢这部小说，当然那是因为我社会经验太匮乏，对小说所反映的时代和社会也缺乏足够的了解，后来我没有再重读过这部作品。

中国古典文学这个范畴是极其宽泛的。诸子百家的著作，《史记》、《汉书》、《资治通鉴》……也都是这个范畴之内的东西，究竟从什么时候开始，哲学、政治、经济、科学、技术、历史、地理著作，才跟文学明显地剥离呢？我不知道。反正我读古书有时目的也不甚明确。比如读《洛阳伽蓝记》，我也不知道自己是想了解当时的佛教盛况，还是为了欣赏那生动的文笔；读《西湖游览志》大半只是为了对照我在西湖足迹所至之处，得到一种联想的乐趣；读《虞初新志》纯粹是为了猎奇。

也读过曲。读过传奇。不那么喜欢《牡丹亭》，尽管它的反封建礼教意识达到了一个令人敬佩的高度。《长生殿》竟未能卒读，太冷峭了。最喜欢的是《桃花扇》，读过许多遍。我特别喜爱《桃花扇》中第二十七出《逢舟》，人世沧桑之感，油然逸出，令人无法抑制种种切肤之想。不知为什么后来的昆剧并无这出折子戏的演出？

汗漫地扯了一通，总觉得挂一漏万。比如《聊斋志异》所给予我的滋养，竟险些忘了提及。除了对蒲老先生关于女人小脚的一再赞赏不以为然而外，他的全部爱情故事，都给我一种超俗的美感，而且他把文言文写得那么明白晓畅，读起来简直不觉得是在读文言文，也真够令人惊异的。

近年来，深感处在一个信息大爆炸的时代之中，该吸收的信息实在太多了，因此，中国古典文学作品和外国古典文学作品读得都不多了，主要是读中、外当代的文学作品，但偶尔也还是免不了要从书架上抽出一本《李贺诗集》之类的书来，随便一翻，权作调剂：

幽兰露，如啼眼。无物结同心，烟花不堪剪。草如茵，松如盖，风为裳，水为珮。油壁车，夕相待。冷翠烛，劳光彩。西陵下，风吹雨。

很好嘛！说不尽其中的丰盈意味！这样看起来，前面所说到的对李贺的印象，也终究是一种少年时代的没有水平的印象，看来许多过去读过的古典文学作品：都应在阅世渐多之后，一一重新体味，而许多以前未及读到的古典文学作品，实在应及时补课，只是人寿有限，时间无多，怎么办呢？兹引陶渊明《杂诗》其一最后四句自勉：

盛年不重来，一日难再晨。
及时当勉励，岁月不待人。

秃头天鹅

在巴黎，我和刘再复得到两张芭蕾舞《天鹅湖》的戏票，兴致勃勃地前往塞纳河畔著名的城市剧院观看。再复是个难得到剧场观剧的学究，北京时有《天鹅湖》的演出，他竟从未看过，当然，从电视屏幕上，他是欣赏过片断的，柴柯夫斯基那不朽的旋律，他也颇为熟悉。在乘地铁前往剧院的过程中，我以内行观众自居，告诉再复这回既是瑞典的芭蕾舞团出演，想必技艺高超，第二幕的双人舞、三人舞、四小天鹅舞以及男女主角的独舞，第三幕的西班牙舞，需静心屏息作重点欣赏……

到得剧场，我们发现，观众席中似乎只有我们两位是亚裔人面孔，而到场的西洋人，全都穿着巴黎最有派的时装；序幕音乐响声，我向再复小声预告着即将出现的恶魔将少女变为天鹅的场面……可是，幕一升起，我们不禁目瞪口呆，舞台上的布景，竟是一放大至比人体还高的街头蛋卷冰激淋顶部的旋转髟髟，而舞动着的那几个人体，哪有什么习见的恶魔、王子、少女、天鹅、村姑、王后……的形象，简直古怪得不能再古怪！终于出现勉强能使人联想起天鹅的舞蹈演员了，却偏又一律是秃头！而他们（我不用“她们”是因为可以看出，那些秃头天鹅既有女演员扮的，也有男演员扮的）的舞姿，竟包括诸如吐舌、缩脖、耸肩、不用脚尖而用脚跟移动等正宗古典芭蕾舞绝对不允许出现的“错误”动作，再复面对着这意想不到的场面，不住地摇头，并凑拢我耳朵说：“怎么可以这样呢？这怎么行呢？”可怜再复在国内虚担了不肖理论家的恶名儿，在这巴黎大雅之堂的《天鹅湖》面前，他却实在是个传统得不能再传统的美学家！

比起再复，我倒还多少能消化一点这个《天鹅湖》，看来编导者有他的整体追求，那个传统的故事几乎完全消失了，舞台上的演员全都化为了某些颇有深度的符号，而这些符号的舞动也确乎为柴柯夫斯基的乐曲提供了全新的诠释……当然，我的审美心理在观剧时是极度紊乱的，闭上眼睛，听觉所唤起的是印象很深的古典剧画面，睁开眼睛，视觉所获得的是强烈的怪异刺激，说不清道不明那临场感受，啊呀呀，好一个《天鹅湖》！

闭幕了，观众席中爆发出比演出更令我们吃惊的狂潮般的掌声和喝彩声，演员们一次又一次地谢幕，直至二十次之多！最后一次，是终于迎出了该剧编导——玛茨·埃克，看去约三四十来岁，随随便便地穿着一件T恤，他也激动地向狂热的观众张臂致意。戆直的再复拒绝鼓掌，他喃喃地自语着："天鹅怎么能是秃头的呢？"我觉得至少出于礼貌，还是要给他们鼓掌。

回到住处，请教懂法文的同胞，他将说明书口译给我们，这才知道玛茨·埃克所领导的这个芭蕾舞团，已有十五年的历史，他们对演员采取严格的古典芭蕾舞训练，但演出的剧目均为独创的现代的芭蕾舞剧，最有声誉的保留剧目是请十三位作曲家作曲、分为十三幕的《公园》，而这《天鹅湖》的演出，则是他们"重新拥抱古典"、"重新挖掘善与恶搏斗这一古老主题的内涵"的最新奉献，据说经他们处理后的这个《天鹅湖》，以舞蹈形式探索了现代人内心挣扎不已的五个不同层面。过后几天我们知道，这《天鹅湖》的演出，法国所有严肃报纸均有评论，好评如潮，竟成为那些天里巴黎高档艺术生活中的一桩大事。

回到北京，我同再复还时时议及那天观剧的感受，再复认为观此一剧，方知西方的前卫艺术已走到了什么地步，由于我们平日所掌握的信息，如戏剧只不过到耶日·格洛托夫斯基的"贫困戏剧"为止，早已远非西方活跃着的前卫艺术，从那到这玛茨·埃克的《天鹅湖》当中的无数过渡性追求和剧目，我们全然无知，因此我们平日无论是赞赏性地侈谈"西方现代派"，还是批判性地议论"西方现代派"，都不免带有井蛙气。我们商定：今后对不甚了了的事物，切勿轻率置评，一定要使自己的眼光，从井底升出井外。

做一个“乡下铁匠”

我有一本保存了37年之久的《朗费罗诗选》，是杨德豫译，人民文学出版社1959年10月第一版的，当时这本143个页码的诗集只售0.58元。前些年我在书店里看到过重版本，因我所保存的初版本历经劫难却依然完整洁爽，所以没有再买。这是我最心爱的藏书之一。朗费罗这位美国近代诗人的诗作史有定评，固然是好的，但我等自己无法直接阅读原文的人，必得借助于高妙的译文，方可咀精汲华。杨德豫先生的译笔，给我的感觉，既传达出一种异域的情调，却又流畅清丽，韵味沛然，仿佛那诗本用汉字写成。

1959年于我个人是个极重要的年份——那一年我高中毕业。我没能考上理想的大学，经受到个人生命史上的第一次严重挫折。《朗费罗诗选》里许多的篇什，都仿佛专为那时的我而设。静夜里，在校园庭院幽暗的路灯下，我默吞着这样的一些诗句：“不要在哀伤的诗句里对我说，人生不过是一场幻梦！/……我们命定的目标和道路/不是享乐，也不是受苦/而是行动，在每个明天/都比今天前进一步。/……伟人的生平昭示我们：/我们能够生活得高尚，/而当告别人世的时候，/留下脚印在时间的沙上；/……那末，让我们起来干吧，/对任何命运抱英雄气概；/不断地进取，不断地追求，/要学会劳动，学会等待。”（《人生礼赞》）“不屈不挠的意志的星，/从我的胸臆中上升，/清澈，雍容，沉默，/安详而又恬静。/……当你的希望一个个落空，/你也要坚定，要沉着！/在这样的世界里不能畏怯，/不久你就会知道：/受苦而又坚强，/那是何等高尚！”（《星光》）那时我才19岁，却觉得心里壅塞着许多的困惑与烦恼，这些诗句流淌过我的心灵，使我多少得到些慰藉与鼓励。

在我24岁那一年，赶上了“文化大革命”；论年龄，如果我还在大学里，那有可能成为一个“红卫兵”;然而其时我已是一所中学里的教师,被毫无疑义地定位于了 “旧学校培养的学生”、“修正主义教育路线的工具”、“资产阶级知识分子”,虽然不是“当权派”,够不上“反动权威”,却也一样地被“红卫兵小将”冲击;那时心灵中所壅塞的是恐怖与无措,不等“红卫兵”来查抄,自己便慌忙将宿舍里的“封、资、修”书籍尽可能地毁弃;但下意识里,也还是用“这一本也许算不得罪大恶极吧”撑大了“网眼”,总算让《朗费罗诗选》等少数几本,成了“漏网之鱼”,并且在“文革”最狂暴的阶段过去之后,又在一人独处时,从床下找出朗费罗的诗来捧读,于是这样的一些诗句,便如同落在荒旱焦枯地面上的温润雨滴:“这一天又冷、又暗、又凄惨,/雨下着,风也刮个不倦; ……青春的希望已经被狂风吹落深渊!/日子过得又暗又凄惨。/平静些吧,忧伤的心,且休要嗟怨;/乌云后面依然是阳光灿烂的春天;/你的命运是大众共同的命运,/人人的生活里都会落下些无情的雨点,/总有些日子又暗又凄惨。”(《雨天》)

这本《朗费罗诗选》,陪伴我度过了整个青春岁月。当我过了40岁后,有一天又翻到了这样的一些诗句:“我觉察出,/无端虚掷了多少时光;/美好的意愿如同一支箭/中途落下,或飞向一旁。/可是谁敢/用这种方法来衡量得失?/失败可能是变相的胜利;/最低潮就是最高潮的开始。”(《得失》)“醒来!起来!健儿的身手/休息太多力气小;/荒芜土地、未耕田/顶多只能生野草。” (《断片》) ……

现在我把这本《朗费罗诗选》传给了我的儿子。我让他反复吟咏其中的《乡下铁匠》。那是朗费罗在32岁时所写的一首诗:“一棵栗树枝叶伸张,/乡下铁匠铺靠在树旁……” 据说那是一首完全写实的诗。当朗费罗72岁生日时,美国剑桥的儿童们用那棵栗树的木料打造了一把圈手椅,献给他作为生日礼物。诗中的乡下铁匠“额上淌的是老实人的汗水,/他取得能够得到的报偿,/他敢睁大眼睛来看全世界,/因为他不欠任何人的账。/……劳苦,——快乐,——悲伤,/他行进在人生的路上;/每个早晨看见他开始干活,/每个黄昏看见他收场;/有些工作起了头,有些干完了,/挣来一夜的酣畅……”我对儿子说:“如今不少人希图一夜暴发,做什么事都恨不得一蹴而就,追求功名利禄、荣华富贵，当所谓的‘成功人士’；其实，要获得真正坚实而美丽的人生，还是应当立志做一个‘乡下铁匠’……”儿子只是微笑，他不看我送给他的书，却用英语背诵着，那抑扬顿挫的异国音韵，抚慰着我那疲惫而仍不免焦虑的心灵，我知道，他是在朗诵那首诗的最后一节：“谢谢你，我可敬的朋友，/谢谢你的教益和榜样！/在人生的熊熊炉火里，/我们的命运也要经过锤炼；/在那轰鸣的大铁砧上，铸成了/火花四射的事业和思想。”

朗费罗算不得多么伟大的诗人么？这本纸张已然发黄的汉译本算不得多么珍贵的庋藏么？可是，在人生的途中，那滋养了我们心灵的，无论来自何时何地何人何著的健康文明结晶，难道不都是值得永远忆念珍视的么？

登塔乐

我喜欢塔。尤其是中国式的密檐塔。旅游中，当我在舟车上望见天际轮廓线上的塔影时，心中总涌出一种莫可名状的喜悦。

定居北京逾四十年，虽不敢说已将北京的塔一一访遍，但只要有闲暇条件，我总要去亲近那些美丽的塔。前些时还专程去了房山县的云居寺，该寺原有南、北两座高塔。南边的压经塔可惜已坍毁，只剩石基，但北边的罗汉塔仍巍然屹立，保持着辽代的古朴风格，周遭还存有四座唐代小方塔，徘徊塔下，极富情趣。我还常在夏秋骑车到广安门外的京密引水渠旁，瞻仰那美轮美奂的天宁寺塔，它在夕阳中呈现出的剪影，总使我觉得是一首沭灵诗，一阙沁魂曲。

北京的塔数目不少，种类也多，但几乎都不可入内攀登，白塔寺和北海琼岛的喇嘛塔如此，香山碧云寺和西直门外五塔寺的金刚宝座塔如此，就是众多的密檐塔，也少有设阶梯可登至塔顶的；像颐和园佛香阁，也是直到近来才收费允登——但严格推敲起来，那算不算是一种楼阁塔，也还成问题。在我心目中，高度和宽度之比倘小到了那种程度，也就只能算楼阁而非塔了。

到北京以外旅游，只要有塔，我总要想方设法一观，只要那塔能拾级而上，我总要积极登攀。像杭州的六和塔、西安的大雁塔、山西应县的大木塔……固然登而忘返，就是广州市内的六榕塔（相对而言是座小塔）、南京中山陵旁的灵谷塔（建于1929年，是个假古董），我也津津乐登。

我的爱塔，只能算“自作多情”，因为我上面所举出的塔，都是佛塔，按佛教本义，“塔”的梵文发音应为“串堵波”，又可称“塔婆”或“浮图”，其意应是

“圆冢”、“灵庙”一类的意思，用以安葬“舍利”（佛“涅槃”后“荼毗”——即火葬——所凝结出的骨烬，后来把那些勤修“戒、定、慧”的和尚死后火化遗留的骨烬也算作“舍利”，为之建塔埋存），所以塔一般又称“舍利塔”。后来佛寺建造的高塔除了藏“舍利”外，又供藏佛经和法器，总之，倘是一虔诚的佛教徒，其爱塔之心应是“皈依三宝”的一种体现，登塔更应是一个从“渐悟”到“顿悟”的修炼过程；但是，很惭愧，我登佛塔时却很少想到佛教的种种教义，我那完全是借佛塔之便，欣悦自己的灵魂。

其实我这种“随喜”的态度，绝不算稀奇。一千二百多年前，杜甫、高适、薛据、岑参、储光羲他们同登长安慈恩寺塔（就是留存至今的大雁塔，不过那时只有六层，第七层是后来加盖的），每人都留下了诗篇，哪一篇也没有正经咏颂佛理，全是抒发自己的社会观、人生观，如杜甫云：“高标跨苍穹，烈风无时休。自非旷士怀，登兹翻百忧……回首叫虞舜，苍梧云正愁……黄鹄去不息，哀鸣何所投？君看随阳雁，各有稻粱谋！”岑参云：“塔势如涌出，孤高耸天宫……连山昔波涛，奔走似朝东……秋色从西来，苍然满关中……誓将桂冠去，觉道资无穷！”忧国忧民，牢骚满腹，真从“堵波”的原意上衡量，却是“文不对题”。

也有朋友讥讽地问我爱登塔是不是因为心底里有一种“向上爬”的欲望？我倒并不以为凭藉自己的能力一级级一层层“向上爬”有什么不光彩之处。但我的爱登塔，确实并非是有一种“势当凌绝顶，一览众山小”的心理冲动。我在本文一开始就说过，我爱登的是密檐式塔，一般这种塔都是必须循层渐上，而且每层均可停留倚望的——我登塔，同许多急匆匆直奔顶层以完成“到此一游”任务的游客不同，我是“慢功细活”的游法，登得慢，而且每层必定勾留良久，从四面眺望景色，并将在各层中获得的印象于心中加以比较；登至顶层后，往下返回时更要再在各层作相当的逗留——我的经验告诉我，一般在塔的顶层，我总感觉天际轮廓线变得并不那么优美。下面景物同我心灵的距离拉得过远，有一种不愉快的疏离感；而在各层细加比较的结果，一般总可以找到一个最使我眼目愉悦、心灵舒畅的层次，倘是十三层宝塔，那一般是第九层；倘是九层宝塔，那一般是第七层……当然也不尽然，比如广州六榕寺的花塔，那倒是唯有立于顶层方觉有最佳的观瞻和心理感受。寻找到最佳层次后，一般我总要在那一层久久地留恋。所以，我可以回答那讯问我的朋友：如果我心底里确有一种“向上爬”的潜在欲望，那么，它并不是一种不切实际的“野心”，而是一种为自己设定的经过努力能够达到的佳境。

登塔，确为人生一乐。愿今后能从容地登上许多尚未登临过的高塔。

隆福寺的回忆

解放初，我随父母从四川迁京，住在东四钱粮胡同35号，从我们那个院门朝西走几十米便是隆福寺的后门。我转入隆福寺街的隆福寺小学上学，每天要4次穿过整个隆福寺，因此，对隆福寺的印象，竟比当年学过的功课更深。

在明代刘侗、于奕正著的《帝京景物略》中，已有关于隆福寺的详细记载："大隆福寺，恭仁康定景皇帝立也。三世佛、三大士，处殿二层三层。左殿藏经，右殿转轮，中经毗卢殿，至第五层，乃大法堂。白石台栏，周围殿堂，上下阶陛，旋绕窗拢，践不藉地，曙不因天，盖取用南内翔凤等殿石栏干也。殿中藻井，制本西来，八部天龙，一华藏界具。景泰四年，寺成，皇帝择日临幸……"清代吴长元所辑的《宸垣识略》中进一步指实："大隆福寺在仁寿坊东四牌楼大市街之西，马市北，其街以寺得名。明景泰三年建，役夫万人，撤英宗南内木石助之。其白石台栏。乃南内翔凤等殿石阑干也。本朝雍正九年重修，每月之九、十两日，有庙市，百货骈阗，为诸市冠。所居皆喇嘛。有世宗御制碑……"

我少年时代每日四次所穿过的隆福寺，大体上还保持着原有的规模气派。

现在回忆起来，当时前面的山门尚存，只是门内左右的哼哈二将仅存台基，穿过山门，是一片显得过于空旷的敞地，有废殿的柱础可以辨认。那是由于一场大火，烧掉了钟鼓楼、塔院和韦陀殿所致。后来我曾去访问过老喇嘛，问他是不是"庚子之变"时被八国联军纵火所焚，他说那倒不是，倘若八国联军有意焚庙，那就不会仅仅焚掉一个相对来说并不那么要紧的韦陀殿了。火灾缘由，是由于值勤喇嘛瞌睡中弄倒了油灯，扑救不及。庙中其余的殿堂建筑都尚完好，释迦牟尼佛殿高踞在三层汉白玉栏杆围成的高台上，当时人们都称它作“栏杆殿”。再后面是三大士殿，里面同时供着观音、文殊和普贤三尊菩萨。再往后是毗卢殿，听说当时藏有108部藏经，比当年雍和宫里藏的还多。毗卢殿后是金刚殿，里头供着铜铸的金刚护法佛。最后面是两层楼的后阁。我记得寺院东西两侧厢房大体上也还完整，当然，都很破旧了，并且被住户切割成几段，显得颇为凌乱。

当我上小学四年级的时候，隆福寺还定期举行庙会。没有庙会的时候，寺院的大门、后门也似乎永远敞开着，可以随时穿行，并且也有一些固定的或临时的摊位，卖各色的东西。当然，逢到庙会的时候，可就热闹非凡了，大殿两边、前后，一个摊子接着一个摊子，一个布篷挨着一个布篷，当我穿过那庙会去上学时，真好比穿过一条麦芽糖铺成的甜路，所以常常迟到，被老师批评；当放学后我穿过那庙会回家时，则好比一只蝴蝶被放入了花丛，我哪里舍得马上回去？总要在庙里尽兴地游逛一阵，方才回家，自然又惹得母亲频频责备。唉，我小学时功课不好，多半是隆福寺使然吧？

但至今忆起当年的隆福寺，我却丝毫没有怨厌它的情感，相反的，我心中溢出的，只有欣喜与温馨！

在那庙会中钻来钻去，最吸引我的，首先是各色零食。在卖零食的小摊上，可以买到“半空”（籽粒不饱满的花生）、刨米花，还有用秫秸秆熬出的糖稀，以及那大大小小的糖瓜儿……母亲给我的零钱，一大半都花在了买这些吃食上。庙会上自然更有卖面茶的摊子，有时就是一辆大车，轱辘上都钉着有如今5分硬币那么大的铜钉，钉帽闪闪发光，擦拭得异常洁净，车上竖立着一把似乎足有1米来高的紫红色的铜壶，脖颈细长，造型优美，摊主使用那铜壶给顾客沏出香喷喷的面茶；还有卖切糕的，也大都是挂着清真字样的干干净净的摊子，卖豆汁的记得最大的一家是搭了棚子卖，摊主据说是寺里的喇嘛，大伙都管他叫郄德拉，据说他的豆汁漂得净、发得好，所配卖的焦圈和芝麻酱烧饼也超过一般，自然还有卖豆腐脑的、灌肠的、褡裢火烧的……灌肠是请顾客用一种特制的铜质两股叉叉着吃，还有一种叫“三鲜肉火烧”的东西，跟褡裢火烧和春卷都有点像，但又别具风味……这些吃食对我那样一个小学生来说，是难得享受一次的，常常只好过其门而咽口涎，但至今闭眼一想，似乎还能听到那有韵味的吆喝声，嗅到那诱人的美味……

除了吃的，我最注意的是玩的。庙会中有各种有趣的土玩具，除了风筝、空竹、风车……这些大家都知道的以外，我还见到过成套的桦木碗，一个套一个；成套的泥人还带泥人模子，高粱秆架出的楼阁，蜡塑的鸭子和金鱼……另外，还有许多让人过眼瘾的玩意儿。用布幔子围起来的临时剧场，演小戏，变戏法，我是看不起的，就常常看拉洋片儿，还有耍大刀卖药（据说假药居多）……看这些个玩意儿，只要不挨前站，像我这样的小学生，是足能"蹭"上一两场的，我也曾下决心把捏得出汗的零钱，交给一个穿大褂的瘦高个儿，他经营一个小小的"电影院"，那"电影院"大约一米半高、二米多长、一米来宽，是个用黑布围成的大匣子，然后在两边开了几个刚好能把眼睛凑上去的圆孔，像我这样的观众交了钱以后，便获准坐到大匣子旁的长条凳上，将双眼凑拢圆孔，于是他便开始放映电影，虽然每场顶多一两分钟，可那真是电影，在大匣子深处的小小银幕上，真有黑白的影像在活动，现在推敲起来，他大约真有一架破旧的小放映机，并拥有一些不知从哪儿弄来的破旧的电影残片，我记得我就从他那个"电影院"中看到过卓别林，还有胡蝶，还有《火烧红莲寺》什么的。不知那瘦高个儿后来命运如何？他那些旧拷贝下落如何？倘若那些旧拷贝如今都归到了中国电影中心的资料馆，则真是万幸！

庙会中有些东西我是绝对不会买的，比如土制的绣花模子，各种假发，各种梳篦，连带各种小巧的梳妆台；还有猪胰子球、薄荷碱，各种估衣、旧货等等，但我偶尔也在一些这样的货摊前勾留，比如那卖梳篦的"金象张"，他是以金象为志的，摊位最高处真供着一尊金象，足有1尺来高，我就很爱驻足看他那金象；记得还有一个摊子是"金猴刘"，以金猴为志，那金猴也很好看，但他是卖什么东西的，我就想不起来了……

隆福寺中也留有我少年时代的怅惘。记得有一回我放学回家，在后门那里遇到了一个蹲在地上的人，他面前搁着个木箱，木箱两侧放着两溜皮球，那时候我是多么盼望能有一个圆滚滚的皮球哇！我听见他说："快来呀快来呀，五百块一个球哇！"当时的五百块相当于今天的五分钱，那价钱自然非常便宜，我不由得过去，蹲在了他对面，书包拖到地上。我说："我买一个。"他指指木箱里面说："你随便抓阄儿吧！五百块抓一个阄儿，抓出的阄儿上头写着'有'，球就归你！"我便给他五百块，抓出了一个阄儿，但那纸卷儿展开以后，上头空空的什么字也没有。我就说："你这里头要都是空阄儿呢？"他便随手抓出几个阄儿来，一个一个打开给我看，五六个里头，除了一个空白的，全写着"有"字。我便又给了他五百块，又抓了一次，结果又是空白的。我心里很难过。我攒了好几天，才攒了两千块(相当于今天两毛钱)。不过，当时那样的一个皮球，也总值两千五百块还多。我想了想，便又给了他五百块，这回我抓得很慢，我用手拨弄了半天那些挤在一起的纸阄儿，屏住气、闭住眼，才终于抓起了一个——结果竟又是空白的！我急了，眼泪涌到了眼眶里。我正生气，忽然过来了一个比我还小点的男孩，也蹲到了他面前，他就轰他："去去去——别瞎凑热闹！"那个小孩就嚷："你以为我没钱吗？我给你就是！"说着给了他五百块，伸手便抓了一个阄儿，一展开，噫！竟赫然写着"有"字，那男人无可奈何，只好拿了一个皮球给他，那小男孩得意地拍着皮球走了。"怎么样？你再试一回吧！"我经不住诱惑，便掏出了最后五百块，但我抓出的阄儿，却仍是空白……我气得浑身发抖，流着眼泪跑回了家中。

倘若从这桩事里，我只得到了一个"运气不好"的刺激，倒也罢了，大约一个来月以后，在东四牌楼一带(那时候十字路口的四个大牌楼还没拆掉)，我偶然看到那个男人牵着一个小男孩在街上走，那个小男孩，便是那个所谓"运气好"的得球者，我的心"咚"地一声，仿佛被重槌敲击了一下……我觉得，我天真无邪的少年时代，便在那一刹那结束了。

我初中上的是一个北新桥附近的中学，上学不再穿过隆福寺。但我高中考进了骑河楼的65中，于是又开始天天穿过隆福寺，度过我人生中最宝贵的一段岁月。

我记得，直到那时候——大约1957年左右，隆福寺里的原主持喇嘛仍住在寺里，似乎住在寺院的后阁中，他长得极胖，夏天常常光着身子在廊下乘凉，两个乳房就如同两座肉丘，全身是酱紫的肤色。他的脾气似乎极好，而且子女颇多，他也很爱他的那些子女，只是不记得他妻子是什么模样。

后来我知道，隆福寺在明朝是京城惟一的一所青衣僧（和尚）、黄衣僧（喇嘛）同驻的庙宇。清朝时才整个成了喇嘛庙。1937年，军阀朱庆澜官场失意，下野后入了佛学会，从南洋华侨那里募到一笔款子，重新修整了隆福寺。解放后，隆福寺的殿堂似乎从未公开开放过，也不见喇嘛们行法事，但殿堂里的一切，在我上高中的时候，似乎还保存得相当完好。不记得具体是哪年了，反正是我还在上高中的时期，有一天一个同学带我去看了那几座平日总是紧闭大门的殿堂，那个同学如果不是喇嘛的儿子，便是同喇嘛有某种特殊的亲友关系，所以我才能有一个终生难得的参观机会。释迦牟尼三世佛大殿里，堆了好多纸匣子，似乎是些货箱——那时候庙会早已湮灭，隆福寺开始成为一个有大棚的正式商场——但帐幔、佛像、壁画、藻井等等都并未受到损害。印象中，那三尊佛像的造型极佳，我成人后去过不少名寺，如峨眉山的万年寺、庐山下的东林寺、杭州的灵隐寺、福州的涌泉寺、泉州的开元寺等等，除泉州开元寺的建筑别具一格、佛像庄严凝重，似不亚于隆福寺的这个殿堂外，其余的我觉得都远不如隆福寺的这个“栏杆殿”有震撼力。三大士殿当时似乎尚未成为临时货库，因此给我留下的印象更为完整。特别令我震惊的是穹窿上的藻井。释迦牟尼殿的藻井因为殿中光线过分幽暗，未能看清，三大士殿的藻井据说比起前者来还稍逊气派，但给我的直感，是实在太了不起了，我也不懂那藻井是怎么修造的，意义究竟如何，但实在是既有令人惊叹的华丽外观，又引人生出无限的遐思。后来我上大学的时候，看到一份资料，说是隆福寺殿堂中的藻井，属于明清建筑中最精美最巧妙的孤例，不仅雍和宫中所有殿堂的藻井不能相比，就是故宫中的三大殿以及养心殿的藻井，也只不过或比它大，或比它奢，但无论从文物价值或从工艺技巧上衡量，都逊它一筹。在毗卢殿里我见到了毗卢佛，佛身安置在一个莲花座上，那莲花座上的每一个莲花瓣上，又都刻着一尊小佛，据说是“万佛绕毗卢”的意思，毗卢是个讲经说道的大佛，自然应有这样壮美的一个莲花座。金刚殿不知怎么没能进去，后阁因为一部分已成了宿舍，也没去看。现在想起来，我当年能看到那么多稀世文物，真可谓眼福不浅了。

高中毕业以后，我家从钱粮胡同迁走了，我后来上专科学校和参加工作，都在远离隆福寺的地方，因此便同隆福寺疏远了。

隆福寺的庙会，最早同护国寺、卧佛寺（位于花市一带，现已不存）、白塔寺、土地庙（广安门内，西便门一带）轮流举行，隆福寺每月（阴历）逢一、二、九、十举行四次，是最大的庙会，护国寺逢七、八，白塔寺逢五、六举行，每月只有两次，卧佛寺逢三，土地庙逢四，每月只有一次。清人得硕亭在《草珠一串》（竹枝词）中描绘道：

东西两庙货真全，一日能消百万钱。
多少贵人闲至此，衣香犹带御炉烟。

说明这个平民性的庙会，也有阔人来逛。清人杨静亭在《都门杂咏》（也是竹枝词）中说：

东西两庙最繁华，不数琳琅翡翠家。
惟爱人工卖春色，生香不断四时花。

他们所说的“东西两庙”，东即隆福寺，西指护国寺。当年两寺庙会卖鲜花和卖绢花的都很多，到我逛庙会时，已经不太多了，我所见到的主要是一般的百货。

解放后，庙会逐渐解散。由于东单一带要进行新的建设，50年代初便将所谓“东大地”的临时性商场迁到了隆福寺中，盖起了木架的、洋铁皮顶的售货大棚，后来经过公私合营运动，市场进一步发展，售货棚又翻修成砖墙、瓦顶的正式商场，并且逐年扩大着面积。到了60年代，即成了完全国营的东四人民市场，供应物品极其丰富，成交额自然是当年庙会不能望其项背的，并仍在迅猛发展着。不过，它似乎也失去了原有的浓丽色彩，失去了独特的个性，成为一个规格化、通用型的百货商场了。

近几年我成了一个所谓的专业作家，在深入生活的过程中我重访了隆福寺，也就是去了东四人民市场。我发现所有的殿堂及其他能让人想起隆福寺那座寺庙的建筑已经荡然无存，甚至连一根汉白玉栏杆、一副窗棂也找不见了。我便问他们："是什么时候拆光的？为什么要将它拆光？"

没有一个人能说清是什么时候拆光的。反正不是一下子拆光的。在"文化大革命"以前，已经开始革那些古老殿堂的命。先是将其中的"迷信物品"加以取缔，以充作名副其实的仓库。后来觉得那"仓库"笨重不便，于是拆掉了其中的一座，改建成"新型仓库"，再后来觉得那些"破庙"妨碍了商场进一步扩大营业面积，便进一步加以拆除，到"文化大革命"当中，一说在"军宣队"时期，一说在"深挖洞"时期，终于将残存的"四旧"一扫而空，但这个"破四旧"的过程，又始终并无正式的文字记载，反正当时觉得该拆，就那么拆了，你问哪年哪月哪日拆的，人们只是对你耸耸肩膀，"那也值当记个准确么？"

里头的泥塑佛像、壁画，不消说都毁掉了，藏经呢？铜佛呢？据说有的转移到了雍和宫，究竟转去了哪些东西？交出时、接收时是否履行了正式的手续？又是谁也说不清。汉白玉栏杆呢？据说兴许在地面下的人防工程里可以找到一部分，大柱子呢？众多的椽子、斗枋呢？殿里的供桌呢？大的材料可能是在改建售货厅时用上了，小一点的大概是在"深挖洞"时烧砖窑时当劈柴用了……那么，许许多多的琉璃瓦呢？屋脊上的螭头、翘檐上的仙人、坐兽呢？只知已烟消云散，而说不清撂到了何处……

呜呼，世界上最壮美的藻井，那连故宫三大殿、养心殿、雍和宫都远远不及的隆福寺藻井，那中国古代建筑史上最珍奇的孤例，我们是再也看不到了。

隆福寺，如今已经成了一个纯粹的书籍上的影子寺院。我还有幸见到过它，但我现在同大家一样，再无重访它的可能，我只有充满怅惘之情的回忆。

从报上看到一条新消息，东四人民市场将再一次进行改建，改建后的新商场将是一座现代化的大楼，并有达到国外先进水平的一流设施。比如说，里面将有漂亮而实用的自选售货大厅。我近几年去过东京，去过巴黎，去过法兰克福和科隆……我能想象出今后的隆福寺将出现一座什么样的建筑物，我的心情真是万分复杂。

与此同时，在北京地坛，人们正试图重现当年北京的庙会景象，从设茶座到卖小吃，从拉洋片儿到表演中幡，从展示风筝、空竹到销售大串糖葫芦……我去了，我看那里人们的心劲儿，真恨不能恢复整个隆福寺和护国寺似的，我更是百感交集。

当一种回忆变得沉重起来的时候，最好还是暂且打住。隆福寺是不可能失而复得了，我们今天的责任，是再不能让这类毁灭珍宝的事重演！

地母

黎频女士去世了。她是北京人民艺术剧院的老演员。我最早对她有印象，是十多岁时看了电影《龙须沟》，她和叶子一样，演的是北京底层的劳动妇女，演得惟妙惟肖，令人感觉她们本来就是那样的人，只不过是被拍纪录片的人偶然地把行迹拍下来罢了。后来我随年龄增长才懂得，她们那叫表演艺术，是深入生活，刻苦揣摩，再经名导演指点，才塑造出那样浑然天成的舞台形象的。

改革开放以后，20世纪80年代中期，北京人艺历经浩劫后，欲重振雄风，于是刻意从剧本抓起，大概是想广种薄收吧，连我这样的从未写过剧本，写小说也起步不久的人，他们也热情约稿。记得那时就是黎频出面跟我约。她先打电话，后来还把我约到她家去过。说实话，那时候她在我眼里已经是个老太太，心想也难怪改作组织剧本的工作，这样的人，恐怕再难登台的了。黎频约稿的方式是随意闲谈，先使双方熟悉，再调动对方的编剧可能性，绝不揠苗助长，只等瓜熟蒂落。但我这人在编剧方面实在是孺子难教，不但至今没给他们什么剧本，甚至关于在她家的交谈究竟是些什么具体内容，事后竟完全回忆不起来了，单只记得她家临窗有盆一品红，长得实在怪，可以说是长疯了，又像树又像藤，直往屋顶上蹿。

后来，我的长篇小说《钟鼓楼》被改编拍摄为电视连续剧，叶子被导演邀演一角，极为出彩，那以后更多已经退休的老演员被请上了荧屏，焕发出青春，到90年代我的中篇小说《小墩子》被沈好放编导录摄，他告诉我基本上用的是北京人艺的班底，有已经走红的濮存昕，也有那时还不为人知的岳秀清，还有在剧本改编上参与不少好意见的修宗迪，甚至连胡宗温、张瞳那样的老台柱也热心地来跑龙套，他顺便说到演祖奶奶的是黎频，我当时并没怎么在意。《小墩子》播出以后，黎频担纲的一角大放异彩，外行有的来问我："是从哪个胡同里找来了这么个真婆子？"内行赞誉的不少，比如林大哥斤澜，他不仅是小说大家，也是剧作家，本身也登过台的，就跟我说，黎频的祖奶奶真不得了，坐在那破藤椅上，破蒲扇那么一摇，哼那么一声，角色立马就活了！看样片的时候，好多人跟我说，你再写个《小墩子后传》吧，惟独黎频跟我说，最好再写个《小墩子前传》！原来，是因为小说里写到，早年祖奶奶的情人因为没能娶上她，赌气在她嫁去那家的门外，栽了棵臭椿树，后来那树蹿高变粗如巨帐，电视剧的场景里也出现了这么一棵树，这个细节读者和观众未必那么注意，但黎频为了塑造出血肉丰满的艺术形象，显然一直追溯到小说与剧本之外，从生活和情感库藏里去挖掘可利用资源，心中甚至已有了这人物"前传"的轮廓，这不仅体现出了可贵的敬业精神，也说明她那样的演员有着多么厚实而灵动的修养。

《小墩子》以后，黎频一部戏接一部戏地演，是戏瘾太大，还是导演们不能放过她这样的"现成活祖母"？她偶尔跟我联系，几次是为了帮她哥哥李德伦找到我，德伦大师去世后的追思音乐会，票是她给的，我和爱人去听，遇到她，她说我写的那篇关于他哥哥的《从忧郁中升华》，德伦大师很看重，病危时亲自编定一本谈往论艺的书，嘱咐此文一定要收。我问她又在演什么，她说参演一部关于清末名丑刘赶三的剧，刚拍的一个镜头里，她扑倒在地还滚了老远，这话吓了我一跳，在那戏里她肯定又只不过是片绿叶，值当这么玩命地去演么？

没想到前两天接到她女儿电话，告诉我她以八十三岁的人生结束了大地之上的演艺生涯。鲁迅先生在悼念保姆阿长时说："仁厚黑暗的地母呵，愿在你怀里永安她的魂灵！"但我以为一贯乐观旷达的黎频，到了地下也不会放弃她一生爱好的演艺事业，说不定她就会在地下舞台上，扮演出一个仁厚然而光明的地母，使那里聚集的亡魂们，都能从精湛的艺术里获得慰藉！

仨瓜俩枣

林大哥因肺炎住院，去探望他前我思忖了半天：给他带什么东西去呢？一般都是带鲜花和水果，鲜花虽美但很可能携有不利病人呼吸道的潜藏物，还是带水果为宜；考虑到有些水果如菠萝、芒果是热性的，不能带，于是最后决定带比较温润的仨瓜俩枣：西瓜、白兰瓜、甜瓜各一，台湾大枣两盒。林大哥在病榻上见了我非常高兴，他的嗓音还是振玉般清亮，大慰我心。当时不能久谈，心里欠欠的。

昨天忽然接到林布谷电话，告诉我她爸爸已回家静养，说起我送仨瓜俩枣的事，笑个不停。原来他们父女都觉得我所送的慰劳品最具创意。我承认，送仨瓜俩枣除了表层那润肺清火的意义，确实也还隐含着更深层的意绪。这深层隐衷能被林大哥意会并使他粲然，反过来成为了对我的一种宝贵慰藉。

算起来，跟林大哥不间断地交往，有二十四年了。君子之交淡如水，相互的慰安馈赠，仨瓜俩枣足矣。特别是精神上的仨瓜俩枣。林大哥论革命资历非常之深，自从以林斤澜为笔名发表作品以后，其特异的文字风格与深沉的意蕴引人瞩目，但他从未曾得到过与此相称的荣宠，倒是屡遭不公正的对待，虽如此，他总以宽厚仁恕之心待人，我只不过是沐其善雨的许多人士之一。在那斗人成风的时段里，林大哥也因莫须有的“历史问题”被揪出批判；二十二年前，人们因“伤痕”未愈，大都思之痛彻肺腑时，林大哥跟我提起当年挨批斗的情景，却告诉我：在会场上他一直在为那两位被指定为“主发言”的女士担心，因为那本是两位柔弱娴雅的女士，从内心里实在恨不起他来，任务摊到头上，又不得不硬着头皮强作义愤，二位那边高声念打倒他的批判稿，他这边直为二位捏一把汗——因为那时曾有因紧张把稿子念错，念出

“现行反革命”大祸的；等到终于念完而未出口误，林大哥才为二位得以解脱而暗暗庆幸。这是林大哥为我“谈往”的仨瓜俩枣一例。他说来淡淡，我听了心里却生出酽酽的感慨。人在危难中，却还能为胁迫于发难者一方中的人担忧，这是怎样的仁心善意啊！

林大哥不曾拥有过什么权势，但他多次在关键时刻，以自己所能奉献于他人的“仨瓜俩枣”，起到相当于给人“落实政策”的心灵慰藉。改革开放初期，他在家里把三茬有过节或隔阂的同行约到一起，摆“团结宴”的事情，曾被许多人称颂，可惜有的人早忘到脑后。在关键的时刻能站出来为失势的人说公道话，这在文化人里面是并不多见的，林大哥却总是虽三言两语却仗言无忌。林大哥对文学的要求很苛刻，文字意蕴上对己对人一律严格以求，你想博他两句泛泛赞词很难；对汹涌的文学新潮，林大哥一方面以开放旷达的心怀对待，一方面江流石不转地继续自己独创性的精雕细刻。但林大哥能够绝对摈弃功利地客观评价作家作品，前些时我们一起在国际艺苑喝咖啡聊天，我提到一位被许多人所不解不忿的作家，他却认真地说：“那是个性情中人！”后来他读了那位作家的新长篇小说，写来短笺称道。他的评论往往只是仨瓜俩枣般朴素简洁，却往往一语中鹄、洞穿三札。一次文友们在天津小聚，畅谈文学，他似乎不经意地就文学语言问题说了三句话：“写中国话。写好的中国话。写自己的中国话。”这“仨瓜俩枣”抛出来，大家先是笑，后是愣，最后引出了热烈讨论。你细琢磨吧，这三句话既针砭了时下文弊，却又出语友善，催人深思，促人努力。

盛席华筵、浮言谀词是一种交往，仨瓜俩枣、仁心慧言也是一种交往。往人生路上跋涉，把握住真正值得珍视的人际关系，实在必要。奉送物质上的仨瓜俩枣是容易的，像林大哥那样能时时把精神的仨瓜俩枣竭诚献人，圆满那样的功德，是不容易的。默默敦促自己：有榜样在，好好仿效吧！

蝴蝶窗

在德国一个小镇，微雨中徜徉在卵石砌地的小巷，忽然眼睛被一扇窗照亮，那所红砖老宅外观无甚特点，但它临街的窗却是中国古典式样，木制窗框四角有四个对称的如意头，当中呢，是用细木料拼镶的四面连环图案，我兴奋地指着那图案对福斯特说："呀，这叫冰竹纹，中国江南园林建筑里的阁楼窗常用这个花样，怎么它飞到了你们这个地方？"福斯特苦攻汉学多年，也颇翻译了些中国当代作家的作品，他能理解我"他乡遇故知"的心态，却并不能欣赏那窗上的冰竹纹，说："那不就是些连缀在一起的五边形么？你怎么觉得那么美丽？"我说不仅美丽，而且立刻引出我许多诗意联想，中国古时候这冰竹纹细木窗格里头当然不会像这样镶上玻璃，而是要糊上透明的轻纱，"画堂人静雨濛濛，屏山半掩余香袅"，里面的主人，难道正"闲坐小窗读周易，不知春去几多时"？……福斯特就试图敲门带我去造访那位主人，他说这位房主也许是在中国居住过一段的人士，也许会说中国话，我们虽是不速之客，估计他也能热情接待。我阻止了他。我到德国毕竟应该把了解德国的文化风情放在首位。穿出小巷，迎着午钟，我让福斯特带我去细细观赏当地的哥特式古教堂。

晚上和福斯特用大而厚的玻璃升痛喝啤酒促膝谈心，从我在那小巷里对冰竹纹窗格的反应，说到人与母语文化那不可割裂的相融为血肉的深切关系，又说到真正进入非母语文化之困难。福斯特精读过《红楼梦》的德语译本，又苦攻过中文原本，诚心诚意地想进入曹雪芹所营造的那个审美世界，可是到头来还是隔膜得很。且不说书中那些诗词歌赋的妙处他难以领会，就是像书里贾母在潇湘馆里大讲软烟罗、霞影纱，用那样的材料糊窗子如何能与窗外“凤尾森森”的翠竹相得益彰那样的段落，我读来觉得兴味无穷，甚至有时会径直翻到那几页，一边听着《空山鸟语》的古筝曲，一边重温雪芹文心所织出的锦绣文章，一诵三叹，会心莞尔；福斯特呢，则坦言阅读那些段落于他来说只是“学习之苦”，几无乐趣可言。不过，福斯特盛赞汉语的奇妙，像“照花淹竹小溪流，钿筝罗幕玉搔头”这样两句词，寥寥十六个字竟表达了三种自然景色和三种人文景象，并且将它们整合为了一个完整而深邃的诗境，的确了不起！但细究“玉搔头”这种中国古代妇女的头饰的名称来由，以及唐诗宋词里这件经常性道具所表达出的意蕴，福斯特就承认只能从理性上努力认知，审美情感是难以调动的了。

说到德国人难以欣赏《红楼梦》，福斯特就问我，你们是不是也难以欣赏施托姆？我说哪里呀！生于1817逝于1888的这位德国小说家、诗人在20世纪30年代就介绍到了中国，他的小说《茵梦湖》有多种中译本，既有文言文的也有白话文的，中国人读过的很多呀！他进一步问我，你自己很欣赏施托姆吗？我只好承认，只是懂得他在德国文学史上的地位，也能理解他那描写包办婚姻造成的爱情悲剧的《茵梦湖》为什么在苏曼殊、鲁迅他们那个时代能引起中国读者，特别是青年读者那样强烈的共鸣，但是，到了现在，坦率地说，再读，就觉得内容并无惊人之处，主题过时了；文本虽然抒情味浓酽，写景细腻，但人物似乎写得扁了些，节奏也缓慢。福斯特就叹口气说，这都是因为你不能读德文原著的缘故啊，施托姆把德文写得那样好，必须读原文才行！我就笑说马上学德文，学好了立刻精读《茵梦湖》。福斯特就说，你就是能读德文，怕也只是像我读《红楼梦》一样，因为那文字里的文化底蕴，可不像潜水那样，背上氧气瓶套上鸭蹼，跳进去就能揽胜取宝的！

先旅英又旅美的刘索拉从音乐入手，努力地去进入西方文化，结果她得出了一个极而言之的悲观结论：文化不可交流。音乐使用的五线谱还属于人类共享符码，文学使用的是各自的母语，尤其是中文方块字与西方拼音文字之间的差别，真是太大了。知其不可而仍汲汲孳孳锲而不舍地为文化交流呕心沥血，单以文学而论，则各民族的翻译家、研究者们实在令人肃然起敬。

前些日子福斯特来华，我带他参观一处中国院落，那院子里大概曾住过德国传教士，在一隅的旧屋墙上，还保留着一扇洋气的窗户，其实也无非是窗户上半截呈尖拱状，因此那朝外向左右打开的窗扇形状也就比较特别，我看到不以为奇，福斯特却喊出声来："呀，蝴蝶窗！"他随之告诉我，施托姆的小说里，常常写到这样形状的蝴蝶门和蝴蝶窗，有时并不特别指名是蝴蝶形状，但德国读者一读到那里就会产生出相应的联想，而那样的合起来上部如莲瓣、打开后像蝴蝶翅膀般外直内弧的窗扇，伴随着一般德国人的生死歌哭，已融入了他们的文化血脉……

轮到我请福斯特喝燕京啤酒，再次促膝长谈，我们互相深究：在德国看到中国窗时我的兴奋，与在中国看到德国窗时他的激动，说明着什么？我们毕竟都是各自母语文化的产儿，再怎么交流，也别指望换一身客语文化的血液！但我们又都渴望着补入客语文化的精华，以使自己更睿智更通达，因此，他决心再加把劲，努力进入冰竹纹的中国文化之窗，而我呢，也愿意努力去领会德式蝴蝶窗里的妙谛。正是：把酒话文化，交流意未休！

一束菊色光

朋友来电话，说在书店看到我一本新书，我马上表示会送他一本，他说：“我已经买了，而且读了一半。我很惊讶，你怎么会人不知鬼不觉地写出了这样一本书？”那是一本关于中国18世纪著名长篇小说《红楼梦》的学术著作，可是，它与一般的学术著作不同——它在表达我对《红楼梦》一书的未能流传下来的那些部分的探佚时，不仅采用了论文的形式，还利用了小说的形式，不管你是不是赞赏我的这本书，反正，如这位朋友一样，你总会认为这是一件很不容易做成的事情。很不容易做成的事，看上去却似乎得来不费工夫；严格的科学论证，却以趣味盎然的小说形式加以表达，构成了一件艺术品。最近电视台就这本书来采访我，采访者环顾着我那明亮整洁的书房说：“啊，你的书就是在这里写成的。”我拿出几张照片给他们看，照片是我写这本书期间拍摄的，他们一看，下巴好久合不拢——原来，那期间我的书房凌乱不堪，不仅书架上的许多书被查阅翻看，弄得到处都是，而且还有临时借来的种种资料，连窗台上都摆满了。我告诉他们，其实，在这本书的封面下，还有着更多的书外故事，比如，来看我电脑的键盘，正是在撰写这本书的过程里，有若干个键由白色变成了灰色。一位采防者注意到，电脑桌上的可拉动台灯，罩子上有个部位留下了我的指痕印记，我说：“那是我写作中常常调节灯光造成的。这个台灯罩，对于这本书来说，也是功臣之一。”

我的另一本新书，是一部大开本的建筑评论集。以小说家的身份，而又能跻身于建筑评论界，我很得意。但人们赞赏这本书，往往首先赞赏它的装帧设计。不止一个人说：“啊，这封套太棒了！是黑、白、灰三色——所有颜色里最雅致最高贵的颜色！用单色制版，原来也能出这么好的效果啊！”这些人对效果的赞叹是正确的，对制版的猜测则是错误的——这表面看来简单朴素的封套，恰恰运用了非常先进的多色制版工艺，里面有着许多没在书上署名的人，以及许多被大的堂皇的东西遮蔽住的，小而琐屑的，沉默着的事物，起到了不可或缺的作用。这本书里面的版式设计也很成功——每一页上都有不同方位的"留白"，就是版心上除了文字和图片，还相当"浪费"地出现了一定的空白。中国古典绘画理论里有一种说法："计白当黑"，就是高明的画家会通过他刻意在画幅上留下的空白，去唤起观赏者丰富的想象力，以至他那没画出来的比画出来的甚至更令人觉得精彩。我的这本建筑评论集的版式设计者，在"留白"上正取得了这样的审美效果。开头连我也以为，他做到这一点并不难，只要有了"留白"的设计灵感，在版式纸上拿铅笔画画线条不就行了吗？后来我看到他留下的厚厚一摞版式纸，才知道几乎对每一页上"留白"大小、方位的设计，都要经过在十来张版式纸上的推敲，才能做出最后的决定。为此他画秃了许多铅笔。他工作台上的笔筒里，那些秃了头的铅笔，每一枝都能讲述出一个故事吧？笔筒边，是一个银色的相框，里面是他母亲的照片，在四十年前，几乎每一个看过电影的中国人都认得那位有着动人微笑的妇女——她不是仅靠容貌，被潮流托起的明星，而是一位演技高超的电影艺术家；她虽然已经去世多年，但她把其艺术修养渗透到了儿子的灵魂里，当我翻看自己的这本建筑评论集，为能有那么好的版式设计而庆幸时，我在他儿子所留下的那些空白里，仿佛看到了她的微笑，那微笑里氤氲出高贵而典雅的气质。

一位画家朋友画了一系列表现中国当代人的瞬间表情的油画，人们在观看他的这一系列作品时，大都会有胸口被猛烈地撞击了一下的感受。我个人并不是太喜欢他的那些架上画，可是有一回，他用许多的摄影资料、大大小小的草图，以及那些在修改画幅的过程里，被他无数次刮掉的油彩、被他割破乃至废弃掉的画布，还有被他用坏的画笔、钝掉的刮刀、挤空的油彩锡管，等等东西，搞了一个装置艺术，面对那一片仿佛在喁喁低语的，具有独立生命的物品，我才恍然大悟——原来，他那些被许多画廊作为艺术杰作争相收藏的画幅上，仿佛随手拈来的面部表情，背后有着那么坚实而丰富的支撑！“灵感是一个方面，但还有往往被许多人忽略的，另一个方面，就是在貌似简洁、拙朴的艺术品里，实际上蕴涵着许多幕后的无名英雄。”画家这样对我说。

画家的女友是位影视明星。我称赞她在最近一部电视剧里的演出，她说：“谢谢。不过，我自己还没看过。”像她这样的红星，忙着拍新的戏，不能及时观看播映的影视成品，是常有的事。我说她跳崖那场戏很精彩，她笑着告诉我，其实除了特写镜头，那场戏完全是由替身演员演的。我不由得联想到池塘里的睡莲，那些美丽的莲花莲叶下面，有着隐藏的根须。

我被邀请去观看一出歌剧的首演。因为此前我已经看过一次彩排，所以我只有捧场的心情，而不指望能有什么新的审美收获。可是这场演出却给了我一种享受到完美事物的特殊惊喜。难道这仅仅是因为它不是彩排而是一场正式演出？散场后我到后台找导演祝贺，他告诉我，与彩排不同的，仅仅是改变了背景里一束灯光的颜色，原来那束光是橘色的，而正式演出时改为了菊色，在中文里“橘”、“菊”同音，这两种颜色在不大讲究微妙差别的人眼里心里似乎只是一个偏红并且深点一个偏黄并且浅点罢了，但对于一个讲究高品位审美境界的人来说，菊黄色是一种不仅区别于橘色(无论是橘红色或橘黄色)，而且也区别于任何其他黄色的，独一无二的色调，放在这出歌剧里，特别能营造出至尊华贵的氛围。导演带我到舞台侧面去看那些复杂的灯光设备，并告诉我为了取得所需要的菊色效果调换过多少灯泡与玻璃色片。我心中久久地储留着那束菊色光。

仙蝶寻踪

我问浣蓉:“这些天,你又在研究什么胡同文化?”她说:“舅公,我正研究胡同里的野生动物呢!”老伴一旁听了呵呵笑:“你说的是布老虎、糖耗子什么的手工艺品吧?”我看浣蓉脸上的表情,就知道她并非是开玩笑。我对老伴说:“你忘啦,咱们住胡同杂院的时候,纸糊的顶棚上,晚晌总有耗子跑,那不是野生的,是家养的?”老伴跟我抬杠说:“每早还有麻雀在檐头叽叽喳喳呢,可咱们都管那叫家雀,对不对?”我笑了:“你真行,无形中倒把胡同里的居民们跟某些野生小动物之间那和谐的关系给点了出来。我马上就想到乌鸦、喜鹊……还有知了,到夏天,树上要没有那知了的叫唤,心里头恐怕会空落落的。”老伴却还要跟我抬杠:“嗬,连昆虫都算上了!快别提树上的那些个小动物,槐树上的‘吊死鬼’,核桃树上的‘羊拉子’……那些个东西你也跟它们讲和谐?”我心平气和地说:“老胡同里头,细想起来,野生野长的东西还真不少。记得在深夜里,看见过刺猬在院里枣树底下觅食;还有黄鼠狼,在胡同垃圾桶边上一闪就没影了……有的,像蛇,蝎拉虎子——就是壁虎,还有蝎子、土鳖,很多人不喜欢,害怕,其实把它们灭绝了未必是好事……”浣蓉就问:“舅公,舅婆,你们往年在胡同里见着过蝴蝶吗?”老伴说:“那时胡同大院里,常飞来。不过,没见着《红楼梦》里薛宝钗扑的那么大的,花色也都平常。”

老伴下楼参加健身活动去了,我跟浣蓉细侃蝴蝶的事。浣蓉说,去陶然亭寻找过“香冢”,没找到,问我知道不知道。很多年前,我倒见着过。记得那“香冢”还有块石碑,上头刻着一首短歌:“浩浩愁,茫茫劫。短歌终,朋月缺。郁郁佳城,中有碧血。碧亦有时尽,血亦有时灭。此恨绵绵无绝。是耶非也,化为蝴蝶。”我说:“那词句很颓废,也算不上美文。不过,往好了想象,也许是晚清戊戌变法失败以后,有人借题发挥,暗喻碧血丹心终能不朽的意思。短歌里的‘蝴蝶’,表示庄子‘人生如梦蝶’的意思,并不真是说蝴蝶啊!”浣蓉却说:“据我走访老人和查阅资料,那‘香冢’虽然很可能又确实如您所说,是纪念谭嗣同等烈士的,不过,又确实跟蝴蝶有关。以前北京胡同里经常出现一种蝴蝶,形态不算奇特,翅上黄黑相间,后翅缺口明显,它们的老巢在太常寺的大匾后头,所以被叫做‘太常仙蝶’。为什么说它们有仙气?它们专爱跟品质高尚的士大夫交往,有时会在窗外向屋里窥视,有时干脆飞进屋里,停在砚池边,翕动蝶翅看人写字画画;雅人燕集,他们会在头顶上酒杯间穿梭舞蹈……温教授给我抄了好多清末明初文人雅士吟‘太常仙蝶’的诗词,像龚自珍就写过不止一首,还在小序里说:‘蝶能识当代正人,不惟故实之流传而已。’我在菜市口烂漫胡同——其实当年叫烂面胡同——走访了一位九十三岁老人,他说,他父亲亲眼看见的,谭嗣同遇害后,有一群仙蝶到他血洒处盘旋,仿佛无限地悲愤……我想,‘太常仙蝶’的后代,现在也许还有吧!”

我说:“尽管这些年城市成了持续破土的大型工地,喧嚣中的发展对胡同四合院的生态破坏非常严重,可是,偶尔还是能在胡同院落里看到你说的那种翅上黄黑相间的蝴蝶。这些‘太常仙蝶’的后代,也许会为时代的进步感到欣慰,但也许又会为它们的生存空间越来越小而焦虑……”浣蓉说:“多咋所有的北京人都意识到,这座城市不但属于人,也属于黑老鸹、花喜鹊、雨燕、家雀、湖虾、泥鳅、知了、蜻蜓、蝴蝶……乃至于七星瓢虫,那我们的城市规划和建设,社会的公德与风气,就都会提升到一个新的境界了!”

浣蓉决定用业余时间,从今夏开始记录在北京城区目击蝴蝶的地点、时辰,以及形态、花色,攒成一份资料。您愿意得便也作点记录么?就是不记录,心里存下一点对京城蝴蝶的关爱,也挺好,对不对?

铮铮入耳是何声？

天气热起来了，我漫无目的地在胡同古槐的浓荫下转悠。上班的还没下班，上学的也还没放学，知了也还没长大，胡同里人影稀疏，阒无声息。胡同深深深几许？柳絮成球沿脚飘。哎，北京的胡同啊，光是你这闹中得静的特色，就值得大都会的人们珍惜维护！

从横岔的小胡同里，踱出来一个熟悉的身影，咦，那不是一颏美髯的温教授吗？听说他最近忙于著书立说，闭门谢客，怎么连时候跟我一样闲散起来？我认出他的当口，他也认出了我。相互笑着招呼后，我见他手里拿着个带盖子的玻璃升，不禁问："您拿着这个，是要去——？"他睒睒眼，一脸老顽童相，让我猜。我猜是去打扎啤，他摇头。啊呀，从那容器推测，可就难了；再说，如今岂有拿家伙去零打酱油醋的？

我正偏头寻思，忽然，有种悠悠然的铮铮敲击声从胡同深处传送过来。那是什么声响呢？不像铃铛，绝非琴瑟，却又让人联想到古寺檐角的铁马，和高山流水边的鼓筝人……温教授用髯尖指指那边，笑眯眯地带我循声而去。

我细细品味那独特的声响。啊，记得那回跟温教授一起议论北京的民俗，他随口背出了几首上世纪初的北京竹枝词，其中有这样的句子："磕磕晶晶响盏并，清明出卖担头冰。""冰盏丁东响满街，玫瑰香露浸酸梅。"难道，这胡同里会有敲冰盏卖冰核梅汤的么？

我们并肩朝前走，渐渐接近了那发出铮铮敲击声的地方，我看出，那是个打通自家屋的后墙所开出的一家小店。这种以售卖小食品和小杂货，方便附近邻里的胡同小店，并不稀奇。它们还多半在天刚开始热的时候，就把装冷饮的冰柜摆在售货口，还挂着些花花绿绿的冰糕招幌。但这家小店却有铮铮的冰盏声,在现在的北京城,恐怕是独一份儿了。

忽然从接近那小店的横胡同里，有些小学生蹦着颠连步跑了出来,有的,就跑到那冰柜前买雪糕。原来,那横胡同外头的街上,有所小学。

温教授停住脚步,指给我看:“瞧,那店主,也就不惑之年吧,去年下岗以后,登记注册,打开自家后墙,开了这家小店。他爷爷原是在什刹海荷花市场摆摊卖自制酸梅汤的,传下来两只铜盏儿,不懂的人都以为那是喝酒用的,其实,那是当年卖冰核梅汤的响器,用来招揽顾客的……”我眯眼细看,点头道:“现在连信远斋的酸梅汤也不流行了，他权把那铜碗儿用来推销西式冰激凌,也算得上别开生面。”温教授却说:“他现在也卖酸梅汤呢,自制的,获得了有关部门检测批准。而且,不是信远斋那个流派,他爷爷传给他的,是西四牌楼隆景和那个流派的做法,讲究沸水文火煮乌梅,蔗糖冰糖两增甜……因为产量小,他不是我这样的‘知音’,还不卖呢！等我打满这一升,你到我家,咱们念着竹枝词细品！”

小学生们散去,我再立足细观,只见那瘦高的店主把竖在冰柜边的一个月牙戟扶扶正,然后右手拇指和小指夹起下面铜盏,食指和中指挑动上面铜盏,又铮铮地敲动起来,脸上满溢着自得其乐的表情。温教授在我耳边说:“那月牙戟,正是当年卖冰镇酸梅汤的典型招幌,据说跟‘望梅止渴’那个成语的源头有关……”我心里好羡慕那店主:买卖好赖先不说,图个传统文化的享受——得大自大！

奥迪麦秸

浣蓉跑来跟我说:“舅公,有件事你一定要帮忙!”我说:“那要看是什么事。”浣容就拿出样东西给我看,一看我就喜欢——那是一座塔的模型,还没等浣蓉让我猜,我就说了出来:“这不是万寿山后山上的多宝塔吗?整个儿镶着七彩琉璃——呀,这用的是什么材料?远看我还以为真是用琉璃烧的小样呢……”凑近摸了摸,我判断:“是用木签子扎制的,亏他做工那么细致!”浣蓉说:“您再仔细看看!”我终于弄清楚:“是麦秸扎的!麦秸很娇嫩啊,又最难染色儿——这是谁制作的?你研究北京胡同文化,怎么又找到个用麦秸扎宝塔的主儿了他是哪位?”

浣蓉告诉我:“人称宝塔韩,其实他名叫韩塔宝。说来有趣,他出生在西四牌楼往南,路西砖塔胡同,那儿不是有个万松老人塔吗?那塔不高,也并不怎么好看,可是,就因为打小跟那底下长大,家里大人又给他名字取作塔宝,所以他养成了个见塔就喜欢的习惯。他退休以前,一直在菜市场当售货员。十年前退休回了家,他就在他家那小屋里,用麦秸扎上了宝塔模型。扎麦秸玩意儿,是他岳父教给他的,他岳父几十年前专在花儿市泡子河那边摆摊卖麦秸工艺品,他说岳父并没扎过宝塔,可是,传给了他给麦秸染色儿的诀窍。他岳父老早去世了,可他老伴也还记得些扎麦秸的窍门,在老伴辅助下,他琢磨出了一套扎宝塔的办法,如今北京凡有点名气的塔,他都扎出来了,大大小小,摆满了一面墙的多宝格……”

我恨不得立马去宝塔韩家,一睹那满墙的宝塔模型。

浣蓉开着她那小奥拓,带我去一饱眼福。我忘了她让我帮忙的话茬儿了,我以为那不过是她为了增强我注意力的一种语言技巧。

进了那大杂院，拐了两个弯，只见一个门楣上挂着个麦秸扎出的匾，上头是五个连成一体的绿字“宝塔韩塔宝”，噫，有趣有趣。

宝塔韩矮胖色黑，其貌不扬，他的美，全通过一双巧手，体现在了那些扎出的古塔上。他家屋子虽小，那一面墙的多宝格上，却放射出璀璨的光芒，使参观者仿佛置身在宏阔的七宝楼台。我认出了广安门外天宁寺塔、八里庄慈寿寺塔，不知他是怎么掌握那比例的，缩制出的形态惟妙惟肖，叹为观止。这样的密檐式塔还比较好扎，更难得的是他还用麦秸扎出了覆拨钵式的妙应寺及北海琼岛的白塔。他把我不熟悉的那些塔一一介绍给我，说是为了准确地把那塔形扎出来，常常坐长途汽车，早出晚归，去实地反复考察、打腹稿。他那小屋的饭桌上，摆放着正扎制着还没完工的香山碧云寺金刚宝座塔。我正赞叹，他却叹出长气。浣蓉告诉我：“没麦秸料啦！原来，他自己骑自行车，往远郊跑一趟，就能带回一大捆好麦秸来。如今，他年纪大，腿脚也软了。再说，如今北京郊区划地开发，要跑很远才能见着麦田。我替他开着奥拓车去老远找了些来，又都不合格。所以，您得帮这个忙！”我一时懵了。爱莫能助啊！

浣蓉提醒我说：“前两天您不是说，那王市长要开车奔北京来招商吗？”对啊，王市长从前是我学生，他那个市又恰是产麦区，我打个电话给他，让他进京时捎捆上好的麦秸来，技术上应该没有问题，怕的只是他不理解，或者跟我端官架子……

王市长没辜负我的期望。那天我先接到的是宝塔韩从公用电话亭打来的电话：“哎呀，怎么谢您才好啊！喜从天降！王市长没去宾馆，先把奥迪车停我家门口！一捆奥迪麦秸啊！……”

“后主婆”

浣蓉给我来电话：“舅公，我这就接您看画展去！是后现代主义的最新佳作哩！”这倒真引出了我的好奇心。好一阵子了，浣蓉嘴里“后现代”个没完，虽说那多半是他们小辈之间对话里说的，我耳朵眼里灌多了，竟也记住了不少有关的“说头”，比如：“后现代理论”的大师叫杰姆逊，是个美国大学教授；“后现代主义”反映在建筑上，讲究“同一空间里不同时间的并置”，体现在绘画上，则讲究拼贴方式，突出装饰趣味……坐进她那奥拓车里以后，我宣布：“为的是活动活动筋骨，才上你的贼船……我可不乐意让‘后现代’弄个晕头转向！”她握着方向盘只是咯咯笑。

汽车拐进了她婆家住的胡同，我说：“还拉你公公去么？他怕更得晕菜！”车停稳后，她请我下车，我想坐在车上等她公公确实不恭，便跟她走进院里。

谁知到了她婆家那北房外头，她朝窗外一块支立着的大床板说：“您看！就是这一幅杰作！”

我正想嗔怪她胡闹，却不禁被那门板上粘贴出的一大片斑斓的色彩吸引住了。走近些细观，是用糨糊把许多不同质地、不同大小、不同色彩和花纹的旧布头拼凑起来的。浣蓉在我耳边煞有介事地讲解起来：“创作者没有事先设定的主题，甚至连形式也没事先想象，只是由着性子临场发挥，可是您瞧，这不同时代不同人穿用过的旧布头，岂不是活生生地体现出‘同一空间里不同时间的并置’么？岂不是极富于奇妙的装饰趣味么？……”我可是忽然明白过来了，指着大声说：“嗨，这不是早年间常能见着的，普通人家妇女为了纳鞋底，糊出来晾着等它快些干燥的布袼褙吗？”

“让您说着啦！”身后响起浣蓉公公曾老的声音，我忙转身致礼。原来是曾老想约我下围棋，托付浣蓉接我，浣蓉却搞了这么场把戏。进到屋里，才知浣蓉婆婆串门去了。曾老告诉我，老伴近来耳朵更背，记性更差，一家人都劝她别除了家务事就是看电视，该多参加些个活动找些个乐子才好；她自己也说："可别闹下个老年痴呆！"可她不识字，得不着读书看报的乐趣，又不喜欢扭秧歌，结果就想出了个自己动手做鞋的主意，大家反对，她说："知道你们心里怎么想：归了包齐还是干家务！可我只当是玩儿，谁还真指望我做出鞋来上脚是怎么的？你们别拦，我还真来劲了！"于是她没事儿时就兴致勃勃地"玩儿"起来，这不，院里晾着她熬糨糊糊起来的布袼褙，那是纳鞋底的原料；屋里，曾老把一个可以支在两腿之间的木板夹子拿给我看，说是烦邻居丹皋给做的——早年间，那东西好多人家都有，把剪好糊好的"千层底"固定在那夹子上，用麻线、圆锥、扁针纳鞋底可以左右手倒换着进行，麻线能抽得更紧……曾老乐呵呵地说："她这头一双是给我做'老头乐'，又叫'棉花篓'，说是从清明做到寒露，怎么也能做好！"又拿出几张纸给我看，上头画着些传统的"云头"和"兽面拐子"图样，打算给纳到鞋帮子上；我和浣蓉看了齐赞漂亮，曾老说："人家还觉得不过瘾呢，这不，找东头魏大妈，求人家给画'拐子龙'图样呢，今年不是龙年么……"浣蓉说："这用'后现代主义'绘画纳底子的'老头乐'，真做得了您可别上脚，咱们送去参加'威尼斯双年展'，就给它标上一个'后主篓'的名儿……"咳，这叫什么主意！

春游“香雪海”

别看温教授又通洋文又懂电脑，西服革履的，头上还喜欢戴顶“法兰西帽”，可跟我们平头百姓交朋友，一点架子也没有。前些天他还召集我们一群老头老太太春游呢。去哪儿？去“香雪海”。你知道江南有赏梅胜地“香雪海”，难道我们是去那千里之外了吗？告诉你吧，我们连北京城圈儿都没出！我们去的是北京的“香雪海”。

温教授有个主张，就是要珍惜北京城圈里的“小风景”，有的小型的风景名胜，不但就在城圈里，而且干脆就在胡同里，比如智化寺；深藏在东城禄米仓胡同，里头的建筑基本是明代原物，文物价值极高，还传下来一种独特的佛教音乐。“香雪海”在哪里呢？在南城教子胡同东侧的西砖胡同里头，那里有座法源寺，是北京最古老的一所寺院，唐朝始建时叫悯忠寺；现在的规模面貌是清雍正年间灾后重建保留下来的。法源寺里的殿堂佛像以及佛教经籍文物之瑰丽珍贵自不必说，更难得的是花木茂盛，四季出奇；虬松巨柏、翠竹修篁，古藤银杏、文官果、龙爪槐……已令人觉得美不胜收，更堪称一绝的，则是那满院的丁香。丁香花本是北京常见的植物，有的胡同杂院里就都还栽种着，但一般都是“华北紫丁香”，品种比较单一；即使有白丁香，也不过是“华北紫丁香”的变种。法源寺的丁香品种却不但齐全，而且数量极其可观，其中以白丁香居多，而且据说有明朝郑和下西洋后从南洋马鲁古岛带回来的品种，叶片、花瓣与香气都属独一份儿。寺中春日丁香盛开时，一度达到满眼浸白、满寺飘香的程度，故获得“香雪海”的美谥。我们游览的那天，觉得丁香花穗不如想象中的那么如云似海，也不能确定哪些株是北京地区独一份儿的品种，但仍然个个兴致勃勃，喜笑颜开。

后来大家在南横街一家小饭馆聚餐。围着大圆桌，个个仿佛都返老还童，抢着话茬儿议论起来。温教授说:“随着社会生活的发展，有些事物会被淘汰，不好的，落后的，淘汰掉是应该的，可是有的美好的东西被淘汰，却仅仅是因为‘含金量’不够高，‘票房’不好……”曾老抢着举例:“比如现在满大街卖的草莓，在棚里用化肥快速催熟，贼大，可是那味道比过去露地栽种的小个头草莓差老鼻子了！”谢大爷接下去说:“小草莓赚不了大钱，给淘汰了，其他水果的情况也差不多，拿梨来说，原来北京除了出鸭儿梨，常见的还有红绡梨、鸭广梨、秋白梨……”他老伴抢着说:“那倒偶尔的还能买到呀，苹果比梨惨，到处时兴日本红富士，它再好，代替不了别的苹果那些个特殊的味道呀！现在像沙果、香槟子……”更有人立即补充:“虎拉槟、林檎……都见不着了！”“桃子里的十里香、大叶白、莺嘴桃、扁缸桃……葡萄里头的马奶白、兔儿粪、梭子葡萄……怎么也全给淘汰啦？”

那天回去后，我们一群老头老太太联名给有关部门写了信，希望能重视法源寺的丁香花，最好为每一株老丁香都建立档案，千万不要让那些独特的品种被稀里糊涂地断了后；还建议再补栽适当数量的丁香树，以恢复其“香雪海”的气派……

虬梅无价

“舅公，我带您看件新鲜东西去！”川妹子浣蓉来过电话没多一会儿，就开着他们小两口新买的奥拓车接我来了。在车上，她让我猜这回她要带我去看哪样“胡同文化”，我说了一大串：听刚“饭”出来的金钟在青花帽筒里打鸣？看老太太们的踢毽比赛？自制七尺长的大糖葫芦？泥塑兔儿爷跟面塑兔儿爷打擂台？……她笑说：“比那些个都更来劲儿！”

她没把车开进她公公那条胡同，却拐进了另一条有好几道弯儿的胡同，停在了一个杂院门口。把我往院里引时她告诉我，她公婆，还有温教授等好多人，都来看过啦……我问：“这位玩主也是个退了休的？”迎面出现个黑脸壮汉，她忙介绍，我心里疑惑，难道这位爷们也掌握着胡同文化？她却只顾跟那汉子欢谈，原来，他们竟已非常熟稔。

进到最里边，在只有六平米左右的小院里，木架子上摆放着三个自制盆景，仔细一看，呀，都是最难制作的蜡梅盆景！三盆蜡梅都有粗壮蟠凸的根本，上面的几根枝条都不多，但走向错落，与根本部分配合着，恰好写意出龙的动势；枝上着花不多，氤氲出淡淡的香气……

赞不绝口之余，跟那汉子聊起来，才知道他是跟已故去的爷爷学的手艺；他自称是“小三届”的——“老三届”一般人都知道，是指1966年“停课闹革命”时滞留在中学里的那六个年级的学生，后来多半去农村插队或去了生产建设兵团；“小三届”则指那以后进入中学的三届学生，他即其中之一，也没学到什么就算毕业了，他毕业后被分配到附近煤厂当了送煤工人，蹬着平板三轮，拉着蜂窝煤，跑遍了这一片的胡同院落；后来煤厂改成了煤气站，他就一直在站里当换气罐的工人……这些年的工余爱好，就是培植盆景，前两三年就试着弄蜡梅盆景,总没成功,今年才算圆了梦,而且弄成了三盆。我问:“这蜡梅怎么竟有檀香的气息啊?”他便滔滔不绝地跟我侃了起来:“我就是在檀香木上接的根呀!哎,为寻这檀香木,我跟蛐蛐似的蜕了七层皮!……这蜡梅,有人把蜡字写成腊,虽说培植得法它确实能在腊月开花,可它叫这名儿,还是因为花瓣像蜜蜡似的……我这是最名贵的品种,叫磬口蜡梅;今年是龙年嘛,我就都给弄成虬龙的造型……这些天有张报上登了几行字的消息,配了张小照片,嗬,来这院里看新奇的络绎不绝,说是‘我们能不能看看梅花?’其实,梅花跟苹果、梨、桃、李、杏什么的一样,属于蔷薇科的乔木,这蜡梅单算一科,而且是灌木,所以,您要是觉得好,回去跟别人提起,别说是看了梅花,得说是看了二强子培植的蜡梅……”我望着粗眉厚唇的二强子,只觉得他也像是一种花……

临告别时我问:“您既有这手艺,怎么不……”话没说完浣蓉便截断我说:“人家图的就是这么个乐子,不想把这个拿到市场去转换……您往这儿瞧——”我顺她所指,扭头看到二强子那住房门上贴着艳红的春联,上下联是:“寒气与君霜里退;阳和为尔腊前来”——这好像是唐朝韩偓的诗句,亏他能知道——没看清横批,已经被送出了后院,我在心里说,唔,横批可以是:虬梅无价。

天上掉下个什不闲

胡同口那小学原是个祠堂，据说是明朝奸宦魏忠贤的生祠——就是人还没死，谄媚的人就给他盖起祠堂供起牌位定时祭祀——那祠堂早经废弃多次转手拆建，算不得什么文物，最近小学要把里面最后一栋旧房拆了修筑新教室，拆房时出了件新鲜事，从那顶棚里，发现了一些不知是什么人在什么时候为什么搁进去的破旧杂物，其中有一个木架子，桁杆上穿了些孔，吊物的麻绳还在，所吊的物件里，仅剩一面破烂的小锣——怪不得曾有人说那屋子里常闹鬼，半夜会有锣响，现在可以推定是耗子跑过去时弄响的——那究竟是个什么物事呢？大家议论纷纷，莫衷一是。后来有文物局的人来鉴定，说那是清末民初，唱什不闲的艺人用的锣鼓架。

川妹子浣蓉的公公曾老，那晚上不开电视，拉开了关于什不闲的话匣子。正好我去串门，浣蓉小两口也在座。曾老说，他小的时候，北京的曲艺相当繁荣，庙会里不用说了，就是一般市集茶馆里，也多有演出，数来宝、评书、相声、双簧、大鼓书、琴书、单弦、子弟书……都拥有大量的欣赏者，只是什不闲那时已不多见，偶尔也遇上过，记得那举起放下都很轻便的桁架上，挂着铙、鼓、钲、锣各一，唱时并不用来伴奏，而是在唱完每一段后，拉动绳索，那四样打击乐器便有节奏地响动起来，造成一种特殊的氛围……他问老伴可还记得那久远的韵味？大他三岁的老伴这回却不耳背，自豪地说："像你呢，那么健忘！"清清喉咙，竟哼出了几句："天坛游去板车牵，岳庙归来草帽偏，买得丰台红芍药，铜瓶留供小堂前……"浣蓉听了使劲拍巴掌，连说："真该恢复这种曲艺……"丈夫就跟她说："徐大爷玩'梧桐叼弹'，你说那是'胡同文化'的糟粕，残害了野生鸟类；其实这什不闲的唱词，大多从竹枝词变化而来，里头庸俗无聊乃至黄色的成分不少，我看过资料的！”小两口这边抬杠，老两口那边也争执上了，老曾非说老伴哼的那个腔不是什不闲，倒像是莲花落的调式……我望着他们，笑得心跟酥瓜似的。

究竟什不闲该怎么演唱？一时成了迷恋北京民俗文化群体议论的热点。这在只习惯于拿着遥控器泡电视的人们，或者只热衷于新潮的、港台的、西洋的时髦文化的人们看来，着实可笑。但浣蓉说得好：“有些文化确实会在时代潮流里衰落，但不应该任其消亡，好比现在绝大多数满族人都不会说满语读满文了，可是人类里一定要保持一定——哪怕很小——数量的不管是哪一族的人，把这种独特的文化承传下去！什不闲就是不能再广泛流布，也至少总得有人能大体准确地把它唱出来，若是今后某些关于老北京的影视里能给它留些痕迹，那就更好了！”

据说有人去请教了曲艺界的人士，结果怎么样我还不清楚。前两天正当一些兴趣者聚在温教授家时，忽然有个才十多岁的小学生，跑来毛遂自荐说是他能演唱一套什不闲！这可能吗？那男娃娃就说，他祖爷爷，住隔壁胡同九十多年了，小时候从安徽凤阳，跟着母亲讨饭，辗转来到北京，后来就专唱什不闲，那腔调是从凤阳花鼓变化过来，加进京腔京韵，渐渐成型的。他祖爷爷后来在北京进了前门外撷英番菜馆当学徒，三十年前从一家国营西餐馆退的休，现在身体还硬朗，打小教他唱京剧，这些天听说了什不闲的事儿，竟能回忆起当年的一个三十二句的赞隆福寺庙会的段子，一句句地教会了他……

就在那天，一个稚气的嗓音里，传出了仿佛从天而降的什不闲音韵……

美人风筝

川妹子浣蓉是我远亲,叫我舅公。这个星期天她兴冲冲来找我,说是她公公和一些离退休的《红楼梦》爱好者,正制作一批风筝,完全按照《红楼梦》第七十回所写,要制作出大蝴蝶、软翅子大凤凰、大金鱼、大螃蟹、大红蝙蝠、七连串大雁、玲珑喜字等各色风筝,完成后到天坛祈年殿和皇穹宇之间的高台神道上去放飞,约我到时去观赏。我听了非常高兴,只盼着那“红楼风筝会”早日举行。

可是过了好些天,竟再无消息。我呼了浣蓉好多次,有天晚上总算呼到了她,用手机给我回电话时,她正跟一些个朋友在三里屯“泡吧”,我抱怨她吊起了我的胃口,却又把我“凉拌”起来,还忍不住说:“你们年轻的一代到头来还是喜欢洋文化、新潮流……” 她咯咯笑着说:“哪儿呀, 我们正在讨论北京胡同文化哩, 分歧可大啦! ……”第二天她办件什么事,路过我们那条街,到我家打一头,叽叽呱呱地跟我说起他们“泡吧”时的争论:“有的说,胡同旧院有什么好? 光是普遍没有卫生间这一条,就该都拆了盖楼……我当然不同意, 我说, 那是技术层面的问题, 我关心的, 是文化层面的延续和发展……老北京胡同四合院里的普通市民,有一套特殊的跟自然亲近,跟邻里和谐,把庸常平凡变得多彩有趣,把艰辛人生雕刻得精致玲珑的办法,在当前这种以竞争为轴心,浮躁波动的社会生活里,实在应该从老北京悠闲温馨的文化传统里,提炼出一些可以拿来制衡的精华……”我截断她说:“你且别形而上个没完, 我想立刻知道, 你公公他们的那些风筝究竟制作完了没有? 什么时候到天坛举行放飞盛会?”她这才答应尽快去婆家一趟,了解进展详情。

没过几天，浣蓉来电话告诉我，她公公这些天眉头不展，因为他自告奋勇承担了制作美人风筝的任务，结果别人的那些风筝差不多都制成了，惟独他制作出的美人风筝徒有其表，试放时总是没到两丈高就栽下来……《红楼梦》里写到，贾宝玉放美人风筝升不起来，说“若不是个美人，我一顿脚踩个稀烂”，倒是林黛玉懂行，告诉他是顶线不好，要另外打换……不过浣蓉的公公在那一再失败的过程中，也增进了不少知识，比如，最早叫做风筝的物事，是一种能在气流中鸣响的乐器，我们现在所说的风筝，正确的名称该是纸鸢；一般纸鸢有两根顶线就能飞升，美人风筝非得三根顶线才成，可三根线之间的均衡关系，很难把握……

后来有一天，浣蓉来把我领到一所胡同大院里，那是她公公朋友温教授的家，温教授屋前的院落较空阔，那拨子按《红楼梦》描写制作风筝的老伙伴们都聚齐了，把各自扎出的风筝展示在院子里，形成一个风筝大展。我问那美人风筝是否能升空了？浣蓉公公只是摇头，但却又笑嘻嘻地说：“快了！”……我被请进了温教授书房，原来，大家正围在电脑桌旁，看歇顶长须的温教授在电脑上制作美人风筝的三维动画呢……

十六朵玫瑰

谁的旧日记册里，夹有干成薄片，却仍氤氲着芳香的玫瑰？检视往日记下的那些文字时，翻到夹有玫瑰的那一页，该是怎样的心情？轻轻拈起那薄如云、香如故的玫瑰，会觉得，那玫瑰根本没有干枯，还欢放着，缀着清晨的露珠！

我的书架上，在许多堂皇的厚书、新书、精装书、礼品书当中，夹着十六本薄薄的、瘦小的、纸页发黄的安徒生童话全集，这是我阅读历程里永不凋谢的玫瑰。

我爱安徒生。爱安徒生童话。最爱他写的那篇《柳树下的梦》，还有《老单身汉的睡帽》。安徒生一生向世人，包括女性，当然更包括美丽、温柔的女性，竭诚地奉献出了他满腔的爱，然而，他始终孤独，在柳树垂地的长枝下，谁理解他那玫瑰色的绮梦？他戴着老单身汉的睡帽，完成了人生跋涉的全程。只知道欣赏《皇帝的新装》或《卖火柴的小女孩》的人，不能算安徒生的知音。读安徒生的童话，我微笑过，然而，更多的时候，是想哭。是的，只是想哭，却不一定真的哭起来。甚至于，也并不有泪盈眶，只是鼻酸。想到个体生命在这世界上，存活不易，理解别人很难，让别人理解更难。但是，终究还是要坚持人生跋涉，要坚持去理解，去宽容，去爱。

1992年冬天，去丹麦，在哥本哈根港湾那“海的女儿”铜像前，只觉得所见到的，不是冰冷的金属，而是躯体里有心脏在跳动，有血液在循环的一个老朋友，一个好妹妹。《海的女儿》我读过了多少遍？算不清，也不必去算，只是切切实实地知道，每读一遍，心灵都被洗浴了一次。

十六本安徒生全集，小32开的开本，平装，封面绿色基调，朴素而典雅，里面的插图只是一些线画，然而，对我来说，那是非常完美的出版物。上海文艺出版社出版，叶君健翻译。翻译得太好了。每一句读起来都那么自然，就仿佛当年安徒生能直接用中文写作。

十六本安徒生全集，是我书架上的十六朵玫瑰。那是1978年，浩劫刚过，该全集重见天日后，第一次印刷，译者叶君健先生，在他家里逐册签上题词和名字，亲赠我的。叶先生头两年已然仙逝，也许此刻正在天堂里和安徒生促膝谈心。有叶先生的题词签名，这十六朵玫瑰更弥足珍贵，因为，它们也是叶老和我的忘年交的见证。

前些时，我在远郊农村里，安顿下了另一间书房，我城里书房是绿叶居，乡下书房叫温榆斋，两间书房的书架上，分藏着必要的、心爱的书。叶老签名的安徒生全集，拆开了放不妥；因为是随时要抽出一朵，搁在枕边的赏不够的玫瑰；那么，既然我两边书房都在使用，都有眠床，那么这十六朵玫瑰，究竟放在哪边才合适呢？这一技术性问题竟让我很焦虑了一阵，我对它们的钟爱程度，就不必再多说了吧！

静气浸人

“每临大事有静气”，这话很早就知道，但我生性急躁，往往在不算怎么大的事情上，遭遇不顺，便沉不住气，面容声气，乃至肢体语言，就都不雅起来。1994年年初，应台湾《中国时报》邀请，我们四位大陆作家去台北参加“两岸三边华语文学研讨会”，那时候海峡两岸的文学交流刚刚开始，大陆作家进入台湾的手续之繁琐、荒谬的程度，比现在还要厉害得多。我们此前都有过出境访问的经验，没想到这回去自己国家的一个地区，竟比到遥远的外国还要麻烦！记得那回上午到达香港，跑出跑进机场去完成“必要的手续”，折腾到下午四五点钟，在航空公司的柜台前，居然仍不能顺利地领到登机牌，那地方无椅子可坐，连个能靠一下的东西也没有，我只觉得身疲喉涩，忍不住发起牢骚。专程到香港来迎接我们的《中国时报》人间副刊负责人焦桐先生，为此忙来忙去，不时向我们致歉，但他一时也没有办法化解所遇到的“技术问题”。就在这时，我忽然注意到，我们同行里年龄最大的柯灵先生，非常平静地站在那里，双手握住身前的手杖，仿佛一株迎风微笑的大树，他那肢体语言使我憬悟：此时此地此事，应顺其自然，等候瓜熟蒂落；毕竟我们所要去参加的研讨会，是有积极意义的。从那一刻起，我就感觉到，柯灵先生身上有一种非常浓酽的沉静之气，这恰是我所匮乏的，实在应该向这位长辈学习。

访问期间，我对柯灵先生的举止风度有更自觉的观察体会，他年事已高，耳朵失聪，但他待人接物绝无“长辈架子”，回答起问题来，也绝不以“耳背”作托词笼统对付，他的微笑是真诚的，谈吐是文雅的，讨论问题时，能深入浅出，或言简意赅，或幽默生动，使你感觉到他的思维仍然敏捷，创造力依然旺盛。即使在宴请的席间，他举箸应对，一招一式也让人感受到一种从容不迫的气度。真是静气浸人，而且那静气，是出自肺腑心臆。

现在张爱玲成为"五四"以来，人们给予艺术评价最高的小说家之一，一些文学史家、评论家乃至文学爱好者，简直是"言必及张"，但是，有些人就还不知道，张爱玲的出道，实在是端赖柯灵先生的大力提携。那是在上世纪40年代，上海成为"孤岛"的时期，本来籍籍无名的张爱玲去给柯灵先生主编的杂志投稿，柯灵先生确是"伯乐"，一眼相中"千里马"，连续推出张爱玲别具一格的小说，虽然后来那些小说一度被遮蔽，到头来终于还是为中国文学的发展留下了若干奇花异葩。在台湾访问时，我也曾就他慧眼识爱玲一事与他交谈，他既没有眉飞色舞引以为功，也没有满口谦辞以示清高，只是静静地、淡淡地说："编刊物么，总归是不要埋没好稿子才对头。"

像我这个年纪的人，大都看过根据柯灵先生剧本拍摄的电影《不夜城》，那是一部描写上海民族资本家如何在解放后接受社会主义改造——实行公私合营的影片，那个时候的电影创作难免有主题先行的框架，但《不夜城》的剧本还是让你感觉到，不熟悉上海这个大都会历史、不熟悉民族资本家生活、不熟悉上海滩的人情世故，是不可能驾驭这样一个题材，表现得这样五光十色、生动可信的。电影"出笼"不久就受到严厉批判，批判的调门越扯越高，但却又出乎意料地戛然而止。有人猜测，是最高领导人看了片子后，说了什么话。在台湾访问时，我也曾向柯老提及这一可能，他作为当事人，却并没有我那一份探究"小道消息"的兴致，只是静静地说："是忽然不批判，不了了之了。"当然，到了"文革"时期，写作《不夜城》又成了罪状，但柯老在浩劫之后，也不去谋求对《不夜城》的"再评价"，他是真正地朝前看，酝酿，并着手创作史诗性的长篇《百年上海》，那开篇部分，在我们从台湾归来不久，就在《收获》杂志上刊载了出来，文笔可称汪洋恣肆、纵横捭阖，老姜真辣，令我感佩。不久前忽从报上看到柯老仙逝的消息，《百年上海》可能未及终卷，令我扼腕叹息。但我喜爱的刊物——辽宁教育出版社出版的《万象》，那新的一期也正好来到手中，柯灵先生当年在上海主持的《万象》，与如今的《万象》，绝不是刊名偶合，其中是有一脉静气相通的！想到此，我要对柯老在天之灵说：您人走气在，凡正直、温煦之气，总是绵延无绝期的！

蜗居来客

我从小嗜读叶君健翻译的《安徒生童话》，一直盼望能有一天见到这位给我带来了那么多快乐的译者。1978年夏天，我作为《十月》丛刊的编辑，终于有机会去叶老家组稿。编辑部派我去，是想请他出马，在儿童文学方面给我们提供带头稿。叶老亲切地接待了我，先跟我娓娓拉家常，又给《十月》提出了许多宝贵的建议；说到儿童文学，更是谈兴甚浓，对《十月》甫筹办，便注意到儿童文学这个品种的重要性，非常地鼓励。作为组稿编辑，我急迫地想得到稿子，便问他手头可有现成的作品？他略沉吟了一下，便告诉我，儿童文学的新作一时没有，但倒有一部现成的长篇小说稿子，是在"四人帮"还没倒台时，每天白日在单位被当做"牛鬼蛇神"罚扫厕所，晚上回到家，夜深人静时，偷偷写的。我听了很兴奋，恳请他拿给我看看，说回去将向编辑室领导汇报，看能否在《十月》发表。他把稿子给了我，嘱咐说："你看看，给我提提意见。如果觉得不合适，就退给我。"那是厚厚的一大包稿子，相当沉，我骑车带回编辑部时，把它夹在自行车后座上，怕半路掉下遗失，右手扶车把，左手一直伸在后面，紧紧按住那包厚重的文稿。那是总称为《土地》的三部曲，约一百多万字。读时我有三重的惊讶。一是我这才知道，叶老并不仅仅是个翻译家和儿童文学作家，后来在处理稿件时跟他细谈，更知道他首先是用世界语和英语，创作长篇小说，并在英国出版的，搞儿童文学，倒是那以后的事；二是在"文革"那样险恶屈辱的环境下，不仅在单位里挨斗，他解放初从英国回来，用自己挣的版税买的四合院，也被街道上的"造反派"强行抢住了进去，受着监视，可他却居然还能偷偷地潜心写出这样的宏篇巨制；三是他那小说的叙述方式，同我以往接触过的中国现代长篇小说很不一样，语调非常地冷静，刻画人物不用浓彩，多用白描。后来《十月》发表了三部曲之二《自由》。

那时我住在离叶老家不远的柳荫街，一所杂院的窄小东房里。有一天晚饭后，有人敲门，我开门一看，是叶老。他微笑着说，因为我告诉过他住处，这晚散步，经过了这里，所以冒昧地来拜访。我忙将他让进屋。那时我家只有两把椅子，一把是我在小书桌前写东西时坐的，另一把放在书桌一侧，是给客人坐的，倘若客人多了，或我爱人在家，那除了一位客人，其余的就只能坐床铺，孩子那时还小，有没有客人，都基本上在那张双人床上嬉闹。当时我的虚荣心泛起，心想叶老那独门独院——“文革”中强住进来的人家已经搬出——是何等宽敞漂亮，我这蜗居也太寒酸了，倘若回娘家的妻儿再回来，那就更显得转不开身了，接待跟我平辈的朋友尚可，接待叶老这样的前辈名人毋乃太尴尬！我这人嘴上藏不住心里的想法，再说跟叶老也算相熟了，便把因为住房狭窄感到惭愧的意思吐露了出来。叶老蔼然可亲地对我说，他三十来岁的时候，住得比我这样还窄，是在一个破旧洋房的洗手间里，在旧澡盆上架块木板，白天当桌子，坐在小板凳上写作，晚上铺上褥子，当床睡……可是那时他很快活，因为他觉得自己能从事自己选定的、进步的翻译和写作，及其他形式的文化事业。那一晚，叶老和我聊得越来越有兴致，以至爱人带着儿子回来后，我还舍不得他走，他也很愿意跟我爱人聊聊，还亲切地逗我儿子玩。送他到胡同口时，一弯如眉的新月，似在天穹上笑望我们。从那以后，不仅我们俩成了忘年交，我们两家也有了来往。我们的忘年友情，一直维系到他仙逝以后——现在我还时时忆起，当年他主动到我那蜗居做客的音容笑貌，是他使我憬悟，人生的幸福，主要在于你是否能自主选择，在于你每天是否从事着自己热爱的工作。在这种回忆，以及阅读他的译著文字中，我觉得我们还在继续交往。

叶老真正做到了生命不息，笔耕不辍。已经到了癌细胞大扩散的状态，他竟还有新作推出。叶老虽已仙去，却为民族留下了丰富的文字遗产，不止是译作和儿童文学，还有大量的小说和散文，正是：曲终人不见，江上数峰青！

优雅的白绸围巾

提起冯牧，就不免想起20世纪70年代末、80年代初，改革、开放初期的那些难忘岁月。但这只是我个人的情感角度。冯牧在我还是个小孩子的时候，就已经是个著名的文学伯乐，他在云南扶植培养了一大批军旅作家，引起京城文坛瞩目，于是他从边陲调往首都，在《文艺报》任职，进一步成为了著名的文学批评家。宗璞大姐那时和他是同事，据宗璞大姐回忆，有一回《文艺报》开会，会议室门开着，因为冯牧刚来不久，路过那门口的一位总务人员不认识他，不禁大惊小怪，对迎面走来的宗璞小声报导说："有外宾哩……"宗璞大姐顺那人所指一望，"外宾"者，冯牧也。那年月，夏天大家都无非一身短袖衬衫，发型也相差无几，冯牧怎么就偏给人一种"外宾"的感觉呢？这恐怕是他确实有种不同寻常的气质。

冯牧是美男子吗？我认识他的时候，他已年届花甲，依我看来，他既不阳刚，也非柔媚，风度不错但难说达于了翩翩，气质不俗却也未必十分地高贵，总之，我实在不明白怎么有那么多女士喜欢他，而且，有的哪里只是喜欢，确确实实地，是爱他，追求他。一位不期而至，干脆把行李带到他家；一位追踪他到出差地，缠住不放……我去拜访他时，目睹过那突然袭来的热烈追求，更经常看到本地或远道而来的若干女士，虽然不是追求他想怎么样，但那跟他交谈时的眼神表情，真是特别地异样，仿佛沉溺在一种最甜蜜的心灵享受之中。从俗世的角度说，这是有艳福吧。但冯牧有过一次极其失败的婚姻，而且，他似乎根本无法再全面接受任何一位女士，在这方面，他的命运有种诡谲而神秘的色彩。

我能走上文坛，与冯牧的扶植是分不开的。我们一度过从颇密。1983年法国南特电影节决定把根据我的小说改编的影片《如意》在开幕式放映，我应邀去法国，行前去冯牧那里，他竟非常地羡慕，告诉我他的出生地是巴黎，但后来再没去过法国。那时冯牧在中国作协负责外事，他却从未自诩为什么“作协的外交部长”，更没有“近水楼台先得法国月”。他在运用权利的问题上不仅是廉洁自律，而且有时可以说腼腆退让得令人吃惊，比如后来有人接手了作协外事工作，在上海金山开了个国际汉学家会议，与会的许多汉学家都是知悉冯牧在新时期文学中的拓荒牛作用的，都等着在会上跟他讨论交谈，但那位在作协领导班子里名次远在冯牧后面的操作者，却在长长的与会名单里“忽略”了冯牧，我得知后问冯牧：“你怎么就算了？”他只苦笑了一下而已。

冯牧出身在书香门第，敌伪时期他家住在西单一带的漂亮宅第里，他在德国教会学校辅仁中学上学——那学校解放后收归国有，改名北京十三中——我一度在那里当老师，所以有跟冯牧“前后师生”之谑。那时冯牧青春年少，春秋天一袭浅色长袍，脖颈上一条白绸围巾，学业优秀，而且师从程砚秋学唱程腔，造诣非凡。但他终于还是投身在了抗日救亡的时代大潮中。他告诉我，有一天日本宪兵搜索到他家，进了他的书房，他所藏匿的那些抗日传单几乎就要被搜出时，他家的一位男仆机智地捧来了一茶盘的香茗，使日寇的搜查不由得停顿，坐下喝了那些茶后，也就没再搜查下去。就在第二天凌晨，他转移了传单后，便坐上家里自备的黄包车，去了火车站，后来辗转投奔了延安，从此掀开了他生命史上新的篇章。

冯牧去世好几年了。现在许多年轻人已经不太知道他。但当代文学史上不能略去关于他的一笔。在我的人生记忆里，仿佛总嵌着那样一个他离家投奔理想的画面，一条优雅的白绸围巾，飘动着，令人无限怀念……

直来直去

我姨妈在世时是个活泼多话的人。1958年，那时候她下放河北怀来，回北京休息时，跟我们提起同住一室的是个女作家，叫韦君宜。姨妈形容说："啊呀，那个作家，话少！偶尔开口，直来直去，不拐弯儿的！我原以为作家说话都跟写文章一样，总是妙趣横生呢！"姨妈是个搞植物保护的科研人员，可是对文学艺术很感兴趣。那时她和韦君宜怎么会在下放时住到一起？想来是为了不让搞文学艺术的人扎堆儿，更有利于他们的思想改造吧。韦君宜给我姨妈那样的印象，一是她性格里有直来直去的一面，另外，我姨妈哪里知道，在那之前，韦君宜因为在作家协会主编《文艺学习》，在刊物上组织过关于王蒙反官僚主义的小说《组织部来了个年轻人》的讨论，以及其他的一些"问题"，险些被划为"右派"，是上面有人保了她，才得以仍能作为革命干部下放锻炼，在那样一种状态下，她怎么可能对一位陌生的科研人员敞开心扉，又哪来谈论文学艺术的兴致呢？

我见到韦君宜是在1978年，那时我是北京出版社《十月》杂志的编辑，她也是我们杂志约稿的对象之一，有一天她忽然来了个电话，直接打给我，让我去她的办公室一趟。我原以为她是要给我稿子，谁知进了她所在那个出版社的办公室，她却问起我一件事，并且直截了当地批评起我来，指出我的某一说法很不得体。事出突然，伤及我的自尊，我心想这样的谈话只能是我所在的单位的领导才有资格，我又不是您这单位的人，您怎么能这样对待我呢？我情绪激动，跟她顶撞起来，她倒愣住了——在一瞬间，我感到她确实并无恶意，而且心无城府，直来直去惯了，完全是性格使然——结果，我渐渐平静下来，她也答应给《十月》写稿，连内容都跟我讲了一遍，我们握手言欢。回去以后，我等她再来电话好去取稿，想是她太忙，无暇写作，久无电话给我，而我呢，虽然心里越来越感念她对一个初登文坛的作家的严格要求，却也不好意思主动给她挂电话。看来她和我姨妈及我，都没什么缘分。

1984年我的长篇小说《钟鼓楼》在《当代》杂志刚连载完，单行本还没印出来，有天一位朋友来电话，告诉我《光明日报》发表了一篇不短的评论，题目很直白，就叫《我喜欢长篇小说〈钟鼓楼〉》。我马上就去找报纸，找到一看，那评论的署名竟是韦君宜！读了评论，我这才主动给她挂了电话，她说她是偶然从杂志上看到后半部的，结果一看就放不下，看完后半部，才又找前半部来读。她那篇评论基本上全是肯定的话，但绝无故作鼓励状的矫情，出自真心，好处说好，直言不讳，不知底里的人看了，或者会以为我早拜在她门下为师，关系一贯融洽，哪知我们原是红过脸的！她写那评论，也没有就此跟我近乎，以弥补“前嫌”的意思——后来我们在某些文学界的活动中见到，我问起她对我新的作品的意见，她回答我两个字：“没看。”

几年前，有一天她的儿子忽然来到我家，送来一本她的自传体小说《露莎的路》。那时她的病情已然加重，卧在医院病房，尚能嘱咐家人给谁送书，却已无法在书上签名。那本书我一口气读完，内容上暂且无论，在叙述文本上，我要说，那真是文如其人，没有九曲回肠的缠绵悱恻，没有乱花迷眼的布阵藻饰，却有将历史的原生态整体再现的工力，有以真诚追问与沉痛忏悔中为精髓的质朴文气，她投身文学事业几十年，终于以独特的性格语言讲述出了自己刻骨铭心的生命体验！

再后来，她那由亲属整理成书的《思痛录》问世，反响更加强烈。但病榻上的她却已经几乎全然丧失了表达能力。我想，无论如何，这世界上能够真正坚持原则性，并且一旦彻悟后便义无返顾地将所认准的原则直书不讳，以供人们思考的生命，是有福的。

铃兰花居

一说三松堂，很多人都知道，那是已故哲学家冯友兰先生的别号，他那部自传性的回忆录就叫做《三松堂自序》。冯先生在三松堂居住了近半个世纪，那是北京大学燕南园的一所平房式居所，整个住宅若从空中鸟瞰，呈回字形，居所门侧的庭院里有三株古松，枝蟠叶翠，堪称一景。冯先生以松自励，可谓自然天成。斯人虽已仙逝，其宏著却永留人间，他晚年的力作《中国现代哲学史》，最近在北京几家学术性书店久居销售排行榜前列，形成莘莘学子们的一个阅读热点。

我多次出入三松堂，也曾与冯老有所接触，但我去那里拜访，却是为了与宗璞大姐欢谈。宗璞是笔名，冯钟璞才是她的真名。冯老后半生，全赖她这个孝女悉心照顾，特别是在冯夫人去世后，在她来说，是照顾老人第一，自己的事业第二，别的当然更往后排。宗璞虽在三松堂居住，因三松堂不仅是居所名，也成了父亲的别号，所以她为那所房舍另取了一个雅号，叫风庐。记得我有一回深秋去那里，坐在客厅也罢，转到她家书库也罢，包括留饭时所在的餐厅，虽说都很温馨，耳边却总有风吹窗响的声音。原来那个回字形的房屋结构，不仅四面受风，还很容易使气流回旋舞动，称为风庐，十分恰切。我发现宗璞大姐并不怎么烦厌那时时响起的风声。宗璞大姐知名于世，主要是因为她那些意蕴隽永、手法新颖的小说，如短篇小说《红豆》、中篇小说《三生石》、长篇小说《南渡记》等，一般文学爱好者说起来，往往都不禁眉飞色舞。也有一些读者知道，宗璞大姐的散文也很出色，读来令人口角噙香。可是她也写童话，并自成一格，知道的人似乎就不太多了。她把自己的童话，统称为《风庐童话》，可见回旋在三松堂的那些大大小小的四面来风，竟成了她写童话的灵感来源。

能写童话的人，自然有一颗永远不老的童心。我和宗璞大姐在一起闲聊，她的思路像顽童一样，忽然会绕开已经展开的话题，活泼地笑起来，告诉我她忽然想起了一桩什么事，于是说出来，逗得我乐不可支。有一回我们坐在沙发上争论个什么问题，她养的那只塌耳猫蹲在一旁，歪着脑袋，仿佛很感兴趣，我指着猫说："它也有意见呢！"她望着猫，很认真地说："它要是开口讲话，我一点儿也不会觉得奇怪。我觉得它随时都想用我们的语言讲话，只是它提起兴致来了以后，又忽然懒得理我们罢了。"难怪她能写出那么多童话，她的心灵与一切美丽的生命，随时都是相通的啊！

更有很多人不知道的是，宗璞在退休前，很多年里，她的本职工作是搞外国文学研究。她曾把获得过诺贝尔文学奖的澳大利亚作家怀特作为自己的研究课题。她阅读怀特的作品，试着翻译，非常投入。但有一回我去风庐，问起来，她笑说她这人没法子搞这种研究，比如，翻译时，从英文的角度，她会总觉得，某个句子这样写并不高妙，这样叙述未免啰嗦，总忍不住想加以改动。这样的心理状态，当然不适宜搞外译中的工作。她也不是对外国作家严，中国作家松，她就曾经对我的小说提出非常尖锐的意见，比如认为那小说的整个最后一节应该完全删去。其实，她待之最苛刻的，是她自己。她长期体弱多病，写作总是断断续续，真可谓五日一石，十日一水，慢工细活，精雕细刻；编辑们对她写出的每篇文章，几乎都是翘首以盼，生怕她完篇后不能到手，竟有到我这里来打探消息，以便捷手先得的；我也确乎多知道些她的写作计划，见到她时会提起具体的篇目，但不止一次，她淡淡地说："写完了，可都撕了。"我替她可惜："觉得不满意，你也该留着，搁抽屉里，暂不拿给编辑发表就是嘛，为什么要撕掉呢？"她笑而不答，脸上毫无遗憾之色；我才明白，她对自己的文字，那股子"洁癖"劲儿，超过了对世上任何人的文章。

三松堂，或曰风庐，南窗外有几丛丁香，我曾写过《生活赐予的白丁香》，畅抒从宗璞大姐那里得到丁香一路捧回家的感悟。但他们那个回字形房舍的中心是一个不小的天井，却长期没怎么太经营，其实那里面很该布置成一个花木茂盛的休闲区。我几次提出了建议后，前年春天我再去时，宗璞大姐和她先生仲德兄引我到天井里，把一片草花指给我看，我蹲下细看，是秀美的铃兰花，每根花枝上都挂着一串蔚蓝色的铃铛形花朵，氤氲出阵阵淡雅的香气，令我想到主人本身所具有的那种玉精神、兰气息。啊，真好！我觉得，那居所应该有第三个名称了：铃兰花居。在那个铃兰花越开越多的天井里，宗璞大姐缓缓踱步时，又会构思出多少精妙的文字来！

登山何必非极顶

十多年前，在朋友家里的“派对”上，与严文井伉俪邂逅，记得那晚下起了豪雨，客人们回家都感到困难，于是主人爽性拿出更多的饮品小菜，热情地邀请大家换杯重开宴，客人们也且把窗外倾缸般的雨声权当伴奏的乐曲，更欢快地交谈起来。不知哪位说起了到峨眉山旅游的事，同行的旅伴们历尽千辛万苦，终于攀上了金顶，又冒着寒气，苦苦守候在山巅，等待着佛光的出现，但是那回极顶的人们运气不佳，直到不得不撤离金顶时，也无缘见到那呈正圆形的虹彩——佛光出现，于是，叹着气下山，下山时有的人还互相嘱咐说：“回去有人问，咱们可别说没见着佛光呀！”这段闲话引出了一片笑声。笑声落下后，只听有个人用低沉的声音说：“我登山向来不求极顶的。”我循声一望，讲这话的正是严文井。

在我出生之前，严文井已经出版过散文集《山寺暮》，并且到延安参加了革命，在延安他写了许多童话，还有一部长篇小说《一个人的烦恼》；1949年后他在若干文化出版部门当过多年领导，于我而言，他是文坛老前辈，也是革命老前辈。改革、开放以后，我才有幸与他谋面。记得1978年夏天，还正是报纸社论强调“两个凡是”的当口，当时的中国作家协会和社科院文学研究所联合召开了关于我的小说《班主任》的讨论会，在那个会上，我头一回见到了冯牧、陈荒煤、朱寨等久闻大名的评论家，他们都对《班主任》作出了高度评价，使得忐忑不安的我大受鼓舞；几个发言过后，主持会议的冯牧说：“请严文井同志发言。”我这才知道还有严老与会。他作了一个很生动的发言。他没有更多地从理论上去分析《班主任》的得失，而是以目睹身受的若干感性例证，来肯定那篇小说在反映社会生活上所达到的真实程度。他的发言正仿佛引人登山揽胜，步步有景，树茂溪清，但适度而止，不作最后结论，没有极顶，却留给随登者丰沛的思考空间。后来我参加北京出版社《十月》丛刊的创刊工作，也开了个会，拿出创刊号拟目征求意见，严老也到了会，他没作长篇大套的发言，只是用手指点着目录上我那篇还没定稿的小说《爱情的位置》，高兴地说："好呀，爱情又有它的位置啦！"后来与严老又有些零星的接触，感到他有一股与旧我旧框框旧道道彻底决裂的难得勇气，并知道他对新的文学潮流新的文学人物常有颇具力度的提携之举，但那大都并未形诸笔墨、公诸社会，多是些私下的，忘年交形式的心灵付出。

那个"派对"上严老不经意地说出了他性格中的一个特点，使我联想到对他的更多印象。他住平房时，迁入多年墙壁从不再加粉刷，我见到时几乎已呈灰黑色。后来迁入楼房，有颇大的客厅，但很快也就显得旧敝，因为他一直养猫。纵容那猫咪在家具上磨爪嬉戏。他虽很早就歇了顶，但花甲过后气色依然红润，身体底子很好，却并不刻意养生求寿，有一回见到我笑嘻嘻地说："我已成无齿之徒。"又一回我见他脖子上鼓出一个大包，还没说出劝他去医院检查的话，他倒先说："更标致了是不是？良性良性，绝对良性！"他一生写作大体都取边缘体裁、题材，写得慢而少，精美，典雅，不去追求宏阔恣肆的气象。

那个"派对"持续到后半夜雨仍很大，我们年轻些的都打算狂欢一宿，严老却表示他兴尽欲归，于是我们几个人举着雨伞去到街边，费了好大劲才找到一辆空的出租车。把严老和他老伴送走后，继续喝酒聊天时，我还不住地自问："登山何必非极顶？有人攀到巅峰自然应该为他祝贺，但自己能尽力并且尽兴地登到半山，不也挺好吗？"

吴导有佳片

电影导演？姓吴的？吴贻弓？吴天明？老一辈的？那……拍过《神女》的吴永刚？还不对？谁？吴祖光？是吗？

吴祖光先生的名气不消说了，一般人听了都会觉得如雷贯耳，但现在人们可能会一听到他的名字，首先，首先会想到他是一位剧作家，而且在抗日战争时期是一位神童剧作家，有《风雪夜归人》等著名的话剧剧本问世，后来他与著名的评剧艺术家新凤霞结为伉俪，又整理了《花为媒》等很多脍炙人口的戏曲剧本……当然，还会想起他曾蒙受冤屈饱经磨难，雨过天晴后，其正直率真的品格更其光大，又有许多佳文妙著问世；但他曾是正儿八百的电影大导演，这一节许多人却印象不深，甚至不曾知晓。

祖光先生20世纪40年代，曾在香港执导过不少电影，如以古喻今、鼓吹抗日情怀的《国魂》，反映劳苦民众艰辛生涯的《虾球传》，充溢着青春气息的《莫负青春》，等等。1949年新中国成立后，他在周恩来总理的亲切关怀下，和若干进步的文艺工作者从香港兴奋地回到内地，被分配到北京电影制片厂，积极地投入了繁荣新中国文艺事业的创造性劳动中。开头，领导上指派他拍摄反映解放前天津搬运工人与把头恶霸进行斗争的影片《六号门》，他很感激组织上的信任，但他提出来自己实在不熟悉天津搬运工人的生活，剧本虽好却摩擦不出灵感的火花，一再推辞，可领导上仍坚持要他去导，结果终因“不对路”而半途而废；现在我们所看到的影片《六号门》是换导演后另拍的。此事被周总理知晓后建议给吴祖光“对路”的活计，那就是拍摄《梅兰芳的舞台艺术》。祖光先生打小就喜爱京剧，他最著名的话剧剧本《风雪夜归人》，那灵感就来自他少年时代泡广和楼剧场的生命体验，他跟梅兰芳等京剧界人士本来就是朋友，拍摄这个题材的影片于他不仅创作冲动饱满，艺术处理上也得心应手。但那个时代我国有点“全盘苏化”的倾向，各行各业都时兴请苏联专家，为拍《梅兰芳的舞台艺术》，也请来了几位苏联专家，他们虽然对新中国很有感情，在彩色胶片的拍摄洗印方面也很有经验，但对京剧艺术他们实在是非常地外行，对他们出于善意却往往并不高明的指导，祖光先生真是穷于应付，结果所拍出的片子，恰恰在色彩处理上徒有西洋油画的沉郁格调而缺乏东方艺术的亮丽典雅，留下了难以纠正的遗憾。

《梅兰芳舞台艺术》后来除剪成上下两集外，又将《洛神》单独成片发行，《洛神》一片体现出祖光先生对苏联专家外行指挥的“天鹅绒式抵制”获得了成功，看起来舒服多了。

但我以为祖光先生的近乎完美的电影作品是《荒山泪》。拍完梅兰芳的戏，一次周总理请吴导吃饭，提出也应给程砚秋留下舞台艺术的记录，但那时程砚秋身体发福，加以本来就人高马大，周总理叹息道，恐怕没法子拍电影了，吴导笑应道：“电影片子，电影骗子也！有的是办法！”周总理和在场的其他人就鼓励他拍程砚秋。本来程派最具代表性，场面热闹，唱腔也最好听的是《锁麟囊》，但依那时的文艺理论评判，该剧被认为“有阶级调和倾向”，于是最后决定拍《荒山泪》。拍摄过程中不再有苏联专家插手，吴导与程先生及整个剧组合作得非常愉快，封镜后剧组集体到颐和园聚餐，餐后乘船畅游昆明湖，程先生酒醉后竟躺在船上睡着了……忆起这些往事，祖光先生如今还恍若沐浴在那一天的快乐中。

我最近购得《荒山泪》的VCD盘，已几次捧茗细赏，深感是戏曲艺术片的杰作，无论镜头的移动，布景的设置，光影的浓淡，色彩的典雅，都达到无懈可击的地步。尤其是，把确实身高体丰的程先生，巧妙地拍摄得十分中看，当然，这更取决于程大师那出神入化的表演艺术，他竟使我们在幽咽婉转的唱腔、优美流畅的身段、含蓄丰富的表情中，深信那就是剧中的那个善良而刚强的农妇。祖光先生说，当时因为拍摄得非常顺利，以至拨给的彩色胶片还剩下许多，于是又利用那些节余的胶片拍摄了一部风光片《春到滇池》。

伉俪情深

夜半时分，忽然房子咔拉咔拉响，床铺摇晃起来，妻子惊醒后不知所措，丈夫跳起来，俯撑在她身体上护卫着，镇定地对她说："别怕！有我！"这是1976年夏天，唐山发生了特大地震，北京动感十分明显。那妻子是新凤霞，丈夫是吴祖光。

新凤霞是著名的评剧演员。这个剧种长期在北方流行，直到现在，五十岁以上的北方人，特别是京、津、冀、辽一带的戏迷，提起新凤霞来，心头总还是热热的，嘴里会不由得哼出她在《刘巧儿》里的唱段："巧儿我自幼儿，许配赵家……"她的古装戏《花为媒》、清装戏《杨乃武与小白菜》也迷倒过无数评剧爱好者。可惜在"文化大革命"中，她饱受摧残，导致偏瘫，正当盛年，而不得不永别舞台。

吴祖光则是著名的剧作家。早在抗日战争初期，他才二十郎当岁时，就在大后方重庆写出了风格独特的话剧《风雪夜归人》，很快搬上舞台，轰动一时，有"神童"的美誉。以后数年里，他的舞台剧本一个接一个出来，再后来又编导电影，1949年以后他拍摄的《梅兰芳舞台艺术》和程砚秋的《荒山泪》，成为了戏曲电影中的瑰宝。但他1957年被错划"右派"，"文化大革命"中更被打成了"牛鬼蛇神"，才华在很长时间里被压抑被虚掷。

唐山大地震发生时，他们的处境还很糟糕。但自从他们结合以后，一直有福同享、有难同当、相濡以沫、激励以进。

改革、开放时期，这对恩爱伉俪仿佛重新张开风帆的航船，进入了崭新的航程。新凤霞身残志更坚，把在舞台上挥洒的才华，转化为著书立说，并且把早年拜齐白石为师学得的画艺，提升到一个新的高度。吴祖光写出了《走江湖》等新的剧作，并创作了大量的散文随笔作品，还把书法艺术发展到随心所欲的境界；他在近十多年挥毫大书得最多的四个字是“生正逢时”。

我有幸在1980年时认识了这两位前辈。九年前，当时的法国驻华大使马腾先生，请吴祖光新凤霞伉俪，还有包括我在内的几位北京文化界的人士，在日坛里的一家餐馆吃饭。新凤霞是坐着轮椅去的。宴散后，我自告奋勇地去推新凤霞的轮椅，觉得自己相对比较年轻，这样做也能体现出我对他们的尊重。我推着新凤霞在回廊里往前移动，那时候马腾先生和另外一两位先生还在兴致勃勃地跟吴祖光先生攀谈。我正往前推着，忽然发觉吴先生离开跟他谈话的人们，快步朝我抢来，我以为他是客气，扭头对他说：“您先聊吧……”说时迟那时快，我手下的轮椅被什么东西挡了一下，它猛地一停，新凤霞身体便不由得被惯性抛向前去，在那千钧一发的当口，吴先生及时地跑到了轮椅前面，一把抱住了新凤霞。我顿时冒出一身冷汗。吴先生让新凤霞重新坐好，没有责备我，只是说：“来的时候我记住了，这儿有道门槛。回廊上按说是不该有门槛的。到了这儿只能前仰后翘地慢慢移过去，或者两个人把轮椅平抬过去。”有一回吴先生在他家附近过马路，被一位不遵守交通规则的骑车人撞了，虽没大事，但一只脚肿了起来，他回到家一声不吭，等新凤霞睡觉后，才自己烫脚、敷药。保姆发现了，吴先生把食指竖在唇边，他的意思是，凤霞这辈子为我担惊受怕太多了，现在要让她完全欢畅地生活，这点小挫折就千万别再让她劳神了！后来吴先生的脚慢慢痊愈了，新凤霞始终没发觉有这回事。

新凤霞已然仙逝。一贯直言畅语的吴先生渐渐变得寡言少语。在北京西南郊，风景幽静秀丽的潭柘寺、戒台寺附近，一处锦缎般的山谷里，有一座新开辟的墓园，吴先生携子女，在那儿买下了双穴，新凤霞的骨灰已经从八宝山移葬该处，吴先生平静地说，他以后也要来这个地方，和凤霞呆在一起。

是的，呆在一起，而不一定是长眠。那时，他们还有许多话要说，有许多美丽的构思要化为艺术的彩蝶，到浩瀚的宇宙里去翻飞。还记得新凤霞在《花为媒》里那场报花名的演唱，跟她配戏的是后来以演小品走红的赵丽蓉，她们两人一唱一和，边舞边唱，而那些优美流畅的唱词正出于吴祖光之手。值得庆幸的是那出戏拍过彩色电影，被完整地永久保留了下来，有时电视里还会重播。这令人悟到有些美丽的生命是永不会泯灭的。

玉壶

我在海内外的出版物上，见到过许多访问者与冰心的合影，这些合影都是20世纪最后那十几年里，在冰心老人的居室里拍摄的，拍摄的角度几乎一模一样，合影中，冰心总是坐在书桌后面，身后是两个样式最普通的书柜；如果拍摄时运气好，她的那只爱猫也许会蹲在书桌上，使整个画面格外生动。我自己也有好几张这样的合影，也曾在自己的文集中刊用。

我头一回去拜望冰心，大约在1980年左右，是穿过当时的中央民族学院校园，好不容易才在学院宿舍大院里找到她家的——其实，准确地说，那是民族学院吴文藻教授的家，冰心是作为其家属住在那里的；这让我颇为吃惊，因为这与我原来所想象的情形，相距甚远。记得那时他们家所住的深灰色楼中的那个单元，以那个时代而论，还是比一般北京市民的居所条件要好许多。那时吴青、陈恕两口子虽说住得离两位老人不远，可以就近照顾，但毕竟也不甚方便。记得我告别时，看见陈恕正在过道里擦洗一只很大的塑料盆，他对我解释说："准备给爸爸洗个澡。"可见那单元的厕所间里尚不具备洗澡的设备。

后来民族学院的那个宿舍大院里盖起了一栋新的教授楼，楼顶上非常触目地安装着一大排太阳能热水器，仿佛是个露天玻璃镜子铺。在那座浅灰色的楼里，冰心家的面积扩大了不少，而且吴青他们也换到了连通的一个单元里，卫生间里也有了可供洗浴的澡盆。不过吴文藻先生未能享受几时便仙逝了。前面所说的，近十多年频频出现的，各色人等与冰心的合影，都是在这栋楼里她家那个单元的一间卧房兼书房的书桌边拍摄的。

我1990年后几次去拜望冰心，都注意到她那间卧室兼书房兼接待室的格局的独特性。冰心年逾九旬仍笔耕不辍，两家出版社给她出全集，文集也有几种，单行本和散发的文章更多，稿酬不消说是丰沛的，按说只要她发个话，让吴青他们给她把屋子装修得堂皇些，把卧室、书房、客厅的功能区分割开，并且布置得优雅些，无论是财力还是孝心，都绝无半点问题，但她却不断地把稿费捐给“希望工程”，用于设奖扶持后进，以及捐给灾区，自己就在那间并不怎么阔大更不讲究排场的屋子中待客受访，谈笑风生，甘之如饴。这已经令人敬佩。再一细看、一细想，吴先生仙去后，她仍让保持两张并排的、老式的单人小铁床，并且仍保持两张并在一起、座椅对望的老式书桌，那岿然不动的格局里所蕴涵的永恒情愫，更令人怦然心动。

有一回我坐在她老人家对面，应该是原来吴先生坐的那张书桌前的椅子上，当时别人都不在场，不知怎么地话题涉及到了生死——我倏地有点后悔，觉得在世纪老人面前说这个是不恰当的，急着想用别的话岔开了去，她却微笑着，蔼然地对我说：“其实，生死之间不过是个屏风。死去，不过就是转过屏风罢了。”这话于我真是醍醐灌顶。光这一句话，就够我受用一世。

“一片冰心在玉壶。”冰心转过屏风去了，而那朴素清淳的“玉壶”还在，不知能不能把那间她与无数访问者合过影的房间，辟为“冰心纪念室”？

小糖火烧

总有一些人以为我和王蒙过从甚密，在他们想象里，我大概会经常出现在他家的客厅里，一坐就是一两个小时，也许还会更多。现在我要告诉大家，从1978年我头一回见到王蒙起，到我写这篇小文止的二十一个年头里，我到他家去过的次数，绝对少于二十一次，甚至于是不是有十五次，也很难说，总而言之，大概有十余次吧，平均每年不足一次，而且每次去了，坐满一小时的情况，那就更少了，或许只有五次？我和王蒙见面，次数较多的是在别人出资的饭局上，但一年里也不过几次。我们从不互相拜年，甚至也并不经常性地互赠签名新作。我们的交流方式主要是注意阅读对方在报刊上发表的作品，往往是阅读完后，便挂个电话，在电话里交换一些看法，当然也会顺便聊一点儿闲天。

人们都说王蒙是个妙人。也有人说他实在聪明过人，因而难以把握。我倒觉得王蒙有些方面的情况，似不大为人注意，而给我印象颇深，故有揭而发之的必要。

有一回王蒙在电话里跟我谈完关于我一篇什么文章的意见，便大肆鼓动我去买电动磨豆浆机，说是他每天清晨用那机器磨鲜豆浆喝，豆浆的热度机器本身可以控制，喝起来感觉好极了，赛活神仙云云，并且热心到把那电动磨豆浆机的品牌、型号、售卖商场、价格向我一一报告；可是我乃天下第一大懒人，宁愿买速溶的豆浆粉来冲着喝，始终辜负着他的殷殷推荐，至今没有购置那玩意儿。

又有一回，王蒙在电话里跟我大谈补钙的必要，一口气说出好几种品牌的高钙奶粉，特别向我推荐其中的“安怡”，我就跟他说高钙奶粉我试过，口感实在比普通奶粉差多了，而且我们都早过了青春发育期，这时候再来“恶补”，恐怕也吸收不了什么钙质了……他竟在电话那边跟我认真地争鸣起来，并且声称，他虽获赠的报纸有数十种之多，却还自费订阅了《中国食品报》，他对我的劝谕，都是“有报为证”的！后来我逛商场，有一搭没一搭地买了一罐“安怡”，回来冲着喝，渐渐的也喜欢上了，究竟补了多少钙且不去管它，诚如王蒙在电话里所说：“你的生活里乐子不就多多了嘛！”

王蒙热爱生活，而且不放弃生活中那些平凡的、甚至可以说是琐屑的乐趣，这类的例子还很多。有一回的饭局，每人面前上了一碗鱼翅羹，因为是民间的饭局吧，服务上就比较马虎，顾客不强调，服务上能免就免了，一桌子的人，其余的人拿起羹匙便吃那鱼翅，惟独王蒙，他觉得那样好的羹，不能随便就那么囫囵吞了，他便很客气地，不带责备意味地，也没让大家都听见——我因在他旁边所以听见了——请服务小姐把循例应配备的、给鱼翅羹佐味的红醋拿来；服务小姐拿来了小碟红醋，他往羹碗里舀了适量的，细加搅拌，然后很开心地品尝起那鱼翅羹来，我觉得，他也算得那碗美味的知音了！有的人或许只会热衷于从鱼翅这类名贵的物品上去撷取生活乐趣，王蒙却也能从价格很低廉的平民物品上去汲取审美快感。有一回我去他家，他待我以香茗，并且竭力向我推荐茶几上精美瓷盘里的点心，我细一看，说：“哎呀，我以为是什么不得了的东西呢，原来是小糖火烧呀！”那种深酱色的小烧饼在北京一般是不登大雅之堂，只在平民化的小吃店里发售的，可是王蒙极赞其香甜爽口，我吃了一个，也觉有意外感受。那天王蒙欣赏小糖火烧的意态，给了我一个永难忘怀的深刻印象。

多年来，王蒙住在北京一条小街的一所小院里，门外与小街交叉的胡同里是个常设性的自由市场，常有人看见王蒙穿着家常休闲装，手里托个北京人叫做“浅子”其实就是植物茎梗编的托盘，里头是他给家里买妥的切面，快快活活地穿行在人丛里。哪位画家有兴致画一幅《王蒙买面图》呢？

王子的舞步

林斤澜如今进入耋耄之年了，论轮廓，却还能引人发出“美男子”之叹。1978年，我在《十月》杂志当编辑，当时他五十多岁，先是二位年轻的女编辑去向他约稿，回来惊叹他“远看像赵丹，近看像孙道临”，后来我去拜访他，回到编辑部也说他实在是风度翩翩，引得大家很兴奋了一阵。时下的年轻人恐怕已不太清楚故去的赵丹是谁、什么模样；孙道临也老了，不再有《早春二月》里肖涧秋的那番容貌，倘欲让时下的年轻人懂得那位女编辑的意思，可以置换为“远看像毛宁，近看像濮存昕”，那么，作家林斤澜，真有那么俊俏么？

林斤澜大我十九岁，我一直称他为林大哥，接触多了，渐渐地知道，他少年时代，在戴爱莲麾下，学习过芭蕾舞，并曾有过若干次公开表演的经验，这就难怪他不仅轮廓俊秀，身材也非我等蠢男可比，站有站相，坐有坐相，却又毫不做作，称为“美男”，实不过誉。

不过，倘我一味如此这般地来“剪”林大哥的“影”，纵使他一笑赦之，热爱他的读者，也定会斥我亵渎兄长低级趣味。是的，自从林大哥弃舞从文以后，他的美，就几乎全倾注于文字当中了。他的文字，一般人初读，或许会诧其怪味而觉得有些个“各色”，然而一旦读了进去，落其彀中，则可能会嗜其风味而染上瘾来，那真是惟有他才铺排得出那样的文字，所谓独特风格，绝不与任何他者混淆重复，这是写作者最难做到的，而林大哥似乎是很早就很轻松地做到了。我曾把林大哥的文字风格形容为“怪味豆”，如果把这个符码通约为戏剧电影中对演员表演的评价，那么，就是说他并非“偶像派”而是“演技派”，而且其演技又能在变化中以强烈的个人风格一以贯之。

契诃夫在其剧作《万尼亚舅舅》里，借一个人物嘴里说过：“人的一切都应该是美的：面貌，衣裳，心灵，思想。”当然，我们更看重心灵美。林大哥的心灵美，给我印象最深的，是对比他辈分晚的青年作家的不嫉妒，而且还常常竭力地加以扶持。他担任《北京文学》主编的那些年里，很推出了一批有才华的作家的创新之作。他的不嫉妒和鼓励后进，从来都不是“作秀”性质的，而是真心的、切实的。记得1979年，我那时因为发表了《班主任》，正所谓“红得发紫”，林大哥为我能得以进入文坛由衷地高兴，一次在他家招待他的50年代的文友，把我也请去了，饭桌上，有一位大捧我：“你是我们大家的班主任！”弄得我晕头转向的，事后林大哥对我说，《班主任》“思想大于形象”，他让我好好琢磨琢磨沈从文的《边城》，萧红的《呼兰河传》，梅里美的《伊尔的美神》……1980年我发表了《如意》，很得意地问他：“怎么样？有进步吗？”他直率地告诉我还不到位，直到1981年我发表了《立体交叉桥》后，他才对我说：“这下算是小说了！”鼓励我在摸到的门径里继续前行。

一晃，和林大哥相交二十多年了。岁月无情，人事多有白云苍狗之变；那位曾在50年代早已露头角的同辈，把我这70年代才进入文坛的新作者肉麻地尖声吹捧为“你是我们大家的班主任”的主儿，早把我弃若蔽屣甚至还加害不浅，可是当年郑重地奉劝我不要得意忘形、刻苦琢磨小说美学的林大哥，却风雨无阻地与我保持联系，前几个月我们还在一家我原来教过的学生开的淮扬风味的饭馆里小聚，在座的有比我小了二十岁的评论家张颐武，比张颐武又再小下七八岁的“新生代”小说家邱华栋，按说是老少三辈的人了，可是大家却言谈甚欢，完全没有代间的隔阂。事后，我跟邱华栋提起，当年林大哥是跳过芭蕾舞的，他恍然大悟似地说：“怪不得一点没觉得他老，那股子美学上苦苦追求的劲头，令人联想起《天鹅湖》里王子高贵的舞步！”

是这样。王子的舞步！林大哥，你会继续下去。

烟后吐真言

平日与从维熙常通电话，言谈极欢，可是有时候在饭局碰上他，我却避之不及，那原因很简单——他总免不了一支一支地抽烟。我这人无“烟史”，不属于“烟民”，倒也并不是个热烈的“禁烟派”，我只是从报刊上看那样说法的文章多了：被动吸烟者患上肺癌的，往往比“烟民”的比例还要高；我这人生活中因被动而尴尬的情形已经不少，怎能再因被动吸烟而“英勇捐躯”？我不干预他人吸烟，也盼他人莫令我被动吸烟。

1999年3月，新加坡的“人与大自然——环境文学国际研讨会”，主办方也邀请了维熙，可是他想来想去，还是没有去。他在电话里告诉我，新加坡可是个禁烟甚厉的地方，而且峻法严刑，马虎不得的，以他那难以改变的吸烟习惯，如果去了一旦禁忍不住惹出麻烦，主客两方都会败兴，爽性放弃算了。我去出席了那个研讨会。不仅会场上绝对不能吸烟，会场外也不是任何空间里都可以吸烟，公众场所如飞机场候机厅、花园绿地等处更是难觅特许吸烟的小区域，维熙知难而退，也算主客两便罢。

读过维熙那些沉甸甸的作品，也就不难理解他何以那般嗜烟如命。在那些艰难岁月里，往往肚皮都填不饱，更遑论水果零食，能有支劣质烟尽情地吮吸一阵，便是莫大的享受了。

但这似乎也并非“习惯成自然”就能解释得了的。维熙不但不以吸烟为陋习，反以其吸烟的风采为美。杂志的封面上刊出了他大幅特写，他很得意，打电话问我：“怎么样？有没有味道？”我故意气他：“满纸烟气，熏得慌！”又说：“我还能认出你，那些崇拜你却无缘见真佛的读者，这下更糊涂了——从维熙究竟什么模样儿啊？”他却极为自信地说：“他们喜欢的就是这模样！”倒也是,80 年代初,他随中国作家代表团出访澳大利亚,在一次露天派对中,几位澳洲美女,偏去围上了吸烟的他,赞他既阳刚又优雅,魅力十足。此事倒也非他自吹自擂,有当时在场的中国同行与记者为证。维熙出他的文集,自己设计封面,选用的也是一张吸烟的照片,是站在草地上吸烟,缕缕烟云从他右手飘出,仿佛助他回顾自己坎坷而刚直的一生。

80年代初,维熙那一辈的文友,常不弃我"文龄"短促见少识浅,邀我一起聚会。我那时也就把他们每一位都视为兄长诤友,言谈无忌,还爱听谀词浮语。记得有一回,聚后大家散去,维熙跟我同乘无轨电车回各自的家,车上并不算挤,但我们也没座位,就站在了车后售票员的柜台前;车厢里光线很暗,我正倚在那儿回想聚会时的欢声笑语,忽然,维熙伸出他的右手,拉住我的右手,语气郑重地说:"心武,我得告诉你,×××是靠不住的……大家都好的时候,他对你能比谁都显得更好……我是吃过亏的……你要小心!"我吃了一大惊,莫是维熙喝醉了?但他两眼炯炯闪光,绝不朦胧;嘴里也没喷出酒气,只有一股香烟的气息,从他身上氤氲而出……

那晚电车上维熙的肺腑之言,令我心动一时,却并未令我时时牢记,结果,几年后,冷不防,不幸让维熙言中,我吃了一大亏!好在世道仍是改革、开放的大趋势,蛇咬一口,有药能解,我也还能活蹦乱跳。维熙那晚的忠言,我要感念一世,如非睿智戆直之士,焉能如此料事、那般待我。

现在细想,维熙的吸烟,于他实在有着更深的意义。他原来习惯于一手持烟一手执笔,如今他用电脑写作,间隙里也总要燃烟慢吸……他,真是一条烟后吐真言的汉子啊!

醉眼不朦胧

我认识汪曾祺的时候，他还并不到花甲，但容貌却十足地使我觉得老气横秋，背已微驼，头上毛发稀疏，牙齿也已经七零八落。我头一回见到他，是在粉碎了“四人帮”后，在林斤澜家中，那时知道他是京剧样板戏《沙家浜》的剧本执笔，身份是北京京剧院的编剧，在单位里处境似乎不是太好，谈话间，他绝不提文学艺术方面的事儿，但说到烹饪什么的，却既内行，又生动。倒是林大哥有劝他写小说的话，他也不接那话碴儿。

那时候，我算是北京市文联的专业作家，有一天去单位，路过《北京文学》编辑部，只见也是老气横秋的李清泉坐在那儿，手里举着份什么稿子，就着窗外射进的阳光，两眼透过瓶子底般的眼镜，嘬着嘴唇，在那里审读，觉得他那姿势神态非常地可乐。老李1957年以前曾是《人民文学》杂志的编辑部主任，粉碎“四人帮”后到《北京文学》主持编务，真是把憋了二十多年的劲头全铆上去了。过了些天，我跟几位文友模仿起老李看稿的痴迷样儿，他们都笑软了；但同时就有人正告我：“知道吗？他签发了一篇有突破性的短篇小说！”那就是汪曾棋的《受戒》。

那个时期的文学，在“伤痕文学”、“反思文学”、“改革文学”等浪潮涌过后，《受戒》把沈从文曾挥洒过，而中断了多年的田园唯美小说，重新引回了文学百花园，令人精神一爽。年过花甲后，汪曾祺被人们普遍地尊称为汪老，他的创作生涯，竟出乎他自己意料地进入了一生中最顺畅也最辉煌的时期，他的小说一篇接一篇地发表出来，好评如潮，崇拜者甚众。最近我看到一本书，批判几位名作家，其中一位是他。编写这种书的批评家，对非进入经典名册或非为世人所耳熟能详的作家作品，是绝对不屑一顾的。汪老仙逝已有数年，不知他在仙界读到时，会现出怎样的表情？

1982年，我曾和汪老、林大哥等人，应四川作协邀请，在全川兜了一大圈。二十多天里，我熟悉了汪老的人间表情。汪老嗜酒，但不是狂喝乱饮，而是精于慢斟细品。我们到达重庆时，正是三伏天，那时宾馆里没有空调，只有电扇，我和一位老弟守在电扇前还觉得浑身溽热难耐，汪老和林大哥居然坐到街头的红油火锅旁边，优哉游哉地饮白酒，涮毛肚肺片；我们从宾馆窗户望出去，正好把他们收入眼底，那“镜头”直到今天依然没有模糊。后来他二人酒足肉饱回来，进到我们屋，大家“摆龙门阵”，只见酒后的汪老两眼放射出电波般的强光，脸上的表情不仅是年轻化，而且简直是孩童化了，他妙语如珠，幽默到令你从心眼上往外蹿鲜花。后来更发现这是一个规律：平常时候，特别是没喝酒时，汪老像是一片打蔫的秋叶，两眼朦胧昏花，跟大家坐在一处，心不在焉，你向他喊话，或答非所问，或竟置若罔闻。可是，只要喝完一场好酒，他把一腔精神提了起来，那双眼就仿佛又充了电，思路清晰，反应敏捷，寥寥数语，即可使满席生风，其知识之渊博之偏门之琐细，其话语之机智之放诞之怪趣，真真令人绝倒！

1987年，我访问美国时，应邀到爱荷华大学写作中心参加一个三天的活动，在那里遇到汪老，他是被邀住进那里的“五月花公寓”，做三个月长客的。为到美国他安了满口假牙，衣装也比在国内光鲜，但见到我时连说：“哎，我已经倦游。”其实他说这话时才在那里呆了不过十来天。那里缺少中国白酒，即使弄到了，又哪来重庆火锅那样的佐酒物？更何况缺少林大哥那样的“珠联璧合”的酒友。1994年，汪老，我，以及另外几位大陆作家，应台湾《中国时报》人间副刊邀请，去台北参加“两岸三边华文文学研讨会”，在香港机场转机时，汪老可真是老得糊涂了，过海关闸口时，他既拿不出护照，也找不见机票，懵懂得够呛，我和山西作家李锐两人，忙在他身上翻口袋，总算替他找全了应供检验的东西。但在台北活动中，酒后提起了精神，他仍能容光焕发，出语惊人。

据说，汪老写他那些小说，都是在酒后，双眼不仅不朦胧，而是熠熠放光，一挥而就的。我以为，若有人研究中国文人与酒的关系，汪老绝对是一个值得深入剖析的例证。

青春的眉眼

我在北京一条僻静的小街上住过八年，那条街上没几个院门，我们那个小杂院在尽南头，门总是敞着；北边有个总是紧闭着的小院汀，很不显眼，但当我知道写《青春之歌》的作家杨沫就住在里面以后。每当走过那小院门时，就觉得非常地神秘。偶尔也会遇上那院门打开，走出人来，但很少是杨沫本人。直到改革、开放以后，有一天，我才在那小街上把杨沫看清楚。先是开来一辆小轿车，我眼尖，车子掠过时，隔着车窗便瞥见了她，跟我看到过的新闻照片里的形象完全契合，于是我就站住不动，等着车子停下后，她出来时，好看个一清二楚。车子停在她家门外，咦，怎么出来了两个杨沫？细看，仿佛从一个模子倒出来的，只是一个更胖些，脸庞更大些，眉眼稍微粗糙些……另一个，呀，那不是电影明星白杨吗？后来知道，杨沫跟白杨是亲姐妹，怪不得！

但是，很快地，那以后我很幸运地进入了文坛，并且成为北京市的专业作家，跟杨沫成了同事，开会常常坐在一起，觉得她蔼然可亲，善待晚辈，但神秘感也就随之消失。

不过，《青春之歌》是我青春记忆里最鲜明的事物之一，虽然那是小说，但也相信大体是根据杨沫本人的若干生命体验，再加虚构写成的，因此，小说里的主要人物，必有原型，而余永泽的原型究竟是谁呢？我成为专业作家以后，依然也还心存好奇。十多年前，忽然有黑龙江人民出版社出版的一本《负暄闲话》在书店里屡售屡尽，而且还上了书摊，那时候媒体对书籍不像这几年这么刻意炒作，像我去买这本书，就不是因为受了媒体鼓动，而是因为有口碑相传。"负暄"这个词儿按说相当生僻，我若不是熟悉《红楼梦》里贾珍负暄的情节，恐怕也得去查字典才能懂得是冬天晒太阳的意思。《负暄闲话》

以及后来所出的续话，内容且不评说，那文风相当地个性化，读来真有暖酥酥的感觉。于是记住了作者张中行。一次有个年轻的编辑来约稿，提起此人，他告诉我："他就是余永泽的原型。小说为了典型化，把余永泽写成越来越坏，其实张中行一生清白，解放后一直从事中学语文教材的编选工作，'文革'期间，杨沫也受冲击，'造反派'去找张中行揭发，本以为他一定借机报复，谁知他一再申明：那时候杨沫是革命的，他是没去革命的。后来杨沫听说了这情况也很感动。"又说电影里之所以请于是之扮演余永泽，因为形象极为接近，包括单眼皮小眼睛，也是因素之一。

那以后不久，忽有小伙子名靳飞者来请我参加他与日本女士喜结连理的典礼，说证婚人请的是张中行，我一听非常高兴，心想这下能见到"余永泽"了，头脑里便浮现出电影里于是之的那眉眼神态来。到了那天，婚礼上一见，我不禁大吃一惊，张中行个头诚然颀长，做派却绝非电影里那个姓余的那么儒雅矜持，他戴一顶法兰西帽，言谈极欢，肢体语言幅度很大，很难相信已是古来稀的年龄；更有意思的是，他原来确实是于是之那样的单眼皮，却刚刚兴致勃勃地去拉了双眼皮，望去分明是一副充溢着顽童般笑意的青春眉眼！

再后，我的祖籍四川安岳县为发展旅游事业，盖了个安岳饭店，想请启功先生题字，县里领导找到我，非要我完成这个任务，真叫我一筹莫展。多亏靳飞替我求了张老，张老再转求启功，竟由靳飞送来了大书法家的真迹！我忙把县里留作润笔的几瓶五粮液交给靳飞，请他再转由张老送达启功先生。几天后我问靳飞，酒送达了没有？他学着张老顽皮的表情说："给他干什么？他根本不会喝酒！我留下，要喝个痛快！"噫，有趣如此，"余永泽"岂能望其项背？

去年电视里有连续剧《青春之歌》出现，余永泽的形象被正面化了，有人告诉张老，据说他笑道："何必？"真的没必要，小说归小说，角色归角色，而真实的生命，那青春的眉眼是难以描摹的。

从忧郁中升华

我喜欢听交响乐，但我缺乏这方面的专业知识，更不具备一双“专业耳朵”。我的一位好朋友，他的职业离音乐甚远，然而他业余爱好音乐，他就有一双听音乐的“专业耳朵”，比如在我家，我放CD盘，头几组音符一出，他便能娓娓道出，这是哪个乐团演奏，由谁指挥，这张盘的录音师是谁，在英国《企鹅唱片指南》上，评上了几个星花……而另一乐队另一指挥所演绎的该曲，明暗对比处理其实更加精心，听来会更丰腴滋润，等等。他的指导，总是使我受益匪浅。我常常根据他的建议，去选购新的唱盘。不过一般来说，凡我已经有了的曲目，都不拟重复购买；我还没有比较着欣赏同一曲目的不同版本的道行；惟一刻意重复搜罗过不同版本的曲子，是巴伯的《弦乐柔板》。巴伯1981年才谢世，这位在本世纪前卫艺术浪涛滚滚、代谢频仍的文化氛围中进行创作的美国作曲家，给我的印象，却乐风始终相当地古典。他的这首《弦乐柔板》其实算不得严格意义上的交响乐，原是他的《弦乐四重奏》中的慢板乐章，1936年他将此章改编为了管弦乐，1938年经托斯卡尼尼指挥演奏，立刻风靡。《弦乐柔板》全曲演奏下来，不过九分多钟，但我每回静心咀嚼这首乐曲，却总是忘记了时空，心中升腾着莫名的感悟。常常是，听完这张盘上的该曲，再接着听另一张盘上的，或同一张盘上的听两三次。于我来说，巴伯的《弦乐柔板》真是沐灵的甘泉。

这首《弦乐柔板》是缓慢、深沉而忧郁的。我常常陷于忧郁的情绪中。为什么忧郁？是因为不如意事常八九么？是因为感受到个体生存的寂寞与孤独么？是因为个体与他人之间通过碰撞、摩擦而达于沟通、理解、谅解、和谐的艰难么？是悚然于世事的白云苍狗与人性的诡谲莫测么？是人生苦短，而永恒难求么？……要承认，乐曲确从心底牵出了丝丝缕缕、纠结缠绕的这类私心杂念；但其实，最令人忧郁难解的，是忽然会意识到，生活的常态，是平平淡淡；人生从急风暴雨的动荡岁月解脱出来以后，置身于衣食无忧、和平稳定的建设环境中，所遇到的最大难题，往往并不是别的，而是如何克服平淡与枯燥。一位在设计院搞设计的年轻工程师告诉我，他每天的工作就是画工程设计图，以前在图板架子上用尺子什么的和笔来画，现在改成用电脑画，虽也会出现一时的新奇感和兴奋点，但总体而言是平淡、枯燥的。一位在我家附近的建筑工地上的抹灰工，也跟我说，他每天就是抹灰、抹灰……晚上回到工棚，打几把“拱猪”，也就睡觉。一位商人朋友也跟我说，他早就对豪宴、卡拉OK、桑拿浴之类不能不“奉陪”的事情感到了无兴趣，但为谈生意计，又不能不一再地重复着这一套，欲罢不能。也许有的人从未感受到常态生活的平淡、枯燥一面，因而从未陷入过忧郁，但那样的人我还没有遇到过。我自己是常为人生的平淡与枯燥而忧郁的。怎样从这种忧郁中解脱？我以为听巴伯的《弦乐柔板》这类的曲子，边听边咀嚼人生的这苦涩况味，是一大妙法。当乐曲与心思融为一派澄明时，你便可以悟到，人生的功业，主要还不是靠狂恣的暴发而成就，其主体，应是默默地耕耘与韧性地尝试，其中会有大容量的落寞枯燥，乃至数量非少的失误与弯路；人生的意义，于大多数人而言不是“轰”地一声雷响，而是蜜蜂般“嗡嗡”不息地采撷花蜜；人从暗寂的子宫中来，还要渡到暗寂的彼岸去，那中间的历程，惊心动魄的事未必多多，真多了更未必是福，而常态的日常生活，以其平淡枯燥，磨砺着我们焦虑的灵魂，倘若我们能消除娇嗔暴戾，而终于甘于平凡，把有限的生命，融入能与真、善、美相联的事体中，那可能便是缔造了真福。

在中央音乐学院指挥系创建四十年暨杉杉中国指挥育才金设立的交响音乐会上，演奏了五阙交响曲，由中央乐学院指挥系历届系主任指挥，其中第三曲便是巴伯的《弦乐柔板》，李德伦走出来了，他没坐到别人为他准备的高脚凳上，也没拿指挥棒；这位年逾八十的老指挥家用简捷的手势演绎了这首我心爱的乐曲；我觉得他的面色是忧郁的，而演奏者们也从容地宣泄着人类共通的忧郁情愫。我从三十多年前起，就常在北京的各个演奏场所欣赏过李德伦大师的指挥，然而听他指挥这一首曲子，还是头一回。台上的指挥老了，台下如我这样的观众，也已鬓发斑白；我想到了关于李德伦人生经历的种种报导，他是很轰轰烈烈过的，有过大落大起，大辱大荣，大悲大喜，然而终于归到平静，归到沉思，归到澄明……我看到他侧身大提琴一边，用肥厚的手掌向上强调，仿佛是嫌那部分乐师尚不能传达出众生忧郁的淳朴之美……短短的九分多钟里，我也许已回顾过自己迄今为止的一生……我感到自己的灵魂正从浓酽的忧郁中升华……

交响乐曲不仅是我书房中经常性的“生命背景”，也逐渐地融入了我的魂魄。现在，又是一个平淡的静夜，我又放送着以巴伯《弦乐柔板》打头的唱盘……我勉励自己，再埋头，勤耕耘，好好地走完这可能久久都是平淡无奇的人生之路。

期待新翻竹枝词

我有两个故乡——一个是祖籍四川，一个是自八岁后定居再未离开的北京。我落生于成都，在重庆度过了童年。这样我自然是既会说四川话，也会说北京话。普通话虽然以北京话为基础，却不能画等号，一些从南方来北京工作的人能说普通话，却并不会说北京话，甚至听不懂某些北京土话；就是北京土生土长的年轻人，有的也已经听不大顺老一辈的北京土话，比如“老鹰（爷）儿偏歇（西）啦”是“太阳快落山啦”的意思，三十多年前我在中学当老师时，跟传达室的葛大爷对话时常常挂在嘴上，现在我儿子若不跟他解释，他就闹不清那是在表达个什么。

但是，四川话跟北京话属于同一个语系，二者的亲缘关系，可以找到许多的例证。比如七言四句的竹枝词，至少一千年前就诞生于四川了，却又在一二百年前盛行于北京。唐代诗人刘禹锡就写过不少竹枝词，比如我们非常熟悉的：“杨柳青青江水平，闻郎江上踏歌声。东边日出西边雨，道是无晴却有情。”有人考出，竹枝词这名称的由来，就是当年民间的吟唱者要在每句之间加进垫音，那垫音便是“竹枝、竹枝……”刘禹锡则说：“里中儿联歌竹枝，吹短笛击鼓以赴节。”我小时就学会唱四川民歌：“太阳出来（罗儿）喜洋洋（欧），（郎罗），挑起扁担（郎郎扯，光扯）上山冈（欧）……”下面两句去掉垫音是：“手里拿把开山斧，不怕虎豹和豺狼。”后面还有两段。我觉得，这样的现代民歌，很显然是跟古代竹枝词一脉相承的。

明、清两代，竹枝词不仅在北京俗众中盛行，也有不少文人墨客对其感兴趣，甚至热衷于写作竹枝词。这风气在民国初期仍未消退。大量的竹枝词记录了身历者对当时京城市民生活的印象，具有可贵的史料价值。清代北京市民“宣武门前看象房，慈云寺外坐冰床，逛来二闸无多日，丫髻山头又进香”，很会忙中找乐。繁华之地大栅栏“画楼林立望重重，金碧辉煌瑞气浓；箫管歇余人静后，满街齐响自鸣钟”，但一般俗众平日逛不起那类地方，他们的生态是“零星货物满天街，黑市才收小市开；茶馆门前收古董，又邀隆福寺中来”。那时造福民众的市政建设十分简陋，“马蹄过处黑灰吹，鼻孔填平闭眼皮；堆子日斜争泼水，红尘也有暂停时。”同是女人，“名门少妇帽如花，独坐香车爱亮纱；双袖阔来过一尺，非旗非汉是谁家？”而“贫家妇女满胡同，蓝布衫名‘一剪穷’；斜戴凉簪歪挽髻，清晨太半发蓬蓬。”清代像著有《桃花扇》那样大部头传奇的孔尚任，也写过《燕九竹枝词》，其中一首是：“金桥玉洞隔凡尘，藏得乞儿疥癞身；绝粒三旬无处诉，被人指作丘长春。”这就展示出了社会最令人揪心的一面。

许多竹枝词还生动细致地描绘了北京的民俗土产、娱乐方式，有的以竹枝词形式记录时事、针砭时弊、讥讽贪官、抨击颓风。竹枝词的写法，比打油诗注重“画面”和“色彩”，但比起典雅的格律诗来，当然较为鄙俗随意，但它朗朗上口，令人感到亲切、自然，在当时常常转化为数来宝、子弟书、莲花落、什不闲等曲艺演出的唱词，故而流布广泛，渗透到市民生活的意识、情感深处，是不应对之忽略、歧视的一种通俗文艺门类。

我以为，竹枝词这种形式，即使在进入到微电子时代的今天，也未必就没有它偏存一隅的空间。正是：世纪更迭新潮炽，人人争诉创新志，新枝原从老根发，期待新翻竹枝词。

月亮的角色

中秋节又到了,这是每年月亮成为主角的时候。月饼因之也成为几乎所有食品店的主角。“天上一轮才捧出,人间万姓仰头看”,这是《红楼梦》里贾雨村口中吟出的句子,有“颂圣”之意,亦隐藏着他追求飞黄腾达的野心,但确也概括出了每年中秋节那圆月的无可争辩的主角地位,犹如舞台上被追光圈中的一号人物,观众的眼光全被他牵动,而心中便涌出相同或不同的感受。

与太阳相对应的太阴即月亮,自然首先是人类探知外部世界的一大关注物,“月晕而风”,“八月十五云遮月,正月十五雪打灯”,都是月亮作为科研对象时扮演的角色,那确是它的“本色”。

但月亮不是一个“本色演员”。太阳或许极少离开“本色”去扮演其他角色,月亮不然。太阳、月亮都是人类感情的承载物,月亮所分载的似乎更多、更复杂、更微妙也更神秘。

除了日蚀,太阳没有圆缺的问题,月亮却初一、十五大异,这就使人类发出了“月有阴晴圆缺,人有悲欢离合,此事古难全”的感慨。由此生发,又有“可怜新月为谁好?无数晚山相对愁”,“一痕淡月乱蛙鸣”,“残月人帘归梦醒”……种种对不圆满的叹息,但一旦真的出现了满月,则又有“今夜月明人尽望,不知秋思在谁家”的思绪涌生,亲人骨肉的分离,往往使满月下的自我更其惆怅:“共看明月应垂泪,一夜乡心五处同。”这还是在自己家里望月,倘在客途,那心弦就颤动得更剧烈了:“游子魂锁青塞月”,“无情寒月照更长”……而月下的失恋,更其酸:“月上柳梢头,人约黄昏后……不见去年人,泪湿春衫袖!”所以有人就发愿“恨君不似江楼月,南北东西,南北东西,只有相随无别离!”人们把思亲、思乡之情,友谊、恋情,都寄托于天上之月,得出了“月是故乡明”、“新月如佳人”一类的共识,这也不独我们一个中国如此,一个中华民族如此,纵观一部世界文明史,几乎任何地方任何民族,都自古便有以月寄情的文化现象。月亮是各种门类的文学艺术作品中出现频率最高的角色之一。比如当我们听到贝多芬和肖邦的以月光命名的钢琴曲时,我们就能获得一种与全人类心灵相连相融的通感。

月亮又是美的象征。有时,人类并不汲汲于让月亮承载明确的喜怒哀乐忧悲凄戚的情感,而只是把玩着月亮本身那形态、光影、氛围、情调所构成的美。“梨花院落溶溶月”,“月移花影上栏杆”、“云破月来花弄影”,“月光如水水如天”……是纤秀的美,而“峨眉山月半轮秋,影人平羌江水流”,“星垂平野阔,月涌大江流”,则是雄浑的美。有时人们刻意望月,并不一定是想以月抒情,而只不过是要欣赏一下月光月色和月下小景,但美的追求即使是附着在不用一钱买的清风朗月之上,也不一定就那么易得,宋人杨万里就叹息过“溪边小立苦待月,月知人意偏迟出”。赏月的方式一是登高,一是临水。所谓登高,也不必太高,有泰山极顶望日出的,却似乎没有攀到那样的高处去望月的,因为只要有一处高于周遭地势的平台,不让树木房屋遮住月亮,便可饱赏月亮之美。有个小学生问我,为什么楼房上伸出去的部分叫阳台,而火车站上下车的地方叫月台?那自然是约定俗成的叫法,阳台固然大都筑在朝阳的方向,但一样可以用来望月;火车站那高出地面供旅客上下车的平台,我想是因为早期都并无棚顶而是赤裸状态,而中国古时将高于地面的平台一般都称之为月台,故而延用了。临水赏月似乎又比登台赏月更加有情趣。平湖秋月、二泉映月、三潭印月……这些风景点都因月生辉,而花好月圆、彩云追月更是两首中国丝竹名曲。月亮及由此派生出的月光、月色、月影、月云……实在都是美的一种自然存在,人类世代激赏而兴致不衰,是理所当然的。

月亮在人类心目中有时又是永恒的象征,扮演着中性的、无情的、只体现客观规律的角色,《春江花月夜》本是既抒情又摹美的,却也吟道:“江畔何人初见月?江月何年初照人?”月亮俯瞰着地球,阅尽古今,却冷热无语,“今人不见古时月，今月曾经照古人”，人们甚至有“本待将心托明月，谁知明月照沟渠”的愤懑之辞。日月如梭，织就着岁月的经纬线，然而月亮往往比太阳更超然物外，尽管你戚戚于“此生此夜不长好，明年明月何处看？”它却完全无动于衷，“长沟流月去无声”，使人惊醒于命运的缰绳还得靠自己握持控制。

中华民族关于月亮的传说，以往似乎固执在了嫦娥奔月这一模式之中。现在年纪稍大的中国人，大都总还记得儿时看过的年画和小人书，听过老人讲的故事，或许还看过有关的戏剧演出，当然也还可能谈过许多以这一传说为题材的诗词歌赋，因而中秋望月，总还能从圆月中那神秘的阴影，想象出广寒宫、桂花树、嫦娥舞袖、吴刚捧酒、白兔捣药、蟾蜍嬉戏一类的景象来。但我问过一些当今的中学生，他们却说望见月亮时并无这一类的想象，倘细问他们所联想到的，则是环形山、登月船。他们都能谈出人类第一次踏上月球表面的时间是1969年7月20日，那登月飞船是“阿波罗”11号，第一名将脚踏到月球上的人是美国宇航员尼尔·阿姆斯特朗，可见作为人类想象力的载体，月亮在不同的时代也扮演着不同的角色。以往它是神话剧中的神秘人物，而如今却渐渐成了纪实性科学剧中有根有据的出场者。不过我还是惊叹于千年前唐代诗人李贺在《梦天》一诗中的超常想象力，他吟道：“老兔寒蟾泣天色，云楼半开壁斜白”，这还不出远古传说的老套，“玉轮轧露湿团光，鸾巩相逢桂香陌”，便显出特异诡谲了；最难得的是他那从月球上回望地球的想象：“遥望齐州九点烟，一泓海水杯中泻”，那时哪有宇航技术、登月飞船，而李贺这两句诗，借给阿姆斯特朗用，以形容从太空俯瞰地球的感受，恐怕也很相宜。愿我们中华民族不但永葆这样丰沛的想象力，而且能将我们的想象一一化为活生生的现实。

月亮确是一个“千面人”，它扮演的角色岂止上面所列。“山高月小，水落石出”，它有时真是猥琐吝啬；而“月黑杀人夜，风高放火天”，它偶尔竟也能扮演谋杀者的帮凶！在图画、舞台布景和电影电视的空镜头里，月亮往往并不以满轮清光出现，而呈现为月牙儿（又可写作“月芽儿”），但月牙儿又有上弦月、下弦月之分，已故漫画家丰子恺有多幅以月为题的作品，“今宵不忍圆”，月牙儿画作下弦状，“人散后，一钩新月天如水”，月牙儿画作上弦状，多数艺术家似乎都这样抒发他们对月牙儿的感受，以下弦月承载更多的凄凉悲怆；有时诗人墨客未在他们的作品中标明是怎样的月牙儿，便引出我们许多相同或不同的联想，“无言独上西楼，月如钩”，是向上钩还是向下钩呢？“今宵酒醒何处？杨柳岸，晓风残月”，又究竟是上弦还是下弦？老舍先生那脍炙人口的名篇《月牙儿》，多次写到“碧云上斜挂着”的“带着寒气的一钩儿浅金”，我每一读及总想象为幽幽的下弦月，不知别人如何？

但不管怎么说，在大多数情况下，月亮还是被视为人类的朋友，“暮从碧山下，山月随人归”，“明月却多情，随你处处行”；寂寞的时候，“举杯邀明月，对影成三人”；离别虽苦，“多情只有春庭月，犹为离人照落花”，“夜来似与君相见，明月一窗梅影横”，月亮给人多么温馨的慰藉！所以陆游说：“君能洗尽世间念，何处楼台无明月？”有了明月，我们也就有了亲情，可以四海为家，不必那么狭隘、悲观了！

古时阴历七月十五也是一个节日，叫中元节，旧籍中对其描述，其热闹多彩绝不亚于中秋节，但如今我们是只过阴历八月十五的中秋节了，尽管早有人指出其实阴历十六的月儿才更圆更亮，我们的心气儿还是聚集在十五这个“正日子”上。在这一天，天上的月亮和我们桌上的月饼交相辉映，无论男女老幼，我们心中都涌动着最强烈的团圆愿望，最浓酽的幸福企求，祝福自己以及家人亲友，乃至邻里同胞，都平平安安，乐乐呵呵，丰衣足食，年年向上！

同亲人分食月饼吧！无论是华贵的双黄莲茸饼，还是朴素的“自来白”、“自来红”，当你咀嚼着它们的滋味时，月亮也就进入了你的心中、你的魂魄。你的生命不仅与太阳同在，也与月亮同在，“一轮秋影转金波，飞镜又重磨”，愿年年的中秋都是你重铸灵魂的佳节！

书中自有酒香来

《三国演义》第二十一回，曹操把刘备邀至亭中，盘置青梅，一樽煮酒，二人对坐，开怀畅饮，“青梅煮酒论英雄”，勾心斗智，互佩互嫉，构成小说中一个著名的情节，后来又被搬上戏曲舞台，近年更有电视连续剧表现，脍炙人口，老少咸知；但那煮酒究竟是怎样的酒？罗贯中写小说，重墨粗线，对生活细节，往往一带而过，“三国”故事里频频喝酒，关于酒的具体说明，第二十一回算是突出的了。《水浒》屡屡写绿林好汉们“大块吃肉，大碗喝酒”，像景阳冈前酒家“三碗不过冈”的劝告，智取生辰纲时所使用的下了蒙汗药的酒，都构成小说中的关键“扣子”，可谓“无酒不成书”，但那些酒究竟是怎样的酒？也语焉不详。电视连续剧《水浒》里，把智取生辰纲时下蒙汗药的酒，表现为无色透明的形态，似乎有如今天的白酒，引出了质疑和批评；因为倘若是蒸馏而成的白酒，哪怕是低度的，也不会让炎热中唇干舌燥的人们觉得可以祛暑解渴，想必那时常见的酒只是粗酿的米酒，酒精度很低，含水量很大；实际上小说所描写的宋代，也还没有蒸馏酒出现，至少，还很稀罕，工艺还不过关，唐朝白居易有句“烧酒初开琥珀光”，到宋时被称为“烧酒”的酒也还是这种颜色，直到元代，五色透明的蒸馏酒才流行开来；宋时武松、李逵他们喝的米酒多半浑浊，需用生绢筛去未净的酒糟，所以进了酒肆，吆喝酒保“筛酒来”，而这样的酒，也适合大碗大碗地喝，倘是今天白酒那样的酒，就毋庸筛了，酒量再大，也不能论碗，而要一杯一杯地浅斟深饮。

《红楼梦》被称为“中国古典文化百科全书”，但就写酒而言，所提到的种类，不算很多，突出的有惠泉酒，即用无锡惠山下的“天下第二泉”酿制的米酒；合欢花浸的酒，这是曹雪芹自家祖上就很喜欢喝的酒；“寿怡红群芳开夜宴”鼓捣光的一大坛绍兴酒等。第八回写贾宝玉在薛姨妈那里喝酒，跟李嬷嬷发生冲突，后来喝得烂醉，以致回到自己房里乱发脾气，把茶盅掼到茜雪裙子上，导致茜雪无辜被撵，草蛇灰线，伏延千里，在八十回后，设计得有茜雪到狱神庙探望入监的贾宝玉等情节；但究竟所喝的是什么酒？书上只说是“最上等的好酒”，恐怕也还是米酒、黄酒一类的南方酒。《红楼梦》的故事背景是北京，但贾府来自金陵，因此贾家的生活习惯南北混杂，在饮茶上，比较北方化，不嗜好绿茶，贾母到了栊翠庵，怕妙玉给她绿茶喝，道：“我不吃六安茶。”妙玉早掌握她的口味，献上的是老君眉，属于红茶或花茶的体系；在喝酒上，则似乎保持南方习惯较深，比较喜欢黄酒。《红楼梦》写酒的品类不多，写酒具却很细致生动，比如琥珀杯、金银爵、乌银梅花自斟壶、十锦法郎杯、黄杨根整抠十个大套杯等，还有大量写不同场合的不同饮酒方式的文字，有很浓厚的酒文化气息。

不过，古典小说中写饮酒细节最丰富生动的，还是《金瓶梅》。该书里提到的酒，品类繁多，不仅有南方的黄酒，北方的烧酒，还有西洋传入的葡萄酒，以及药酒。有的酒如今似已罕见，如“羊羔美酒”，据说制法是用米一石，如常浸浆，嫩肥羊肉七斤，麴十四两，杏仁一斤，同煮烂，连汁拌末，入木香一两，同酿，勿犯水，十日熟，酿成的酒极甘滑爽口；再如茉莉酒，制法是用三白酒，或雪酒色味佳者，不满瓶，上虚二三寸，编竹为“十”字或“焚”字，障瓶口，以新摘茉莉花数十朵，线系其蒂，悬竹下令齐，离酒一指许，贴纸封固，旬日香透可成。书中还提到宫廷内造酒，艾酒，河清酒，木樨桂花酒，竹叶青酒，菊花酒，豆酒，雄黄酒，等等。该书成于明朝，托言宋事，因此里面人物的饮食习惯不但与今时大异，与《红楼梦》里的描写也很不一样，比如里面的主人公西门庆，他最喜欢的，也是当时一般人认为最好的食物，是鹅肉，宴席上要“鹅为上，鹅为先”；而最喜欢喝的酒，是金华酒，当时婚丧嫁娶、探亲访友时的馈赠品里，金华酒也是常备之物；这金华酒由谷类酿成，色黄味醇而微甜，但并非现在我们饮用的黄酒，据说这种酒在明嘉靖时期风靡一时，后来不知为什么忽然衰落，以致渐被淘汰。酒也有其“宿命”么？

中国到处出酒，究竟哪里的酒最好？其实只要自己喜欢，不管别人怎么说，那就是好酒。据说战国时期，楚会诸侯，鲁赵皆献酒于楚王。主酒吏求酒于赵，不予，吏怒，乃以赵厚酒易鲁薄者奏之。楚王怒，遂围邯郸。故有“鲁酒薄，而邯郸围”一说。古时待客送礼谦称自己的酒不好，即说“鲁酒”。《金瓶梅》写的是山东故事，却也用了此典。不过由此见得，楚人是很会品酒的，现在湘泉酒的口碑越来越好，是否与当年的这个典故有关呢？

书中自有茶香来

中国古典小说里,《三国演义》在生活细节的描写上是点到为止,比如刘备三顾茅庐,经历多次误会,又立候多时,方才终于见到"真佛"诸葛亮;二人叙礼毕,分宾主而坐,童子献茶,什么茶? 不再交代,茶具、用水更略而不提。《水浒》则进了一步,对生活场景的描摹,有粗有细,拿写茶来说,就相当细致了。《水浒》中的"王婆贪贿说风情"等情节里,写到王婆的茶肆,那其实应该算是一个冷热饮店,不仅卖茶,也卖别的饮品,如王婆就主动给西门庆推荐过梅汤与和合汤。作者写这些细节,不光是留下了社会生活的斑斓图像,有助于展拓读者阅读时的想象空间,也是揭示人物心理,丰富人物性格的巧妙手段。梅汤,即酸梅汤,应是用酸梅合冰糖熬煮,再添加玫瑰汁桂花蕊等辅料,放凉后,再拌以天然冰碎屑,兑成的夏日上等冷饮。王婆向西门庆推荐梅汤,是看穿了西门庆想勾搭潘金莲的野心,以此来暗示自己可以为其"做媒"。后来西门庆踅来踅去,傍晚又踅进王婆的店来,径去帘底下那座头上坐了,朝着武大门前只是顾望,王婆道:"大官人,吃个和合汤如何?"和合汤应是用百合、红枣、银耳、桂圆等炖煮的甜饮,一般用在婚宴上,作为最后一道菜,象征夫妻"百年和好"。王婆向西门庆推荐和合汤,是进一步向他暗示,自己有帮助他和潘金莲成就"好事"的能力。在《水浒》接下来的文本里,还写到了姜茶、宽煎叶儿茶,以及"点道茶,撒上些白松子、胡桃肉",等等,可谓茶香渐浓。

中国古典小说,彻底摆脱《三国》式的"讲史",以及《水浒》式的"英雄传奇",长篇大套地讲述俗世中芸芸众生的日常生活,描写最常态的衣食住行、七情六欲、生老病死,始作俑者当推《金瓶梅》。《金瓶梅》里有不少露骨的色情描写，不但“少儿不宜”，就是对成年人，如果心性不够健康者，恐怕也确会产生出诲淫的负面作用。但《金瓶梅》那生动而细腻地描摹日常生活场景，镶金嵌玉般地铺排出令人目不暇接的种种细节，至少作为一个艺术流派的翘楚，是值得我们肯定、赞叹的。《金瓶梅》从《水浒》中“王婆贪贿说风情”前后的情节生发出它的故事，“借树开花”，起头的文字不仅是模仿，而且是爽性完全照搬，但在那嫁接的过程中，它也有了若干微妙的变化，比如写王婆点茶，《水浒》是“点道茶，撒上白松子、胡桃肉”，《金瓶梅》就直书“胡桃松子泡茶”了。在《金瓶梅》里，不仅写到王婆茶肆的茶，也写到市民家中自饮的茶与待客的茶。比如福仁泡茶，福仁即福建所产的橄榄仁，可以用来泡茶；盐笋芝麻木樨泡茶，盐笋应是盐渍过的笋干，这茶肯定有咸味；梅桂泼卤瓜仁泡茶，有专家指出“梅桂”即玫瑰，这茶大概是甜的；江南风团雀舌牙茶，这是一种产量很小，极名贵的供品茶，宋朝已值二十两黄金一饼，而且还往往是有价无市，想买也买不到；蜜蜡香茶，把蜜蜂窝压榨后可提炼出蜜蜂蜡，但俗话把根本出不来味道形容成“味同嚼蜡”，不知怎么当时有人用蜜蜡沏茶，怪哉！榛松泡茶；木樨青豆泡茶；咸樱桃的茶；土豆泡茶；芫荽芝麻茶……真是茶香阵阵，袭鼻催津。但是，看到如许多的关于茶的描写后，我们不禁要问：怎么当时（著书人所处的明朝，或前推到书中所托称的宋朝）人们饮茶，除了茶叶外，往往还要往茶盏里搁那么多其他的东西？又为什么，到清朝以后迄今，这种饮茶习惯竟几乎湮灭无存？《金瓶梅》第七十二回，写到潘金莲为了讨好西门庆，“从新用纤手抹盏边水渍，点了一盏浓浓酽酽，芝麻盐笋栗系瓜仁核桃仁夹春不老海青拿天鹅木樨玫瑰泼卤六安雀舌芽茶，西门庆刚呷了一口，美味香甜，满心欢喜”。这盏茶，除正经茶叶六安雀舌芽茶外，竟一古脑加入了十种辅料！其中一看就懂的有芝麻、盐笋（干）、瓜仁、核桃、木樨（桂花）、玫瑰泼卤（玫瑰浓汁）六种，其余四种，栗系应是栗子切成的细丝，核桃仁里所夹的“春不老”应是一种剁碎的腌咸菜，“海青”可能是橄榄，“天鹅”可能是银杏即白果，“海青拿天鹅”可能是橄榄肉里嵌着白果肉。这哪里是茶，分明是一盏汤了！而且酸、甜、苦、辣、咸诸味齐备，固体多于液体，西门庆呷了一口后会觉得美味香甜，大概是“色狼之意不在茶”吧！

《红楼梦》承袭了《金瓶梅》“写日常生活”的艺术传统，但是，它起码在两点上大大地超越了《金瓶梅》，一是文本里浸透了浪漫气息与批判意识，表达了作者的一种人文情怀与社会理想；一是基本上摆脱了色情的描写套路，虽然也写性，却大体上是情色描写（“色情”与“情色”这两个概念的不同，容当另文阐释）。《红楼梦》里写茶的地方也很不少，但往茶汤里配那么多辅料的例子一个也没有了。第三回写林黛玉初到荣国府，饭后丫头捧上茶来，林黛玉也算大官人家出来的了，颇为纳闷——她家从养生角度考虑，是不兴饭后马上吃茶的啊——到后来才悟出，荣国府饭后那第一道茶是漱口的，盥手毕，那第二道，才是吃的茶。一个关于茶的细节，对展示贵族府第气派和揭示人物心理特征都起到了作用。《红楼梦》第四十一回“栊翠庵茶品梅花雪”，不仅写到茶本身，还写到种种珍奇的茶具，以及烹茶所用的水，“旧年蠲的雨水”已然令人感到“何其讲究乃尔”，谁知那妙玉给林黛玉等人吃体己茶时，更用了从太湖边上的玄墓蟠香寺里，梅花上收的雪；是储在鬼脸青的花瓮里，埋在地下五年后，才开出来的！在这一回关于品茶的描写中，不仅凸现出妙玉偏僻诡奇的性格，也通过成窑五彩小盖钟这个道具，草蛇灰线绵延千里，为八十回后妙玉的命运结局，埋下伏笔。我最近完成的“红学探佚小说”《妙玉之死》，便由这盏成瓷杯推衍开去，圆己一说。《红楼梦》里还出现过一盏枫露茶，是用香枫嫩叶，入甑蒸之，取其凝露，几次泡泌而成，这碗茶后来竟酿成丫头茜雪无辜被撵，而八十回后，茜雪又在贾宝玉陷狱时，出现在狱神庙中，我在《妙玉之死》中，写到了那一场景。古典名著中的茶香飘渺，既助我们消遣消闲，又为我们提供了多么开阔的想象空间，融注进了多么丰富的思想内涵啊！

读《百家姓》

《百家姓》这本书很薄，其内涵却又很厚重。半个世纪以来，陆陆续续上新式学校的学生，甚至于上过大学的知识分子，竟没有读过《百家姓》的，大有人在。不要武断地认为，半个世纪以前，私塾，旧学校，所用的教材，如《百家姓》，全是糟粕，或简直没有什么用处；其实，不应该把发展中的新文化，与存在过的旧文化，一刀两断；新的事物，如不从存在过的，哪怕真是“腐土”般的事物中，汲取营养，化腐朽为神奇，那也很难生长得结实丰茂。

《百家姓》在以往的私塾教材中，应当说是糟粕少到近乎于无，而精华满溢的一种。“老百姓”这个词儿，“百家争鸣”这个成语，全从《百家姓》里生发出来。读着它，你不由得就想到，我们中华民族，真是好大好大的一个大家庭啊！有那么多的群体，加入其中，他们的悲欢离合、生死歌哭、爱恨情仇、酸甜苦辣，在这本薄薄的小册子里，融为一派朗朗上口的音符，读着读着，你心头会涌现出许多亲朋好友、同窗同侪、同仁同伙、熟人以及“半熟脸”的生动形象，于是你意识到，这个世界不但不是仅仅属于你的，也不是仅仅属于你一家一姓的，它是属于“百姓”的，是“百家”共享的。

“百”是言其多的意思。其实最早的宋代的《百家姓》版本，所收的姓氏也不止一百种。《百家姓》里，汉族的姓氏收得较多，单字姓较多，不过也收了若干复姓；有的单字姓，和复姓一样，是汉族以外的，兄弟民族的姓氏；这里面还有若干的姓氏，是一个以上的民族共用的；因此可以说，《百家姓》里，实际上蕴涵着一部中华民族大融合、大亲和的二十五史，字里行间，跳动着我们这个多民族大家庭的强劲脉搏，读来令人豪情满怀、意气风发。

《百家姓》的姓氏排列，除了因为最早产生于宋朝，所以把皇帝家的姓氏放在了第一位以外,大体而言,是“排名不分先后”的。它在编排技巧上,重视平仄音韵,使你朗读时有一种如歌的美感。如果默读,则可以仔细观赏那一个个的方块字,你会欣喜地发现,每一个字都是一幅活灵活现的图画,这是拼音文字所不可能具有的特殊美感。

在目前的中小学教材里,《百家姓》尚未获得——或者说尚未恢复其应有的位置,这是颇令人遗憾的事。不过,学校的老师,富有远见的家长,以及有自觉展拓自己知识领域愿望的在校学生——包括此前未读过此书的大学生和社会各界人士,实在都应该带头来阅读,以及把这本《百家姓》推荐给身边的人,同来一读。读过《百家姓》,你才是个知识结构没缺陷的“老百姓”啊!

远“水”近“红”

我不喜欢《水浒》。随着年龄的增长，这种不喜欢有增无减。当然，《水浒》作为一部古典名著，我对它是尊重的。《水浒》从艺术上说，结构严谨，语言生猛，主要人物性格鲜明，白描处出神入化，渲染处酣畅淋漓，光是记诵一百单八将的绰号，便能获得极大的乐趣。但是，总的来说，《水浒》让我产生一种虽敬之宁远之的阅读心理。

说《水浒》只反贪官污吏，不反皇帝，宋江是投降派，梁山好汉不该为朝廷去征方腊，这些政治家的评说，我在听到之前，简直不曾从那角度有过一丝半点的思绪。我读《水浒》，只感觉到这本书跟《红楼梦》太不一样。《水浒》只承认那一百零八个英雄好汉（他们本是天上星宿，所谓“天罡”与“地煞”）的生存价值，他们所反对的大官，或大地主，似乎也还有些个价值，起码是负面的价值，可是一般的个体生命，也就是占社会总人口中绝大多数的芸芸众生，平凡的人，过小日子的小人物，在这本书里常常是一钱不值的，无价值的，忽略不计的。梁山好汉开店，是随便杀人剁成肉馅包包子卖的，除非他们动手杀人以前，及时发现你是江湖上大名流传的好汉，那才会给你解缚，甚或倒头便拜，随之称兄道弟；如果你只是普通的客商旅人，那就一定会被不眨眼地剁成肉泥，即便碰巧他们不缺人肉，不把你打翻杀死，那他们也会若无其事地把人肉包子卖给你吃，让你成为“人吃人”的一员！至于梁山好汉为了私刑解决一己恩仇，或为了某一具体苦主打抱不平，或为了其哥儿们劫法场，他们除了杀坏人，杀贪官污吏，也会很随意地连带杀掉一些普通的人、无辜的人，像李逵就常常一时性起，挥动一对板斧，不分青红皂白地一路砍去，那被砍下的头中，恐怕是无辜者的比坏人的要多得多。《水浒》毫不尊重、怜惜普通的个体生命，读来令我心中闷闷。我从来自知属庸常之辈，是芸芸众生中一员，虽竭力愿好，却不可能成为英雄豪杰，所以设身处地一想，便不禁冷汗淋漓——作为一名老百姓，落在贪官污吏或恶霸地痞手里固然是惨事，但旅行投宿落在梁山好汉所开的店里，岂不也万分恐怖？《水浒》不反“当今皇帝”，这是无可辩驳的；但《水浒》中的好汉们征方腊，究竟有多大的“不对”？方腊究竟好在哪里？其所作所为究竟给当地的黎民百姓带来了多少好处？恐怕是一个可以讨论（而不是不容讨论）的学术问题。方腊取胜，不也就是一个“当今皇帝”？他若任命一个太尉，也一定要从一己的好恶出发，未必就比高俅辈强。宋江等征灭方腊，也无非是扑灭了一个潜在的新皇帝罢了。

“红学”前辈周汝昌先生有个观点，认为曹雪芹在艺术构思上受了《水浒》很大的影响，《石头记》（即《红楼梦》）最后也是要为“脂粉英雄”立榜的，不过那是《情榜》，也是十二人一组，先三十六，再七十二，整个儿也是一百零八之数，只可惜现在这部分草稿已然失传。这有一定道理。虽然艺术上有这种承继关系，思想内涵上，《红楼》却与《水浒》大相径庭，《红楼》不仅蔑视皇帝、痛诋“国贼禄蠹”，而且不以成败，也不以出身地位的尊卑贵贱论英雄，在曹雪芹笔下，个体生命，尤其是女奴的个体生命，闪烁着生命的尊严，并且通过主人公贾宝玉之口，公开发出了“世法平等”的呼吁，读来令人深思，使人振奋。当然，《水浒》比《红楼》要早四百多年，时代不同，我们不好硬比，更不能苛求。《红楼》之所以有“人本位”（个体生命本位）的思想萌芽，之所以连刘姥姥的外孙子板儿，以及偶一闪现的农村纺线女“二丫头”，笔下都充满着呵护爱怜、尊重祝福之情，那是因为时代已经发展到了那一步，而作者曹雪芹又自觉地站到了时代思潮（或者说是潜思潮）的前列。

我经常翻阅《红楼》，一再反刍，好比是终身好友，与之亲密无间，而对于《水浒》，我懂得那是一本必读书，是一种不能不知晓的常识，好比是随时可去求教的严师，就我这个体生命而言，远“水”近“红”是一种性格的必然吧！

想喝碧粳粥

粥可以是最贱最下等的果腹之物，如旧社会寺庙等慈善机构或想积德求报的阔人所设的粥棚、粥厂的大锅粗粥。

粥又可以是最精致最上等的美食，如《红楼梦》里写到宁国府里死了秦可卿，她的婆婆尤氏偏在她死的时候“正犯了胃疼旧疾，躺在床上”因而不能出来操办丧事，于是她的公公贾珍便把堂弟媳妇王熙凤从荣国府请到宁国府来主持丧政，那凤姐儿不仅权到令行，对下人大施淫威，还八面玲珑，在大嫂跟前卖好到底，她“因见尤氏犯病，贾珍又过于悲哀，不大进饮食，自己每日从那府中熬了各样细粥，精致小菜，命人送来劝食”。

“各样细粥”，可见不仅品种繁多，而且制作手续相当繁琐；而佐粥的小菜，想必不仅是色色精细，一定还有哪种粥配食哪种小菜的讲究。凤姐儿送给贾珍尤氏的细粥小菜，其价值当不在宴请刘姥姥时所上的茄鲞之下，而且更是一种能将消退的食欲重新勾出的绝妙美食。

曹雪芹写《红楼梦》，有人说其实是不断地写吃饭，写完上顿写下顿，写完大宴写小宴，写完正餐写宵夜，写完主食写零食，一直写到“脂粉香娃割腥啖膻”，其间确实显示出他对中国饮食文化的知识达到几乎无所不知无所不晓的地步，而下笔时又几乎无所不能描摹无所不能发挥，令人钦佩，令人叫绝。

《红楼梦》里多次具体地写到汤、粥，以至已故的红学家俞平伯先生专门为此撰写过“宝玉为什么尽喝稀的？”(见《读〈红楼梦〉随笔》)他举第八回为例，那一回写到贾宝玉到梨香院中探望薛宝钗，后来林黛玉也去了，贾宝玉在那里先用了几样“细茶果”，又就着糟鹅掌鸭信喝了三杯酒，这之后，又痛喝了两碗酸笋鸡皮汤，最后吃了半碗碧粳粥，饭毕，竟又吃了酽酽沏上的茶，方才告辞回去。

我读这一回文字时，无论是糟鹅掌鸭信还是酸笋鸡皮汤，都还并不怎样羡慕，惟独碧粳粥，读时不禁津液绵绵，十分向往。《红楼梦》中第六十二回里写到戏班子解散后分配到怡红院宝玉房中的芳官，让厨房柳家的给她备一份饭来，柳家的遣人送来一个饭盒，揭开一看，里面是一碗虾丸鸡皮汤，一碗酒酿清蒸鸭子，一碟腌的胭脂鹅脯，还有一碟四个奶油的松瓤卷酥，并一大碗热腾腾碧荧荧蒸的绿畦香稻粳米饭。这只不过是三四等丫头的食谱，然而与第八回的薛姨妈招待贾宝玉的菜式几无差别。芳官还说"油腻腻的，谁吃这些东西！"

末了只将汤泡饭吃下一碗，拣了两块腌鹅就不吃了。宝玉也确实爱喝稀的，他闻着，倒觉比往常之味有胜些似的，遂吃了一个卷酥，又命小丫头给他拨了半碗饭，泡汤一吃，十分香甜可口。那碧荧荧的绿畦香稻粳米饭用汤一泡，不也就成为稀粥了么？而且是鸡汤稀粥，想来现在上海仍存在的老字号"老绍兴鸡粥店"的鸡粥，其滋味庶几近之吧？

曹雪芹之精于中国饮食文化，有其家学渊源，他的祖父曹寅不仅累官通政使、江宁织造、兼理盐课，是个得到清康熙帝宠信的大官僚，而且也是一个有声威的文化人，他主持了《全唐诗》的编镌，自己又有《楝亭诗钞》八卷，《诗钞别集》四卷，《文钞》《词钞》《词钞别集》各一卷，此外还编镌前人冷门著作，其中有《居常饮馔录》一卷，内中包括宋人的《糖霜谱》、《粥品》及《粉面品》，元人的《泉史》、《制脯蚱法》，明人的《酿录》、《茗笺》、《蔬香谱》、《制蔬品法》。《粥品》一书系宋署名"东溪遁叟"的人所著，可惜现在难以找到，不得一读。想必曹雪芹是读过或至少听长辈讲过并至少部分地煎制品尝过该书中所述的各类粥馔，因而他那关于凤姐儿"每日从那府中煎了各样细粥、精致小菜，命人送来劝食"的描写，绝非信笔而来，纸背后，是有着深厚的生活体验与饮食文化知识作依托的。

现在西式快餐在北京大行其道，美国的肯德基炸鸡店早占了天安门广场西南仅距毛主席纪念堂一箭之遥的黄金地段，整天飘散出橄榄油烹炸鸡肉的浓烈气息，门庭若市；而最近美国的麦当劳快餐店又在最繁华的王府井大街南口开张，卖汉堡包、炸薯条、苹果派，一时间红男绿女趋之若鹜；这两家美国快餐店都称他们在北京的上述店堂是遍布于世界上的数千家连锁店中最大的。此外，北京还有加拿大邦尼炸鸡店，法国的美尼姆斯快餐店，香港的123快餐店，等等。西式快餐自有其某些优点，纵无更多的优点，进去领略领略异国风情亦颇有趣。但我总觉得中国人应闯出自己的快餐套路来，例如上面提到的芳官食谱，倘略作删减作为一道中式快餐推出，相信其形态色泽味道营养都绝不在上述西式快餐套餐之下，甚至还在其上；而其中最令人喜爱的，当是一碗用热鸡汤煮成的碧粳粥。

算来自己这辈子也喝过了不少的粥，无论是粗犷的棒茬儿粥还是精致的腊八粥，也无论是风格独特的粤式皮蛋瘦肉粥还是京味八宝莲子粥，包括鸡粥鱼粥虾粥蟹粥菜粥奶粥，总算起来都不如一碗素白的碧粳粥更诱人更可口更具魅力更足回味。又尤其是在旅行归家之际，在大病初愈之时，在辛苦劳作之后，在深夜临睡之前……

热腾腾，碧莹莹，香喷喷，滑滑腻腻，一粥到口，其乐融融！

我读《金瓶梅》

我是先读过《红楼梦》，才读《金瓶梅》的。这两部巨著有其相似之处，它们从《三国演义》、《水浒传》、《西游记》那种为帝王将相、英雄豪杰、神佛仙人树碑立传的长篇小说格局中突破了出来，将笔墨浓涂重染地奉献给了“名不见经传”的“史外”人物，展现出一幕幕俗世的生活景象，充满了前述那几本“英雄史诗”里罕见的关于“饮食男女”生活方式的精微刻画，人物不再是粗线条的皴染，而是工笔画似地须眉细勒，而且极为注重人物语言的铺排，往往通过生猛鲜活的性格语言，使书中人物跳脱纸上，令读者过目难忘，掩卷如邻。

《金瓶梅》里面有为数不少的性描写，其中确实有不少是直露到放肆程度的色情文字。《红楼梦》里也有性描写，但处理上或含蓄而不失美感，或虽粗鄙却点到为止，并都为塑造人物而设，没有卖弄招徕之意。《金瓶梅》产生的时代，皇帝公开征求春药，达官贵人更荒淫无耻，“房中术”成为最大的时髦，一时淫风甚炽，影响到民间社会，直达底层，不仅性行为相当地“解放”，戏曲演唱乃至茶肆说书，包括野史小说，直到市俗俚语，在表现性行为上也相当地“没遮拦”。《金瓶梅》在这方面的“成就”，放在那样的大背景中，算不得具有独创性，因此，我以为一般论者(性学专家例外)对此书的色情描写评价不高，乃至多予诟病，是不是用一种几乎是彻底冷静的“无是无非”的纯粹作“壁上观”的松弛而随意的白描，来展现一幕幕的人间黑暗和世态奇观？当然，此书也在其故事里嵌进了一些“训诫”，但那些牵强附会的生硬“训诫”大多不能融合于故事与人物，只是一些“套话”，乃至于显得“累赘”多余，这究竟是因为创作者缺乏“思想高度”，还是因为，就小说创作的内在规律而言，像《红楼梦》那样充满焦虑，洋溢着理想光芒与浪漫情怀固然是一种很好的叙述方式，而《金瓶梅》式的“冷叙述”，并且是达到七穿八达、玲珑剔透、生猛鲜活、浓滋厚味的“纯客观叙述”，也是一种在美学上可能具有相当价值的叙述方略呢？

当然，《红楼梦》是一部不仅属于我们民族，更属于全人类的文学瑰宝；那么，比《红楼梦》早二百年左右出世的《金瓶梅》呢？我以为也是一部不仅属于我们民族，也更属于全人类的文学巨著，而且，在下一个世纪里，我们有可能更深刻地意识到这一点，尤其是，有可能悟出其文本构成的深层机制，以及时代与文学、环境与作家间互制互动的某种复杂而可寻的规律，从而由衷地发出理解的喟叹！

狼·蟒·牛·猫

说起读书一事，我惭愧多于自信，教训多于经验。

我的祖父和父母都是读书人，兄姊们学历也都不算浅，我家虽称不上正宗的书香门第，读书的风气一直是浓郁的。在这样的家庭熏陶下，我从很小的时候，便以读书为乐。

开始的时候，我是“狼式读法”，此话怎讲？就是拿到想读的书，心急火燎，好奇心驱使下，一目十行、匆匆翻页，颇似狼吞，亚赛虎咽，家里人唤吃饭迟迟不动，睡觉时在枕上灯下还要久读不舍，往往是一本二三百页的书，一两天便可读完，读完后见了兄姊同学，还很喜欢复述其中有趣之处，高谈阔论，洋洋自得。这种读法，似也不好一笔抹煞其益处，尤其是一些本不必细读深想的书，直到今天，我对之也还是如“狼”似“虎”，这样匆匆翻过后，总算能知道个大概，其在自己的知识结构中算是填补了某些空白。但这种囫囵吞枣的读法，往往造成消化不良，而且因为翻阅仓促，何尝真能过目成诵？储留在记忆里的，多是些碎片式的，或模糊不清的印象。我后来成了职业作家，写文章时随手拈出一些往日阅读印象来，或举为例证，或涉笔成趣，有时不及查书核对，便会马失前蹄，或张冠李戴，或乱点鸳鸯，闹出笑话，引出批评，这就都是“狼式读法”的后遗症，为解决这一问题，一些以往读过，并自以为已读通的书，我现在还要找来重温，当然，不再狼吞虎咽，而是另取斯斯文文的读法了。由我的教训，可见读书人虽然爱书可爱到如虎狼扑食的程度，真正“吃”起书来时，却最好不要像虎狼般生吞活剥。

“狼式读法”已颇可笑，而我还曾有过“蟒式读法”呢！我们都知道，热带雨林中的大蟒，有时会生吞整只带毛的生灵，吞完后便昏昏睡去，可以久久不再进食，让那吞进的东西在其胃肠中慢慢消化，最后，将实在难以消化的残余排出体外，倒也能由此又粗长许多。乍听起来，你会觉得此法比“狼式读法”更加可笑，也更应排拒。但人生多变，境况难测，在某些特殊情况下，“蟒式读法”或实在是出于万不得已，或乃是那特定情况下的自觉选择，虽有弊病，却总比无书可读或有书不读要好。我在二十四岁时遇上了史无前例的“文化大革命”，宿舍中原有的一点文学书都被抄走了，也灰了爱文学的心。谁知狂风暴雨的阶段过去，下乡劳动归来，偶然捡拾到半套解放前夕东北出版的《鲁迅文集》，是后半套，译文部分。读鲁迅的书，在那时别人是无法阻止的，于是我便将其从第一页到末一页加以了“蟒吞”，说实在的，在当时那种社会氛围里，鲁迅所译的苏俄小说《工人绥惠略夫》、爱罗先珂童话，以及日本武者小路实笃、有岛武郎的作品，法国凡尔纳的科幻小说，还有作为附录印上的曹靖华翻译的苏俄拉甫涅尼约夫的小说《星花》什么的，落目入心，实在诡谲难解，但是我不管三七二十一，通通读它一遍，且存在“胃肠”里再说！度过了“文革”的冬眠期，春暖花开后，回过头来再翻那一厚摞鲁迅译文，我很为苦闷中的“蟒吞”庆幸，毕竟，经过久久的消化，我从中获得了许多营养，有的“微量元素”尤为可贵！

好的读书方法，应是“牛式”，不但细嚼慢咽，而且不止一个胃，有的胃专门用来反刍，把本来就非茹毛饮血，而是斯斯文文吃进嚼过的草料，再加以精磨详研，效果当然极佳，把开卷有益体现得非常充分，而将弊端减少到最低程度。我近年常反刍以往读过的中外经典。像《红楼梦》就至少反刍过五遍，并且将不同的版本加以比较，在反刍中我形成了关于其中“金陵十二钗”最后一钗秦可卿的系统想法，结果形成了探佚性著作《秦可卿之死》。最近我还在反刍叶君健先生所译的安徒生童话全集，这是我十几岁时便珍爱的书，但那时还只懂得欣赏《海的女儿》、《野天鹅》等情节新奇的篇章，现在却深能体味其《老单身汉的睡帽》、《柳树下的梦》等篇章中的人生喟叹与诗意升华。

现在的书真叫多，且不算音像制品及电脑网络上的读物，光是纯文字或文字为主的印刷品，每天就不知推出来多少种！在这种情况下，读书的可选择范围非常之大，倒容易弄得读书人手足无措，不知该读什么，该取怎么个读法了。面对这一形势,我现在多取“猫式读法”。我家养了三只大猫,注意观察,发现它们进食有几个特点,都足资我读书时借鉴。一是它们进食前先要以目巡观左右,并对食盆中的食物以鼻检验,绝不轻易下嘴,这启发我选一本陌生的书来读时要十分慎重,不能因之白白耗费宝贵的时间,更不能误食腐物影响心灵健康;二是它们吃东西时不仅细嚼慢咽,还往往摆头晃脑,能十分精确地将鱼肉中的小刺剔除,这启发我读书要善于汲取精华、唾弃糟粕;三是它们一般都不贪食,胃口大开,却能适可而止,我们常用“猫儿食”形容量虽小而已饱足,由此启发我:面对的书越繁杂,越不能贪多求广,还是要先确定好一个时期的读书目的,依次列出必读、可读、可读可不读(即机动安排,时间有富余则读,无富余则放弃)的书名,订出相应的计划,配置好时间份额,并一周或半月根据所订计划检查一下自己的执行情况。“猫式读法”实践下来,尤有读书乐、乐融融的效益,故不揣冒昧,写出以供读友们参考。

你哼的什么歌

人在不知不觉之中，会轻声地哼唱。

在上下班的路上，骑自行车穿过大街小巷时；离家旅行，坐在火车靠窗的座位上，懒懒地浏览着并无特色的风景时；闲暇中漫步在公园或居住区绿地的小径上时；在家中独自倚在阳台栏杆上，乃至独自坐在沙发上出神时……从我们的心井深处，便会旋出缕缕歌丝；有时不是歌，而是无词的乐曲。当我们陷于此种哼唱的境界，我们有时自己也没有觉察出自己在歌吟，尤其不能清醒心底所泛出的是些以什么符号命名的旋律……

倘在我们不知不觉地哼唱时，突然有一只麦克伸来，把我们的哼唱声放大成响亮的“回环立体声”，我们会怎么样？

会惊耸地定在那里，刹那间如一尊石像吗？会立刻噤声，如风中寒蝉吗？会哑然失笑，如面对自己穿开裆裤的照片吗？会羞赧地红云盖脸，悔恨于被他人听见了吗？……而最小的可能性，是全然无所谓，面不改色心不跳。

因为不自觉地哼唱，最泄露人心底的秘密。

中老年人所哼唱的，往往是十几年乃至几十年前曾醉心一时的曲目，那里面蕴含着他或她个体生命的许多情感经历，爱与恨，得与失，荣与辱，梦与幻……就是刚过不惑之年的一代，他们不自觉的哼唱里，也必定浓缩着各自的心路历程。

“文化大革命”中，在“五七”干校，一天的大田劳作，完毕后排队唱“语录歌”而归，到各班组分岔而散、接近住屋时，一位“五七”战士却在放松中不经意地哼唱起了《莫斯科郊外的晚上》，其实只是极轻微的游丝般的低吟，却突然有一只手拍到了他的肩上，他惊耸地扭头，却是班长，满脸“人赃俱获”与

“放你一马”相交叠的表情:“你怎么就是戒不掉封、资、修?!”至今这位昔日的“五七”战士想起那一刹那的情景,心头依然五味俱全……

一位在外资企业的写字楼中当“白领”的女士,其人应该说已“全盘西化”,俨然一位“摩登佳女”,可是她对我说,如今每当她听到《让我们荡起双桨》、《我们的田野》这两首已经有好几十岁的歌曲那其实是很单纯很规矩的旋律词句响起,她就总还是有一种莫可名状的异样情绪荡漾于心头,而她在无意中哼唱的曲调,偶尔也还会是这两首歌……

还有一位才三十多岁的小伙子告诉我,当他心中有了不平事,一个人走在路上时,他会不假思索地哼起“拿起笔,作刀枪……”我也记得那首歌,那是“文化大革命”初期很流行的一首“红卫兵”歌曲,歌名叫《鬼见愁》,那时我是一所中学的青年教师,虽还没有被归为“牛鬼蛇神”,每当“停课闹革命”的“小将”们用粗喉咙吼出那狼嚎般的声响时,也不禁“一筹莫展”。这位小伙子告诉我:他在理智上,是否定“文化大革命”的,但他却不能也不打算抛弃掉那刻在他灵魂上的“时代旋律”……

想起来真让人感慨万端,那些我们青春期所熟悉的歌曲乐调,竟会那样深沉而执著地滞留在我们心灵的井底,甚至会与我们的肉身共存亡。从良性的角度说,这些歌曲乐调是滋润我们终生的营养品,从悲观的角度说,我们的个体生命竟是这些社会文化产品的终身人质!

正当花季的少男少女们,他们在路上跳跳蹦蹦地哼唱的,是些什么歌?将会有哪些歌经过时代社会和个人遭际的筛汰,会潴留在他们今后的心井中,成为他们中年、老年时代不经意便能哼唱出的旋律?

“生死歌哭”这个词汇,我在以前的文章中多次使用过,现在专门就人生的“歌”作一番探微发隐,才咀嚼出了“歌哭”两个字的浓酽味道,不禁又想到“长歌当哭”,“百年歌自苦”,“人世几欢哀”……

现在中国很流行卡拉OK,在歌厅中大声唱卡拉OK,是一种情绪的宣泄,这种宣泄不仅受歌厅曲目的限制,更因有他人的在场,而变得更具表演性质、展示性质、炫耀性质、塑造自我性质。当然,在自己家中或和几个知己在KTV包房中唱卡拉OK,也许会把所宣泄的感情表达得更从容、更精致、更舒畅，但那种自觉地大声地歌唱，和不自觉地哼唱，毕竟是本质不同的两回事。

人在不自觉的哼唱中，才接近于他或她真实的自我，一个被时代、社会、他人浸润的自我，一个力图与时代、社会、他人剥离的自我，一个欣悦的自我，一个痛舍的自我，一个松弛的自我，一个颤动的自我，一个向往着的自我，一个安于现状的自我……

人生途程上，我们一路哼唱……

哼哼唱唱的，不知不觉之中，我们度过了烂漫青春，迎来了哀乐中年，又渐渐步入了净哼出怀旧的"前朝曲"的老迈之年……

当我们即将离开这滚滚红尘的人世时，我们干涸的心井里，那最深最隐秘的所在，和我们最后一起湮灭的，是哪一首曲子哪一首歌？

怒 绿

那绿令我震惊。

那是护城河边一株人腿般粗的国槐，因为开往附近建筑工地的一辆吊车行驶不当，将其从分岔处撞断，我每天散步总要经过它身边，它被撞是在冬末，我恰巧远远目睹了那惊心动魄的一幕。那一天很冷，我走拢时，看见从那被撞断处渗出的汁液，泪水一般，但没等往下流淌，便冻结在树皮上，令我心悸气闷。我想它一定活不成了。但绿化队后来并没有挖走它的残株。开春后，周围的树都再度先后放绿，它仍默然枯立。谁知暮春的一天，我忽然发现，它竟从那残株上，蹿出了几根绿枝，令人惊喜。过几天再去看望，呀，它蹿出了更多的新枝，那些新枝和下面的株桩在比例上很不协调，似乎等不及慢慢舒展，所以奋力上扬，细细地，挺挺地，尖端恨不能穿云摩天，两边滋出柔嫩的羽状叶片……到初夏，它的顶枝所达到的高度，几与头年丰茂的树冠齐平，我围绕着它望来望去，只觉得心灵在充电。

这当然并非多么稀罕的景象。记得三十多年前，一场大雷雨过后，把什刹海畔的一株古柳劈掉了一半，但它那残存的一半，顽强地抖擞着绿枝，继续它的生命拼搏，曾给住在附近的，大苦闷中的我，以极大的激励，成为支撑我度过那些难以认知的荒谬岁月的精神滋养之一。后来我曾反复以水彩和油画形式来刻画那株古柳的英姿，可惜我画技不佳，只能徒现其外表而难传达其神髓。进入改革开放时期，我曾在大型的美术展览会上，看到过取材类似的绘画。再后来有机会到国外的各种美术馆参观，发现从古至今，不同民族的艺术家，以各种风格，都曾创作过断株重蹿新枝新芽的作品。这令我坚信，尽管各民族、各宗教、各文化之间存在着若干难以共约的观念，但整个人类，在某些最基本的情感、思考与诉求上，是心心相通的。

最近常亲近丰子恺的漫画，其中有一幅他作于1938年的，题有四句诗的素墨画："大树被斩伐，生机并不绝，春来怒抽条，气象何蓬勃。"这画尺寸既小，所用材料极简单，构图更不复杂，但却是我看过的那么多同类题材中，最有神韵，最令我浮想联翩的一幅。是啊，不管是狂风暴雷那样的天灾，还是吊车撞击那类人祸，受到重创的残株却"春来怒抽条"，再现蓬勃的气象，宣谕超越邪恶灾难的善美生命那不可轻易战胜的内在力量。丰子恺那诗中的"怒"字，以及他那墨绘枝条中所体现出的"怒"感，都仿佛画龙点睛，使我原本已经相当丰厚的思绪，倏地提升到了一个新的高度。

今天散步时，再去瞻仰护城河边那株奋力复苏的槐树，我的眼睛一亮，除了它原有的那些打动我的因素，我发现它那些新枝新叶的绿色，仿佛是些可以独立提炼出来的存在，那绿，是一甘非同一般的绿，倘若非要对之命名，只能称做怒绿！是的，怒绿！

那绿令我景仰。

坐在门槛上的送煤工

那时候，我还住在小杂院的平房中，没能享用上煤气和暖气，做饭取暖都必须依靠蜂窝煤，预定好的蜂窝煤由附近煤厂的工人蹬着平板三轮车送来。记得那是初夏的一天，我一人在家，煤厂的师傅送煤来了。他把旧车轮剪成的皮条挎在肩上，侧身将装煤的竹筐用那皮条箍在腰侧，运到各家小厨房门外，便将煤饼技巧地倒在地上。倘若哪家是老弱病残，他便帮忙将煤饼码好；倘若自己有劳动力，他便走人。我自然是可以码煤的人，师傅将煤倒下，我便道谢，请他进屋喝茶。他摇头说不喝了。因为送到我家小厨房门外是最后一站，他便站在那里点燃一支烟，用脖子上搭的已是灰黑色的毛巾擦着额上的汗，暂且喘息。

我埋头码煤。我家小屋里的录音机里正放着一盘西洋抒情小曲，我经常听那盘带子，喜欢，却多少已有点麻木。忽然，我直腰抬头之间，瞥见了那送煤师傅，他被录音机传出的乐曲吸引住了，乃至于点燃的烟吸了一两口后再没有去吸，慢慢地站在我家屋外的洋槐树下，显现出一个出自内心的略带惊讶的愉悦表情。

我知道那三十来岁的运煤工小学毕业后再没有受过什么文化教育，生活不富裕，视野也绝不宽广，依我想来，他的欣赏趣味，也许只集中在比如说相声、评剧（那时还没有通俗流行歌曲出现）一类的品种上，因此，在一瞥之中，我也不免有点吃惊，他怎么会被西洋古典音乐所吸引呢？

我便主动招呼他："进屋歇，进屋听吧！"

他问我："这叫什么曲子？"

我告诉他："是原先俄罗斯作曲家柴柯夫斯基作的曲子，叫《船歌》。"

他一脸入迷的表情,“啊”了一声。

“进屋坐,我把这曲子重放一遍,是好听,我也一直喜欢它。”

他却并不进屋。我明白他的表情身姿表达的含意:他一身工作服上满是煤灰——岂止工作服上,他脸上也有煤灰,淌下的汗水又在那煤灰上画出了不能平直的道子——他怕进去坐会把我家沙发弄脏的;他淡淡一笑,脸朝外,坐在我家屋门的门槛上了。我便不再劝,赶紧调整录音带,重放那曲《船歌》。

在初夏的洋槐树下,树阴铺撒在我家屋门前,露出团团闪烁的光斑。洋槐花盛开着,漾出阵阵清香,《船歌》那柔曼的曲调越过坐在门槛上的送煤工那厚实的身板,送进他的耳中,传到院里……我永生难忘从他脸上所看到的那种由衷的审美愉悦感。

《船歌》放完了,他也便走了。烧完他那回送的蜂窝煤,我也便搬到很远的楼房里去了。我再没有见过他,但我脑海里永远刻下了坐在门槛上听《船歌》的送煤工形象。多少回我想把那形象画下来,却总不能成功。

坐在门槛上的送煤工,使我意识到,进入一种自发的、非功利的、全身心的审美愉悦,哪怕是偶然遭遇,为时短暂,那都是人生途程中最幸福的境界!

我年轻的朋友们啊,敢问你们,在你们的生活途程中,可有过这样的时刻?

或许,你整日被裹挟在熙攘的人流和事涡之中,简直没有静下来享受文学艺术和大自然的间隙,审美愉悦竟与你无缘!

或许,你总是被世俗的审美潮流牵着鼻子走,人家听什么你也听什么,人家看什么你也看什么,人家说好你即使并不以为好也跟着说好,潮来潮去,你在潮水中随涨随落,久而久之你甚至面对着你跟随潮流所追逐的对象,已无多少真正的审美愉悦可言,你所获得的,也许仅是浅薄的“我总算不落伍”的心理满足!

或许,你确是不为潮流所驱动的,你能冷静,能抉择,但你是否又被一些功利性的前提所支配呢?比如,你总想自己也从事某种门类的文艺创作,你总在分析辨识、预估预测,这样的东西会“又叫好又卖座”吗?那样的东西会俗就雅值得吗？太古典是否趣味太保守了？太新潮是否格调太粗野了？……结果，你尽管浏览了许许多多的文学艺术作品，却总不能使审美意识摆脱功利前提，因而，也总不能进入那坐在门槛上听《船歌》的送煤工的审美愉悦的佳境。

人生途程说长也短，说短也长；人生乐趣说多也少，说少也多。在毕竟有限的人生途程上，更多地享受人生乐趣吧——在诸种人生乐趣之中，那种凭借直感，摆脱世俗牵缚和功利前提，而全身心投入艺术世界和大自然魂魄的审美愉悦，是最宝贵的时刻、最瑰丽的境界！

你的情趣分

我哥哥已年届花甲，却仍保留着一张中学时代的成绩单，那成绩单上有一项分数，打的是“情趣分”，颇令我生奇。哥哥那时上的中学，是一所抗日战争期间由著名进步人士主政的名牌学校，因此“情趣分”的设置，至少无政治上反动的“导向”用意，是否系“资产阶级教育思想”的一种体现？过去或许应作十分肯定的回答，如今却不免要问：难道无产阶级就没有情趣？难道无产阶级教育后代，就不希望他们除了德、智、体而外，在情趣上亦达到相当的档次？当然我们现在并不一定要给学生评定一项“情趣分”，但教师除自己应具有情趣外，亦应注意引导学生有情趣。就是已经离开学校的人，已经步入生活甚至干起大事业的人，有情趣也比无情趣强啊！

何谓情趣？据哥哥说，当时他们一位班主任老师曾让他们班上同学围着校园中的一棵大枫树跑跳游嬉，要求每一位同学问“枫树公公”一个问题，有的就问：“枫树公公，你为什么一到秋天就害羞？”有的则问：“枫树公公，你为什么跳舞只用手不用脚？” 哥哥问的则是：“枫树公公，你为什么戴顶小帽子？”“小帽子”指的是树上的鸟窠。据说老师就根据学生们的这一类表现，在成绩单上给列出一个“情趣分”来。哥哥保留迄今的那张成绩单上，“情趣”只得78分而已，但他说至少于他个人而言，老师对提升他情趣所作出的努力令他永远难忘，并享受终生。

我想，情趣，大约主要指的是一个人在生活中所表现出来的想象力、幽默感、乐观精神、感染他人的能力……其中特别重要的，是一种淳朴的稚子之心。情趣也许是一种难以定义的精神素质，但却又是一种不难意会的人格因子。对于你经常接触的人，你不难在心目中把他们划分为“有情趣”和“没情趣"两大类,而"有情趣"的一类如细想,还可给他们分别打上高低不同的分数。有位年轻朋友就跟我议论过:他头一回去的那个公司,总经理是个毫无情趣可言的人,比如有一回他把办公室窗台上一盆盛开的蟹爪兰指给总经理看,并说:"你看多像一顶火红的王冠啊!"总经理虽说也看了几眼,却一副木然的表情,末后只是刻板地布置工作;而现在他们在的那个公司,总经理长相比头一个差多了,但该人极有情趣,出语幽默,甚而有一回当众展示自己新置的一套名牌西装时笑问:"是不是有点沐猴而冠的味道?"他的坦然自嘲不但没有"丢份",雇员们心中给他打的"情趣分"反倒高了,及至他正颜厉色批评下属的疏漏时,人们便格外膺服。

冷眼旁观领受消化别人的情趣,比较容易,自己有无情趣,如有情趣,可打多少分?判断起来,反倒不那么容易了。有无情趣固然并非人生的首需,但有情趣总比无情趣好,情趣盎然总比情趣索然好。有人把情趣称为"人生小乐趣"、"琐屑的人生乐趣",似乎可有可无、微不足道。我却以为切莫小看了"人生的琐屑小乐趣",无论是假日举家去了公园偏寻觅一个别人少往的小角落铺上大塑料布一边猜谜一边野餐,还是工余耐心地用废易拉罐制作出一些自我欣赏的小工艺品,都是生命的自我积极消费,莫以小乐而轻舍啊!

十首足矣

报载香港一家文化机构不久前举办了一项“最受欢迎唐诗选举”，结果投票者从成千上万首唐诗中票数相当集中地选出了十首来。

列在榜首的是孟郊的《游子吟》：“慈母手中线，游子身上衣。临行密密缝，意恐迟迟归。谁言寸草心，报得三春晖！”

我想不用解说，大家都懂得这是一首歌颂母爱的诗。但这一首语言质朴的诗歌为什么在历经了千年的传诵后，至今仍具有最强烈的感染力？要理解这一奥秘，我们就必须体会到，人生在世，广义而言，无人不在羁旅之中，旅途中人固然着眼于前程，特别是实利，却不能不有所眷念，不能不保留一段热肠一片温情，不能见利而忘义，不能丧失良知人道，因而那“慈母”所构成的意象便超越了狭义的生母，而象征着孕育抚养调教指引了我们个体生命的所有外在因素，使我们对个体与他人与群体的和谐，产生出一种向往，引发出切实的努力。

最近在报纸上看到了一些令人难堪令人恶心乃至令人发指的报道，例如子女虐待生母生父致死，以及后母虐待前妻生下的可爱的男孩，其生父竟无动于衷终致殴毙，还有一位想发横财的运动队教练，在工作不负责任被解聘后，将幼小的学员绑票，妄图索取巨额赎金——最令人毛骨悚然的是这位丧尽天良的绑票者连究竟什么是“绑票”和“人质”的概念也弄不清，他是先将那男孩弄死再递送出索取巨款的通知书的，他居然不知道先“撕票”后索款是决计不可能得逞并且违反自古以来绑票者的起码常识的！哀哉！也许是我这人分析事物的角度太古怪，我总觉得，倘若这些人读过一点唐诗，不用多读，哪怕只读过这回香港人选出的十首，哪怕只体味出其不足一半的诗意，引发出哪怕些微的感动与审美愉悦，那么他们也许仍是糟糕的人物，却总不至于那么样的没有人性和那么样的颟顸！

香港人这回选出的十首唐诗都是最常见于各类选本和最易读懂字面意思的短诗，除《游子吟》外，其余九首依次是：

杜牧的《清明》：“清明时节雨纷纷，路上行人欲断魂。借问酒家何处有？牧童遥指杏花村。”这首诗为什么荣列亚军？难道仅仅是因为如画如乐、明丽清新？我以为其中也蕴含着一种温馨的人性，在“行人”与“牧童”的亲合之中，体现出一种对人生乐趣的健康追求。能进入这个诗境的人，他忍心将那牧童绑票以谋求一己的私欲么？

第三首是李白的《静夜思》：“床前明月光，疑是地上霜。举头望明月，低头思故乡。”乡土之恋，是一种最基本的人情，乡土往往决定了自己的人种属性，民族血缘，家族谱系，乡恋之情会使我们意识到个体血脉与他人与群体的承续关系，“父老乡亲”构成了一个固定的语汇，很难想象对李白这首千古绝唱的怀乡诗有所感悟的人，会自己居华屋食佳肴而将老父老母驱入猪圈掷以残羹！

第四首是王之涣的《登鹳雀楼》：“白日依山尽，黄河入海流。欲穷千里目，更上一层楼！”人生的境界，原应如此宏廓。第五首是李商隐的《乐游原》：“向晚意不适，驱车登古原。夕阳无限好，只是近黄昏！”在体味到人生有层楼可上的同时，又深知人生的有限，以一种彻悟的心态维系一种进退的度数，吃透了这两首诗精髓的人，又有哪位会短视到谋取近利而不顾廉耻、妄想永葆荣华而贪得无厌呢？

第六首是孟浩然的《春晓》：“春眠不觉晓，处处闻啼鸟。夜来风雨声，花落知多少！”第七首是白居易的《赋得古原草送别》：“离离原上草，一岁一枯荣。野火烧不尽，春风吹又生。远芳侵古道，晴翠接荒城。又送王孙去，萋萋满别情。”第八首是李绅的《悯农》：“锄禾日当午，汗滴禾下土。谁知盘中餐，粒粒皆辛苦！”我想一个多少能从这些诗句中感受到对落花这种最低级的生物的怜惜、对野草这种最卑微事物枯荣的关切以及对最普通的劳动者汗珠的珍惜的美好情愫的人，他是决计不可能对活泼泼的儿童的生命粗暴戕害的！

最后两首是李白的《早发白帝城》:“朝辞白帝彩云间,千里江陵一日还。两岸猿声啼不住,轻舟已过万重山!”贺知章的《回乡偶书》:“少小离家老大回,乡音未改鬓毛衰。儿童相见不相识,笑问客从何处来?”一是把我们引到大自然的奇瑰怀抱中,一是将我们导入人世间最朴素的人情中,反复咏诵这样一些明白如话而又美不胜收的诗句,我们灵魂上纵有厚尘积垢,总也能涤出一甬真善美来吧?

我想许多读者当会讶怪我何以如此常见的唐诗也要首首俱录,但这十首唐诗实在是常诵常新,即使过录一遍,灵魂也总有一种难言的欣悦!倘有的读者连这十首唐诗也不能逐一背诵或简直有的还是头一回读到,那么我恳求他们一定要把这十首唐诗背诵下来,从一定意义上说,这十首唐诗凝聚着我们中华民族文化传统中最值得珍惜和承袭的精华,并且也体现着我们中华民族对美的追求所达到的一种全人类必须仰望的高度。工作太忙吗?事情太多吗?赚钱必须抓紧吗?唱卡拉OK搓麻“抓黑叉”跳迪斯科练气功求算命遛鸟养鱼喂猫饲狗再没有闲空吗?当然!谁能强求谁呢?人们各自安排着属于自己的生活,但我仍要近乎痴憨地吁请人们在纷忙的生活中读一点唐诗背一点唐诗品一点唐诗悟一点唐诗——不必太多,以上十首足矣!

哄堂大笑中的领悟

我在北京21中上初中，最爱上的是生物课，成绩最好的一门功课自然是生物。语文的兴趣和成绩却平平，不过偶尔也有篇把作文被语文老师当众夸奖过。记得曾有一篇谈美与丑的论说文，老师给了很高的分数，却并没有在课堂上予以表扬、引为范例。他在文后的批语中，最后写了这么一句："此文是否有所依托？"过了好久我才明白，其实他是在怀疑我抄袭。自从上小学初写作文到如今卖文为生，我承认败笔不少，谬误难免，不过倒从来没沾染过抄袭的毛病，这是清夜扪心，良心上最过意得去的一条。自然这也绝对构不成一条优点。

至北京65中上高中时，语文渐渐成为了我的第一兴趣。语文老师也偶尔在发作文时把我的文章读一下，予以鼓励。我被鼓励的作文，似乎都属夹叙夹议类型。爱发议论，是我学生时代就养成的一个——优点？缺点？特点？赘点？到现在我也想不清。一个人有一个人的思维方式和表达习惯。为适应读者固然应当调整，但为保持个性又不能强行抑制。在早先，我最重视的读者自然是对作文有评分权的语文老师，后来是报刊和出版社的编辑，再后来是读我刊印出来的文字的人，但这其间又有纯粹的读者和批评家两种人，前者人数多然而意见隐，后者人数少然而能量大，有一阵我一提笔便觉得有批评家在旁棒喝，颇有战战兢兢之感，现在倒也渐渐想开了，就选材、写法而言，我还是随自己的意思吧。扯远了，还是来谈在65中上高中的事。

记得在65中，高中三年换过三位语文老师。第一位张老师当时已是一位老先生，他教古诗词古文给我的印象最深；第二位蓝老师是位女老师，她则最善讲解现代散文；第三位老师也姓张，当时他刚从北京大学中文系毕业，穿着一身崭新的蓝制服走上课堂，个子高高的，相貌颇堂皇，只是他说话发声总给人一种肉肉头头的感觉——我就总觉得他两腮里面的口腔中塞了两团棉花，不过听久了，也就习惯成自然，以至当他把我叫起来朗读课文时，总不由得也鼓起腮帮子来吐字发音。这位张老师能把看去十分枯燥的论说文讲得让我们听来津津有味，而且他也最着重论说文的写作指导。他还把大学里的文艺理论课的部分内容，乃至一些美学问题，讲给我们听，那似乎已超出了中学语文课教学大纲的范畴。

这第三位张老师有一日让我们写一篇文学评论，所评论的作品似乎是他从文学刊物上选出来，油印给我们的。当时我们已上到高三，喜好文学艺术的同学不少，所以对这样的作文方式很欢迎。我们也知道点外校同年级上语文课时的情况，他们似乎还只是在写“读后感”，而我们已在张老师率领下正儿八经地写上“文学评论”了！我对此尤其感到兴奋。因为我一贯以夹叙夹议的论说文取胜。我决心这回一定要“更上一层楼”，我不仅企盼得到一个高分，还向往着发作文时张老师以我的文章为最佳的范例。

对这篇“文学评论”我下了很大的工夫，我打了几遍草稿，改了好几趟，最后工楷誊抄出来。我自己觉得这篇文章同我以往所写的任何一篇作文都不一样，那些文章只不过是想写得“好”些罢了，而这篇文章，我是刻意要求“新”！

到发作文的那天了，我自信地坐在座位上，盯着张老师手中的那一叠作文本，我想他一定会把我的文章念给大家听。

开始讲评了，我耐心地听着那些总括性的话语。张老师打开第一个作文本，准备朗读了——我一眼瞥见那作文本的封面是粉红色的，不是我的！是一位女生的！不过我又想：最好的一篇总是搁在最后才读给大家听的……

我在一种惶急与困惑的心情中迎来了张老师对我那篇作文的“个例分析”——既不是头几例，也不是最后几例；既非赞赏与揄扬，同时却也并非完全的批评与否定……我记得他眼光并不朝向我，而是扫视着全体同学，用他那似乎腮帮里塞了棉花的一种发涩的语音说：“请大家听听这一篇的开头，希望你们各自作出自己的评价……”

我已经不记得我那头一段都是怎么写的了，但我记得，当张老师念到那一段最后一句时，教室里爆发出一阵哄堂大笑！

那最后一句似乎是:“……这是作者掷向浩渺宇宙的一声强劲的呐喊!”

我已经完全回忆不出张老师当时是如何评析我的作文，如何告诫大家“不要这样写”的了。我只记得那响彻教室的哄堂大笑,那笑声绝无恶意,是自然的、不约而同的、清脆而畅快的……

作文本发到我手中时,我惊讶地发现张老师仍给了我一个较高的分数,后面有很长的一段批语,究竟怎么写的已不复记忆,但我确实从张老师对这篇作文的处置中,从学友们的哄堂大笑中,领悟到了一些东西。

我领悟到,自己那“誓不随人而语”的勃勃雄心和“语不惊人誓不休”的刻意追求,是一种不可抛弃的宝贵活力,纵使这头一回的大胆尝试没有博得满堂彩声而是引出一个哄堂,到底总比庸碌无闻来得好。从张老师既以我的文章作为“文章病院”中的一例,却又给了我一个较高的分数,也可看出我这篇“怪文”对他亦有相当的冲击力。

我又领悟到,真正的独立思考凝结出的思想果实,并不能靠一时的兴奋和播弄获取;而惊人的妙语也不能凭藉青春期的夸张与生造的奇突产生,瓜熟方能蒂落,水到必然渠成,不能增之一分则长,不能七彩并施反成灰,总之,要沉静,要自然,要含蓄,要幽默,那才好。

我还领悟到,在文章和接收者之间,即作者和读者之间,必须有一架无形的桥梁,使其自然贯通。我那文章头一段一读出便引出一个哄堂,便仿佛河那岸的人正期待着一座桥时,反倒从河心耸出一座塔,那你就是把那塔造得再玲珑绚丽,也难免令河那岸的人忍俊不禁的。

为了证实自己是有能力既坚持独特见解独特写法，又可避免失败乃至并不贻笑大方,我竟斗胆给当时的《读书》杂志投稿,投去的自然是一篇“文学评论”。所评论的是苏联作家拉甫涅尼约夫的名作《第四十一》,而《读书》杂志竟给我发表出来了——那一年我才16岁，那是我头一回闻到自己写的文章印出来所散发出的纸张和油墨的香味。

从那时候起,我就渐渐从课堂作文迈向了文学创作。这对我也许并不是什么幸事。然而事已如此。我永远记得那一回教室中的哄堂大笑。惟愿我能不断增加自己的领悟。

白石的乳汁

天刚蒙蒙亮，我和一些同学就赶到教学楼后面的土高炉边，接替夜战的老师，继续炼“跃进钢”。

那是三十四年前，我们都还是只有十七岁上下的高中二年级的学生。

在土法上马的简陋高炉边，在飘散迸飞的烟雾铁花中，我们读着报纸上新印出的“红旗歌谣”：

玉米稻子密又密，
铺天盖地不透风，
就是卫星掉下来，
也要弹回半空中！

我们坚信不移，那当然是真的——一亩地里收获的稻米不是一万斤而是三万斤！

不管历史怎样评价那些年代，那些被亢奋的激情和浮夸的幻想所牵动的日日夜夜，毕竟构成了我们不可再重新享受一遍的青春岁月。

然而那些岁月也并不像后来许多小说、戏剧、影视所单视角描绘的那样，不存在着另外许多纷繁复杂的生活棱面。

社会生活和个人命运在主潮之外，也还有着别样的波涛和呼吸。

就在“红旗歌谣”铺天盖地而来，构成那一年代的文化主潮的同时，在现在的北京展览馆（当时叫苏联展览馆）里，举办一个画家齐白石作品的展览。那在当时也还是桩很自然的事。因为在头一年国画大师齐白石以九十岁的高龄谢世了。齐白石为毛泽东主席所肯定，而且在50年代初一度被当时的社会主义阵营的国际力量确定为“世界文化名人”。齐白石谢世以后，有关部门为他举办大规模的纪念性展览，名正言顺，适时得体。

我和同班同学马国馨相约一起去看那个展览。

当时我很瘦，个子也矮，马国馨比我高些，体格也比我壮实；他有一张银盆似的圆脸，双眼皮，大眼睛，当然比我俊美，但他闭拢双唇时似乎仍有一只白亮的虎牙免不了要露出一点“威风”，这小小的缺陷总算使我望见他时能暗自平衡一下嫉妒的心理。

在班上我同马国馨最要好。因为我们的爱好相同：都爱读中外文学名著，都爱看戏剧电影，都爱画画儿。

但我得承认，我常常暗中嫉妒着他。难道我嫉妒得没有道理吗？你看，限时交卷的作文课上，老师板书出那命题差不多已经半个多钟头了，别人都在急匆匆地往作文本上填格子，马国馨却仍若无其事地用手指头把钢笔当花棒儿转。几乎到时间过去一半，他这才从从容容地开始落笔，有那一直抓紧时间在写的人铃响时煞不住尾，他呢，却总是铃响文收。这倒也罢了，最可气的是，老师发作文的时候，比如说我吧，总盼着老师能将我的作文当做成功的范例向全班同学宣读——那样的时候当然也有过——但往往是恰恰指出我的一个长句子，记得有一次是这样一句：“那深刻的笔触如同掷向浩渺太空的一声莫可名状的呐喊！”结果自然引起了全班同学的一个哄堂！老师在批评我“以文害意”（其实就是说我“臭zhuǎi”）的同时，偏以马国馨的文章为例，表扬他如何“自然流畅”，那时的我，心中怎能服气？

但我那时画的画儿确实比马国馨好，我们曾在教室后面的黑板上举办过一次班上的绘画作品展——其实绝大部分是我和他两个人的作品——老师和同学们都说我画的挺棒，尤其是一幅景山白皮松和琉璃顶亭子的水彩写生，至今我自己回忆起来仍很得意，马国馨当时对此是否心中暗存嫉妒，我就不得而知了。

且说我和马国馨当时去看那个齐白石的作品展。我们俩当时都还不会骑自行车，我们坐电车去的。那时候去趟苏联展览馆似乎已构成了一种远行的壮举，而进入那个展览场所的观展人中，似乎也绝少我们那样的中学生——我们其实还不足以称为青年而仍是少年，一对稚气未脱的少年并肩细看那些展品，在当时的社会条件下，不仅从旁人看来，就是我们自己在感觉上，也总觉得有点特别。

回忆之中，那回展出的齐白石原作珍品，似乎特别的多，以我后来三十多年不辍地参观画展的总体印象，那甚至可以说是一次空前绝后的齐白石作品展，既有他早年仍是木匠学徒时的“少作”，也有他小幅的习作与小品，还有同一主题的众多变体作，花鸟虫鱼静物风景以外，人物画也很不少，并且还有单独的书法和篆刻作品，大的作品有宏巨的中堂，小的作品有册页扇面，展品布置了好几个大厅，细细地从头观赏一遍总得三四个小时才勉强够用。在最末一个展厅，记得还在一张条案上搁放着一方齐白石的大印，备有印泥，参观者可以在服务人员监督下免费在自己购得的纪念册或画片空白处加印那方印鉴。我不敢说以我们当时那浅浅的阅历、粗粗的修养、疏疏的学识、糙糙的灵魂，究竟能感受、吸收、认识、领悟白石大师那深邃的艺术世界的百分之几，但有一点是肯定的:从我们眼中进入我们心中的种种艺术符号，使我们深深地感到震撼。那震撼是无法用语言这种东西表述的——至今也不能，然而，却足以使我们受用终生！

清楚地记得，并且写到这一行时仿佛又回到了那美好的时光——在参观到一半时，我的左手同马国馨的右手不知不觉地牵握在一起，我们因那些艺术精品而震撼的灵魂通过我们紧握的手，达到一种空前的契合与融会，我们就那样手牵手一直看完所有的展品，直到走到那方可以免费加盖的印鉴前——我们自然都在购得的纪念册上加盖了那珍贵的印鉴。

转眼三十四年过去了。那盖有白石老人印鉴的纪念册早已散失。然而盖在心上魂中的印鉴，是永不会消退的。

在我成人以后，我为什么总是劝少年人——我教的学生、我的儿子、乃至我亲友邻居中的少男少女，抓紧机会去看各种各样尤其是艺术精品的展览，由此可以得到答案。有一种灵魂的震撼是只能得自少年时代的。对此我深有体会。尽管我不能完全用语言阐明这个人生的奥秘。

后来我同马国馨的人生道路很不相同。我成了一名所谓的作家。迄今为止我在国内外已出版了三十多本书。如果在我所写出的文字中多少有一点能算是有意义的、具有文学美感的东西，那么，那一回参观白石大师作品展览，我灵魂所吮吸到的乳汁，该是一种珍贵的滋养，并升华为一种难以言喻的启示。

自从三十四年前同马国馨撒开手以后，我再没有同他交谈过关于那回参观白石大师作品展的事，但我坚信，并且我想倘若他读到这篇文章时一定不会否认，白石的乳汁，自那以后曾怎样地成为他创造美好事物时的灵感源泉。

最近我读到海外的一本学术性刊物，那上面的一篇文章提及当代中国建筑的“五个星座”，它们是完成于80年代初的北京香山饭店，由美籍华人建筑大师贝聿铭设计；完成于80年代中期的北京中国国际展览中心，由柴斐义设计；另外三个“星座”都完成于1990年，一个是上海商城，由美国建筑师波特曼设计；一个是北京中日青年交流中心，由中国建筑师李宗泽和日本建筑师黑川纪章共同设计；而最引人瞩目的，是北京亚运村的国家奥林匹克体育中心，它的设计主持人，便是毕业于清华大学建筑系、现在北京建筑设计院工作的马国馨。那篇文章里写道：“马国馨正值风华正茂之年，是中国最有前途的建筑师之一。在奥林匹克体育中心，他从环境角度出发，力图创造一种新型的建筑配置关系，环形车行道、斜拉悬挂屋盖结构、月牙状人工湖等，大开大阖，充满时代气息。”读到这篇文章，我心里没有一星嫉妒，只有无比的自豪，无比的高兴！白石大师论画，曾说：“妙在似与不似之间，太似为媚俗，不似为欺世。”当我徜徉在亚运村的国家奥林匹克体育中心那宏伟壮丽的建筑群下面时，我铭心刻骨地意识到，我在北京65中的同窗马国馨，正是遵循着既不媚俗更不欺世的美学原则，为我们亲爱的祖国设计出了如此杰出的纪念碑式建筑。

期待着再有一回规模不小的齐白石遗作展览在北京举行，也许，我能约上马国馨，再次并肩携手，饱吮那营养丰沛的乳汁！

抱养女婴

——赴美弘红札记之一

应华美协进社邀请，到纽约去讲《红楼梦》。他们提供的是美国大陆航空公司的往返机票。4月12日登机那天，到登机口一看，几乎全是洋人。坐下来环顾，发现不少洋人全带着孩子。再细看，呀，那些孩子怎么差不多全一边大，而且，竟全是中国娃娃；更仔细地看，那些婴孩应该全是女娃儿。携带她们的洋人，有的看上去是两口子，更多的则是单身的妇女或先生，而单身先生居多，有的膀大腰圆，年纪估计已在五十上下。从他们的肢体语言上，就能看出他们对自己携带的女娃非常疼爱，有的紧搂怀中，有的给坐在折叠小椅上的孩子耐心喂水，有的则弯腰扶着小胳臂让其试步……

原来，跟我同机的，有一个不小的美国领养中国被遗弃女婴的团体，他们已经在中国办理完所有相关手续，正带着自己选中的爱婴，返回美国，去安排他们抱养女婴的前程。美国人从中国领养女婴，始于1992年。首批被领回去的女娃，现在已经开始上中学了。目前这种从中国福利院领养去的弃婴，据说在美国已经累计达到6万多。被领养的弃婴几乎全是女娃。

飞往纽约的航程里，我一直在琢磨，怎么那么巧？我揭秘《红楼梦》，是从书里的秦可卿入手，而书中第八回末尾，就交代说，秦可卿本是一个小官吏从养生堂里抱养出来的女婴。当年的养生堂，相当于现在的福利院，当然，旧时代的养生堂（又叫育婴堂）黑幕重重，现在的福利院应该是一个健全的民政机构。但无论当年还是现在，这类机构所收养的弃婴，总不能长期留存在那里面，根据法律允许，办理相关手续，让社会上具备一定经济条件和道德水平的人士从中领养，是中外古今这类机构惯常的行为方式，这是对弃婴的一种消化，也是对社会需要领养童婴人士的一种法内满足。看过英国19世纪作家狄更斯的长篇小说《奥利弗·退斯特》(又译为《贼史》或《雾都孤儿》),我们就可以知道,在旧时代,西方的孤儿院(也就是育婴堂、养生堂)里的弃童过着怎样非人的悲惨生活,而他们被领养出去后,多半又会被当做童工驱使盘剥,只有希冀偶然的运气,才能终于脱离樊笼,回归到正常(实际上也就是中产阶级或上流社会)的生活境遇之中。在曹雪芹撰写《红楼梦》的那个时代,中国的养生堂也是暗无天日的地方,从那里抱养出去的孩子,男的往往是被当做学徒,女的往往成为丫头,命运稍微好些的,也不过是成为小户人家的养子养女,对于他们的来历,父母讳莫如深,他们长大后有所疑惑、察觉,会非常地痛苦,就因为他们"来历不纯",会在他们的人生道路上,特别是婚姻、就业等方面,遭遇障碍,形成坎坷。

美国19世纪小说家霍桑的《红字》,虽然讲的不是养生堂的故事,但是书里的那个女孩珠儿,就因为她"不知其父","来历不明",也就跟她那至死不说出她父亲是谁的母亲一样,每天身上必须挂出屈辱性的红A字,被示众,被歧视。这说明,无论东方还是西方,至少在一百多年前,血统问题仍是一个能致人于死命的严重问题。所以,《红楼梦》第八回末尾的那段交代,说秦可卿是宦囊羞涩的小官吏从养生堂抱出的女婴,却仅仅因为跟贾府有些瓜葛,就嫁入到人人一双富贵眼睛的贾氏家族,成为宁国府三世单传的贵族公子贾蓉的正妻,确实是有悖那个时代常理的,不仅有悖那时中国的常理,也有悖霍桑、狄更斯笔下描绘过的,以往西方社会的常理。那确实是一个需要研究的"症结"。

飞机上邻座的一位美籍华人女士,跟我谈起美国领养团,她说中国福利院的女婴,中国本土,包括香港、台湾和澳门去领养的人士不多,而从美国去领养的人士里,也几乎没有华裔。这些白种美国人会为所领养的女孩安排很好的前程,送她们入名校,最后将她们输入美国主流社会。她估计再过十年,这些女孩中长大成人的,会组成"中国姊妹会",她们会意识到她们在美国社会里是一个特殊的族群,她们会返回中国寻根(实际上现在已经有1992年抱养去的回来寻求"我究竟是谁?"的答案),会在美中各方面交流中起到某种特殊的作用。

飞机开始降落,舷窗外,已呈现出纽瓦克国际机场的鲜明轮廓……

大娃娃心态

——赴美弘红札记之二

为什么有那么多的美国白人组成领养团，到中国福利院里抱养被遗弃的女婴？到了纽约以后，我还经常跟那边的人士讨论。总的来说，每一位领养人都会有他们自己特殊的原因，甚至是很私密的原因，但是，大体而言，他们有其共同点，就是出于朴素的人道考虑，觉得自己既然有能力，就应该做这样珍惜生命的事情。这跟一般美国人都信奉基督教新教派，持有宗教情怀也有很大关系。上世纪50年代，曾有很多美国人自愿领养韩国孤儿，六七十年代，积极抱养越南孤儿又形成一种风气，那么现在，尽管美国人都知道中国经济在高速发展，中国生产的衣服和鞋子充斥在美国的各大商场，中国的家用电器也令他们觉得物美价廉，但是，中国农村重男轻女的现象依然严重，而贫富不均的贫穷那一极里，抛弃女婴仍是比较严重的社会问题，某些福利院收容的女婴数量已经相当可观，而中国本土成人抱养这些女婴又并不踊跃，于是，一些知道了此种情况的美国人士，从上世纪90年代开始，就自愿组合成了一批批的领养团，来中国抱养被遗弃的女婴。

我在赴美途中遭遇美国领养团，其中诸多镜头令我久久难忘，比如一位独身男士还为自己和女婴购买了头等舱的座位，进入机舱后立即布置成一个小小的游乐区，全身心地逗那女婴咯咯欢笑，他自己也高兴得像一个大娃娃。

大娃娃的作派、心理和情趣，是我接触许多美国人以后形成的一个总体印象。比如这次赴美弘红——就是弘扬中国的《红楼梦》——本来就是到华美协进社二楼的演讲厅里去讲一番我的《揭秘》，后来却通知我他们要与哥伦比亚大学合办，而且要把演讲的那一天命名为“刘心武日”。乍得知他们这个决定我真吓了一跳。毕竟我是中国人，从传统文化到革命文化在我意识里的积淀都很深，论资排辈也好，论功行赏也好，在哥大举办某某某日，怎么说也不应该轮到我头上，而且，我若接受下来，岂止是不谦虚，简直就是狂妄！但到头来4月15日还是搞成了“刘心武日”，除了上午我讲《秦可卿与贾元春之谜》，下午讲《贾宝玉和情榜之谜》，两讲前分别播放中央电视台录制的《一个人和一座城市——刘心武抚摸北京》上下集，设台面展示出售我的若干著作，散发关于我的创作简历和有关我《揭秘红楼梦》引发大争论的材料，张贴了一些跟我有关的中英文报导及照片……我发现，美国人的想法很单纯，就是我们既然请来了刘心武，手中又有若干资源，而事前报名订票的人士又逾百人，何不大家高兴一番呢？他们并不把“刘心武日”的叫法看得那么郑重，融注进那么多的内涵，就是一群大娃娃，聚在一起度过一个跟刘心武有关的周末，在嘉年华式的活泼气氛里，顺便地了解到一点关于中国古典名著《红楼梦》和关于一个中国当代作家的相关信息。

美国式大娃娃的心态，感染了我。我出发前，一位友人叮嘱我：“你可是负有重大使命啊！”到了那边，会见了华美协进社的社长副社长——两位白人女士——以及其分支机构人文学会的双主席，来自大陆的何勇和来自台湾的汪班二位先生，轻松交谈中，我就明白了，在纽约这个大都会，每个周末会有无数的文化活动，且不说大都会博物馆和林肯中心里面，也且不说百老汇长街上的无数剧场和分布在各区的图书馆里，就是许多小型的文化场所，也有极其丰富多彩的安排，某处可能有关于柬埔寨吴哥窟的研讨，另一处可能有某部东欧作品英译本的首发式；华美协进社本身，也开展着多种介绍中国文化的活动，一楼的展厅里就正举办中国青花瓷精品展，来一个刘心武，讲两场《揭秘红楼梦》，而且只是用中文讲，不过是一滴雨水，落进浩瀚的大海里罢了，认真对待是应该的，但又何必把自己和讲座看得那么重要，动辄视为“使命”呢？大家一起玩玩，寓文化传播于周末消闲，“刘心武日”无非是个小小的周末游戏，进入这样的心态后，我那天的演讲，意态轻松，挥洒自如，反而获得了异常热烈的反响。

耋耄老翁来捧场

——赴美弘红札记之三

我在哥伦比亚大学弘红次日，几乎美国所有的华文报纸都立即予以报导,《星岛日报》的标题用了初号字《刘心武哥大妙语讲红楼》,提要中说:“刘心武在哥大的‘红楼揭密’,可谓千呼万唤始出来。他的风趣幽默,妙语连珠,连中国当代文学泰斗人物夏志清也特来捧场，更一边听一边连连点头，讲堂内座无虚席，听众们都随着刘心武的‘红楼梦’在荣国府、宁国府中流连忘返。”

我第一次见夏志清先生,是在1987年,那次赴美到十数所著名大学演讲(讲题是中国文学现状及个人创作历程),首站正是哥大,那回夏先生没去听我演讲，也没参加纽约众多文化界人士欢迎我的聚会，但是他通过其研究生,邀我到唐人街一家餐馆单独晤面,体现出他那特立独行的性格。那次我赠他一件民俗工艺品，是江浙一带小镇居民挂在大门旁的避邪镜，用锡制作，雕有很细腻精巧的花纹图样，他一见就说:“我最讨厌这些个迷信的东西。”我有点窘,他就又说:“你既然拿来了,我也就收下吧。”他的率真给我留下了深刻的印象。

这回赴美在哥大演讲的前一天，纽约一些文化名流在中央公园绿色酒苑小聚,为我洗尘,夏先生携夫人一起来了,他腰直身健,双眼放光,完全不像是个85岁的耋耄老翁。席上他称老妻为“妈妈”,两个人各点了一样西餐主菜,菜到后互换一半,孩童般满足,其乐融融。

我演讲那天上午,夏先生来听,坐在头排,正对着讲台。讲完后我趋前感谢他的支持,他说下午还要来听,我劝他不必来了,两场全听,是很累的。但下午夏先生还是来了,还坐头排,一直是全神贯注。

报导说“夏志清捧场”(用二号字在大标题上方作为导语),我以为并非夸张。这是实际情况。他不但专注地听我这样一个没有教授、研究员、专家、学者身份头衔的行外晚辈演讲,还几次大声地发表感想。一次是我讲到“双悬日月照乾坤”所影射的乾隆和弘晳两派政治力量的对峙,以及“乘槎待帝孙”所表达出的著书人的政治倾向时,他发出“啊,是这样!”的感叹。一次是我讲到太虚幻境四仙姑的命名,隐含着贾宝玉一生中对他影响最大的四位女性,特别是“度恨菩提”是暗指妙玉时,针对我的层层推理,他高声赞扬:“精彩!”我最后强调,曹雪芹超越了政治情怀,没有把《红楼梦》写成一部政治小说,而是通过贾宝玉形象的塑造和对“情榜”的设计,把《红楼梦》的文本提升到了人文情怀的高度,这时夏老更高声地呼出了两个字:“伟大!”我觉得他是认可了我的论点,在赞扬曹雪芹从政治层面升华到人类终极关怀层面的写作高度。

后来不止一位在场的人士跟我说,夏志清先生是从来不乱捧人的,甚至于可以说是一贯吝于赞词,他当众如此高声表态,是罕见的。夏先生并对采访的记者表示,听了我的两讲后,他要“重温旧梦,恶补《红楼梦》”。

到哥大演讲,我本来的目的,只不过是唤起一般美国人对曹雪芹和《红楼梦》的初步兴趣,没想到来听的专家,尤其是夏老这样的硕儒,竟给予我如此坚定的支持,真是喜出望外。

当然,我只是一家之言,夏老的赞扬支持,也仅是他个人的一种反映。国内一般人大体都知道夏老曾用英文写成《中国现代小说史》,被译成中文传到我们这边后,产生出巨大的影响,沈从文和张爱玲这两位被我们这边一度从文学史中剔除的小说家,他们作品的价值,终于得到了普遍的承认;钱钟书一度只被认为是个外文优秀的学者,其写成于上世纪40年代的长篇小说《围城》从50年代到70年代根本不被重印,在文学史中也只字不提,到90年代后则成为了畅销小说。我知道国内现在仍有一些人对夏先生的《中国现代小说史》不以为然,他们可以继续对夏先生,包括沈从文、张爱玲以及《围城》不以为然或采取批判的态度,但有一点那是绝大多数人都承认的,就是谁也不能自以为真理独在自己手中,以霸主心态学阀作风对付别人。

六层楼上的启示

——赴美弘红札记之四

忘年交胡晓东先生开车，带我从休斯敦往达拉斯一游。达拉斯这座城市因美国第 35 届总统约翰·肯尼迪 1963 年在此遇刺而著名。这当然不是什么值得骄傲的事情。但毕竟这是轰动一时，至今仍令人难以忘怀的一个历史事件，所以在肯尼迪被刺的街心，有一个白漆 X 形符号标出其当时中弹的具体位置，在附近绿地中则有一个白墙体、黑卧碑的纪念性建筑，而那座街道拐角处的旧楼——凶手是从最高一层也就是第六层窗内射击的——也就成为了一所特殊的博物馆。

进入这座以“六层楼”命名的博物馆参观，令我惊讶的是，几乎所有的展品，从照片到实物，从循环播放的旧纪录影片到剪报书籍，虽然琳琅满目，堪称丰富，但大体上而言，都只是“事实的陈述”，而非“一槌定音”的“盖棺论定”。肯尼迪究竟是一个高明的总统，还是一个糊涂的领导人？展品只是罗列他做过什么，比如在他主政期确定了登月计划，1969 年美国宇航员果然登上了月球，这当然是好事，似乎应该大加揄扬，但又有几乎相等的篇幅，展示他组织“猪湾登陆”，企图一举荡灭新生的社会主义古巴政权，结果却刚一登陆即被古巴击溃，难道这该作为笑柄长久记录？

最让我不解的是，肯尼迪究竟为什么被刺？刺杀他的凶手为什么被捕不久就被灭口？灭口的又是什么人？为什么竟至今不能破案？泱泱大国，堂堂总统，从维护面子考虑，也该设法给出个“圆满答案”才是，哪能“不知为不知”，“不了了之”呢？

展厅里有很大一块篇幅，罗列出肯尼迪被刺后世界上各种报导、专著对谁为什么杀他，而提出的各种说法，居然林林总总，兼收并蓄，在我看来，布展者全无心肝，因为其中一些猜测，属于对美国抹黑，怎么能连这样的言论，也允许其登大雅之堂？

参观后与胡晓东登上达拉斯最高建筑——观览塔，一边喝咖啡一边闲聊，说起我这次赴美前，国内有批评者担心我到美国“揭秘红楼梦”会“误导美国听众”，会“把错误的观点散布到美国”，晓东不禁哑然失笑。他说，我们刚看过的六层楼博物馆，凸现着美国特色，那就是这里绝对是多元并存，不要说你难以误导别人，你就是正导别人，别人也会莫名惊诧，因为一般美国人根本就拒绝你去引导他，他们只要求你公布你掌握的资讯，陈述出你个人的观点，至于他们自己会是怎样的看法，那么，对不起，无需你引导，他们会经过广泛听取、独立思考，形成个人的看法，即使他们对你的观点认同，也不过是“现在投你一票”，总还是要保留“将来把票投给别人”的权利。

仔细想来，确实如此，美国人恐怕是世界上最难“误导”的了。拍摄《华氏 9·11》的电影导演，把布什糟改得狗血喷头，但支持布什的人士，看完电影依然不改立场；支持布什的人士发表他们的言论，又怎能左右得了“反战妈妈”及其同情者的立场观点？有人把“酸草莓奖”的“最劣男演员奖”颁给了汤姆·克鲁斯，但却无法导引满大街的影迷改变其对汤姆·克鲁斯新片《碟中谍Ⅲ》的期待；而任凭新左派的观点如何一直渗透到 T 恤衫上，使得不少愤青穿着绘有切·格瓦拉头像的恤衫招摇过市，仍有更大量的青年男女满足于俗世生活，他们之间并且能和平共处，谁也没把谁正导或误导过去。

在得克萨斯州首府奥斯汀，一批归化美国多年，在当地 IT 业中已成技术骨干的中国人，当年的“老三届”、“老知青”，他们请我到一户已经换了三次住宅，如今大堂里摆放上三角钢琴的人家欢聚。他们能够理解国内尚存在的一些说法，但他们早已脱离了那种一元化的思维方式。他们知道国内有人批判我的《揭秘》，扣了“是对社会文化的混乱”、“扰乱了文学艺术研究方向”的大帽子，有的就说“听了真有恍若隔世之感”。那晚我和他们讨论了三个小时，他们从学术角度对我的《揭秘》提出了若干商榷，使我感受到，在多元文化格局中生活的人士，他们是根本不可能被谁误导的，他们接收信息的过程也就是一个独立思考、自主抉择的过程。

阿拉莫番石榴花

——赴美弘红札记之五

得克萨斯州的圣安东尼奥是座美丽的城市，其中最美的是绵延几公里名“河边信步”的风景线，格局跟中国的周庄类似，就是河道不甚宽但能通游船，两岸餐饮店如珍珠不断线，无论是河畔信步还是乘舟徐览，也无论是择店就座，或凭窗，或露天，饮啄间沐几滴微雨，闻几阵远歌近笛，真有飘飘欲仙之感。但圣安东尼奥的首席名胜，却并非这“河边信步”，而是阿拉莫古堡遗址。我在河边流连不已，胡晓东就几次提醒我还没去参观阿拉莫，他是怕去晚了那里会停止售票。

阿拉莫我早听人说起过。19 世纪初，得州还是墨西哥的领土，从欧洲移居那里的白人多到一定程度以后，那些白人就寻机思变，闹起独立来了，阿拉莫就是闹独立的一个军事据点，墨西哥皇帝的卧榻之侧，岂容他人酣睡，就先下手为强，派重兵去围剿阿拉莫，那是在 1836 年，阿拉莫堡寨里当时有 189 个白人官兵，他们进行了殊死抵抗，尽管最后堡寨被攻破，189 个战士全部牺牲，但他们杀死的墨西哥士兵却累计近两千，使墨西哥皇帝大为震动，加上其他一些因素，最后墨西哥只好让得克萨斯独立，但所谓独立只是相对的，得克萨斯很快成为了美国最大的一个州，这个州的名声如今更大，因为现任总统布什就是得州的大牧场主，像我这样的外国游客，到得州游览少不了参观那里广袤葱绿的大牧场，而以老布什命名的图书馆，更提醒着我们这里有着强悍的政治家族，实非等闲之地。

但进入阿拉莫参观，我的思绪却找不到一个落点。在我这样一个外来客看来，白人移民通过军事行为把墨西哥领土割下并入美国，似乎难称正义之举，而所谓古堡，不过是一百多年的建筑，跟我北京住宅周边的地坛、孔庙、雍和宫以及安定门内那些胡同里许多一般的小院相比，实在离“古”字还远。晓东告诉我两年前好莱坞拍摄了历史巨片《阿拉莫》，不少美国人看时泪湿衣襟，中国港、台地区拿去演时叫做《边城烈火》，我就忍不住问：“谁的边城？”参观完以后，踱出堡墙，外面广场上正有美国海军陆战队在进行某项交接仪式，许多人围观，忽然军乐队奏响美国国歌，一时间谁是美国人谁是外国客泾渭分明——凡肃立的定是美国人，而仍在拍照或漫步的准是外国游客，我见晓东也闻乐肃然，才想起他已入了美籍。

到一家酒吧喝鸡尾酒小憩，我跟晓东漫谈，说起《红楼梦》里的姽婳将军林四娘，一位王爷宠姬，当那恒王所辖的青州被“绿林”“赤眉”围困，她率一支女兵出城血战，最后也是全军覆灭，这是明末清初的事情，书里通过贾政口中讲出，贾政并命贾宝玉和贾环各赋诗一首，贾宝玉积极应命，竟赋成长篇歌行，居然缠绵悱恻，颂赞有加。我说这段写在第七十八回里的情节，历来争论颇多，比如把贾宝玉定位于反封建正统的“新人”了，那怎么解释他对林四娘这样的效忠封建政权的女子的歌颂？有的论者就说贾宝玉是糊弄贾政，同回他写的《芙蓉女儿诔》才是他真正的心声；有的论者则分析出，其实林四娘当时迎战的是南下的清兵，只是碍于文字狱的威胁，曹雪芹才不得不使用曲笔遮掩，这一段文字其实正反映出作者反清复明的政治理念。晓东理解我为什么议论及此，就说，对美国的历史他也是慢慢地才有所理解，比如阿拉莫之役，不能机械地从概念出发，去衡量其是非，尤其不能从今天的世界政治格局，反过去评价当年的人与事。当年从欧洲移民到这片蛮荒之地的白人，大都是些穷人甚至犯人，他们作为牛仔与天斗与地斗与人斗，最后悟出最宝贵的是个人自由与群体自治，他们当时是被墨西哥皇权压迫的，电影《阿拉莫》就通过几个人物，特别表达了这样的意蕴：一些宗教信仰和个人志趣以及性格都差异甚大的男子，却在追求自由的同一目标下同生共死，开辟新境。晓东说《红楼梦》里的林四娘，以及贾宝玉对她的歌颂，恐怕也需要放在具体的历史语境里，才能获得合理的诠释。

如今的阿拉莫古堡里树木成林，繁花盛开。有一种高大的灌木，开放着厚瓣白花，晓东告诉我那是番石榴花。回国后我常常想起阿拉莫的番石榴花，希望结出饱满的果实来。

石破天惊少一门

——赴美弘红札记之六

我在哥大的讲座结束后，邀请方华美协进社人文学会双主席之一汪班先生作总结发言。汪先生来自台湾，在美国多年，是华美协进社的资深教师，他中、英文都好，能够双语教学，而且对中国的琴棋书画都有研究，在京剧昆曲方面更是通家，能粉墨登场，唱腔做功，可与专业演员媲美。

汪班先生说我的两场四小时演讲，可以用四个字概括：石破天惊。对这样的评价，我是否应该立即谦辞？我自己把这样的赞扬报导出来是否狂妄？冷静下来回想，我觉得就那天演讲赢得的反响而言，确实可以用这四个字来形容。其实用北京土话概括，两个字就够：震了！

这当然会引出反对我赴美揭红的那些人士的更大反感和忧虑，这岂不是明摆着我把美国那边的听众误导了吗？我只好再次告诉大家，那边的听众没有任何人期待我去引导，对《红楼梦》原有自己看法的人，他或许会通过听我的演讲，去调整他的思路，或许仅仅是觉得多了一种参照；对《红楼梦》原来不甚了了的人，他也不会得出"《红楼梦》就是这样"的结论，他会产生去聆听更多种解析的愿望；而最根本的是，人们听后会产生去找《红楼梦》来读的冲动，而绝不会出现"啊，那就用不着去读原著了"的想法。

总体而言，美国那边的学术气氛，是特别欢迎个性化的研究，鼓励出新，宽容颠覆，如果你宣布你的观点"正确"、"稳妥"，是"真理"、"方向"，而且你演讲是要"正导"他们，并且充满对异己"邪说"的批判与"警惕被某人误导"的劝谕，那么，他们去聆听的兴趣一定大减。我去后问邀请方："是谁向你们推荐我的？"回答竟是："那些强烈反对你的人。"他们说，本来也不清楚中国中央电视台有多少频道，10 频道是不对国外的，他们看不到，《百家讲坛》节目更无从知晓，但我的《揭秘红楼梦》系列讲座，引出的“围殴”、“口水战”被广泛报导，特别是境外一些传媒不但报导还对这件事予以评论，他们才知道原来我有这么个《揭秘》系列，反对者竟气愤到宣布我“不能到电视台去讲”，“是对社会文化的混乱”、“扰乱了文学艺术研究的方向”，这就勾起了他们的好奇心，于是设法找到光盘和书，看了才知道我的研究果然很个性化，而且富于趣味性，觉得很适合他们的讲座，因为他们举办的讲座不是针对学界的，是一种向普通美国人推介中国传统文化的休闲性周末活动，目的也并不是向美国人宣传“如何正确无误地理解《红楼梦》”，而是意在以通俗生动的演讲内容，让一般美国人知道“中国有个伟大的作家曹雪芹写了部伟大的小说《红楼梦》”。

“石破天惊”只不过是形容我的演讲角度奇特、内容新颖、表达富于刺激性罢了。我只能用中文演讲，因此那天来听的论身份虽然基本上全是美国籍或绿卡持有者，却满场一片黑发黑眼，金发碧眼的美国人只有寥寥几位，而且其中一个小伙子还中途悄然退场。这就说明，我的“石破天惊”尚缺一门，那就是外语门。如果我能不依赖翻译，自己同时用流利的中文和同样流利的英文把要讲的内容生动呈现，那效果才会是满局的“石破天惊”。

华美协进社社长江芷若、副社长贾楠女士都是白人妇女，我写出的是她们为自己取的汉名，她们能说一点中文，但跟我进行深度交谈，就感到困难，也无法阅读我的两本《揭秘》，她们表示，华美协进会亟待开办那样的讲座，就是演讲者在中、英文方面都有相当造诣，能够兼顾母语为中文和母语为英文的两种听众，把中国的传统文化和当代文化介绍出来。

像夏志清先生那样的学贯中西的学者，后继有人。原来是台湾、香港地区赴美的学者在美国各大学的东亚系里占据不少教席，担任系主任，现在，大陆过去的学者渐渐脱颖而出，双语人才越来越多，有的已成为美国名牌大学的终身教授，担当系主任的工作也驾轻驭熟。大陆这边能过去以双语推介中国文化的人才，也在逐步涌现。我深知自己仅仅是一个在美国弘扬《红楼梦》的过渡性人物，仿佛一滴雨水，落人大海，微不足道。真正能使中国文化让更多美国人，特别是那边主流族群感到“石破天惊”的演讲者，快准备出发吧！

海滩赏诗

——赴美弘红札记之七

和L君同往夏威夷一游，老友梅兄送我们到机场，领登机牌前，他把一个纸袋递给我，脸上现出顽皮的微笑，嘱咐我："到了那边再看，在海滩上慢慢看。"

夏威夷跟我想象的很不一样。我以为那里很热，只带去T恤衫，谁知平均气温多在二十五摄氏度上下，时有小阵雨，外套还是少不了的。我以为可以用"天然金沙滩，翻飞银海鸥"来形容那里的海滨风光，却原来那是火山岛，海滩本来全是被岩浆烧焦过的黑石头黑沙子，现在所看到的金色白色沙滩，全是从澳大利亚进口的沙子铺敷的。因为全境长期禁止捕鱼，近海生态特殊，并无海鸥飞翔，所看到的鸟类，大多是鸽子。我以为它已接近南太平洋，热带植被中必然多蛇，我最怕的就是蛇，自备了蛇药，但导游告诉我们："这些火山岛全无蛇，如果说有，那只有两条，一条在动物园里，一条就在你们眼前——我，地头蛇啊！"我原以为夏威夷州花必是一种很特殊的热带花卉，没想到却是北京常见到的朱锦牡丹……

但夏威夷确有一种令人心醉神迷的风韵。那里的土著以黑为贵，以胖为美，人们见面互道"阿罗哈"，无论是柔曼的吉他旋律，还是豪放的草裙舞，都传递给你充沛的善意与天真。

我们下榻的宾馆离著名的维基基海滩很近，散步过去，租两把躺椅一把遮阳伞，在免费的冰桶里放两瓶饮料，一身泳装，日光浴、海水浴交替进行，真是神仙般快活。我带去了梅兄给我的纸袋，靠在躺椅上，抽出了里面的东西，原来是一册纽约出版的中文《今周刊》，于是发现，有一整页刊登着与我有关的古体诗。

我赴美前,《北京晚报》已经刊载了周汝昌先生的《诗赠心武兄赴美宣演红学》:"前度英伦盛讲红,又从美土畅芹风。太平洋展朱楼晓,纽约城敷绛帐崇。十四经书华夏重,三千世界性灵通。芳园本是秦人舍,真事难瞒警梦中。"《今周刊》将其刊出,重读仍很感动。但让我惊讶和更加感动的,是在周老的诗后面,《今周刊》一连刊登了四首步周韵的和诗。第一首就是梅兄振才的:"百载探研似火红,喜看秦学掀旋风。轻摇扇轴千疑释,绽放百花四海崇。冷对群攻犹磊落,难为自说总圆通。问君可有三春梦,幻入金陵情榜中。"还有刘邦禄先生的:"锲而不舍探芹红,当代宗师德可风。十杰文坛登榜首,一番秦论踞高崇。揭穿幻像真容貌,点破玄关障路通。三十六篇纾梦惑,薪传精髓出其中。"陈奕然先生的和诗则是:"劫后文坛一炮红,长街轻拂鼓楼风。坚冰打破神碑倒,传统回归儒学崇。真事隐身凭揭秘,太虚幻境费穷通。阿瞒梦话能瞒众,还赖高人点醒中。"罗子觉先生和诗:"忽闻美协艺花红,纽约重吹讲学风。芹老锦心千载耀,刘郎绣口万侨崇。红楼梦觉云烟散,碧血书成警幻通。嗟我息迟无耳福,不惭敬和佩胸中。"

除了步周老韵的和诗外,还有七首诗也是鼓励我的,其中赵振新先生《无题》:"早有才名动九州,伤痕文学创潮流。红楼今又开生面,攀向层楼最上头。"

当然,我深知,这些人士,有的是老友,有的是新识,有的尚未谋面,都属于我的"粉丝",有的更取一特称叫"柳丝";人做事需要扶持,出成果需要鼓励,一个篱笆三个桩,一个人至少需要三个人帮,国内海外皆有我揭秘《红楼梦》的"柳丝",是我的福分。但我也知道,恨不得把我"撕成两半"的人士,也大有人在,国内见识过,海外未遇到,却未必没有,对于他们,我要说,难为他们花那么多的时间和精力,投入那么强烈的情感来对付我,凡他们抨击里的含有学术价值的那些成分,我都会认真考虑,但凡那些属于造谣污蔑人身攻击的话语,我就只能是付之一笑,我祝他们健康快乐,不要因为对我生气而伤身废事。

赏完那些诗,朝海上望去,只见翻卷的海涛里,冲浪健儿正在灵活而刚强地上下旋跃,就觉得,要向他们学习,做一个永不退缩的弄潮儿!

奥斯汀小木屋

真的很小。一栋袖珍住宅。门廊刚好能放下一张小桌两把椅子。进门是很小的玄关。右手是卧室，一张双人床和床上的一对大方枕，溢满参观者的视觉，其他事物似乎都谦卑地贴紧了墙壁。左手是书房，从当中的圆桌可以想见，那儿也兼餐厅的功能。左右房间都有两道小门，分别通向也以小门沟通的厨房、卫生间和勉强算得是起居室的小小空间。不过，麻雀虽小，五脏俱全，壁纸色彩雅致，点缀各处的挂像、图画、小摆设恰到好处。宅外树木蓊翳，花坛规整，玫瑰盛开。温馨，宁静，散发出知足长乐的小资情调。

这座古旧的小木屋仿佛一部短篇小说，讲述着一个并不复杂，然而饶有趣味的故事，它自成体系，回旋圆通，开篇简捷，结束得干脆利落。

这是美国著名小说家欧·亨利的故居。居如其文，文如其居。欧·亨利是短篇小说大王。他在这栋故居中的经历，是他生命中的一部短篇。

“啊，欧·亨利呀，”Y 笑着跟我说：“算不上伟大的作家吧！”Y 先生是那种眼光很高的人士，他有一个思维定势，就是作家都应该是最高尚最完美的人，伟大的作家必得有伟大的作品，而伟大的作品必得是长篇小说，而且还应该是长篇三部曲或更多部的大系列的史诗，这些作品必得“无愧于所生活的时代”，成为“民族灵魂的教科书”。

Y 先生的观点当然很高明，但是，拿来衡量欧·亨利，就出了偏差。

欧·亨利住在我上面所说的那栋小木屋的时候，实在还只是一个平凡甚至猥琐的小市民。那栋小木屋在得克萨斯州首府奥斯汀市区的边缘。他住在那里面时还没有想出欧·亨利这个笔名，他那时候叫威尔·西德尼·波特，实际上从法律上说他一直是这么一个名字。他那时曾在一家银行当出纳员。他爱好文学，他在平庸的生活流程里，突然冒起了一朵令周围人们惊诧的浪花——他收购了一本《滚石》周刊，在上面发表自己的幽默小说。静水生波，必遭猜忌。恰在那前后，银行发现短缺了一笔现金，于是他被控贪污。他就躲到中美洲的洪都拉斯去了。现在奥斯汀小木屋书房的墙上，还挂着他和妻子女儿紧紧依偎的合影，他在流亡期间挂念她们，应该是梦中多次回到小木屋里，鼻息里全是熟悉的亲人气味。得到妻子病危的消息后，他忍不住返回奥斯汀，照顾妻子直到第二年她病故。也许是出于人道的考虑，在他妻子丧事完毕后，司法部门才将他逮捕。他究竟是否真地贪污了那笔现金？关于他的几种传记资料说法不一。他也没有坚持申辩。在监狱里，因为他曾当过药剂师，算有一技之长，被分派到监狱医院工作，待遇相对比较宽松，他就在那时开始以欧·亨利的笔名往外投寄短篇小说，没想到竟被著名的杂志刊发，立即引起读者和评论家注意，后来他被提前释放，那以后他定居纽约，开始了职业写作。按说他是应该吃第二道官司的，因为欧·亨利并非他杜撰的一个名字，而是他在监狱里常常使用的一部法国药典的作者的署名，他分明是侵犯了那位法国人的著作权，但是无人追究，也就逍遥法外，到今天世上有几个人知道编著药典的法国人欧·亨利？却有无数人知道美国有个短篇小说大王欧·亨利。

欧·亨利的人生不完美。他的人格也不完美。他的创作也不完美。他写过一部长篇小说《白菜与皇帝》，内容不错，写美国财团对某虚拟的中美洲国家的百般控制残酷掠夺，但从艺术上衡量，则乏善可陈。他确实难称伟大。但世界、人类应该摆脱“唯伟大是从”的思维格局。伟大固然是一种不可忽略的存在，但是否一定要对之敬仰追随，则尚需冷静地分析，明智地抉择。而不那么伟大，不完美，但却是坚实有益的事物，尽管有时候夹泥带水，远观近看都平实无奇，倒很可能经过我们的理性梳理、情感涤荡，被时间证明是可以久远亲近的好东西。

我和Y君茶话时，常争论批评的标准问题。我主张“多元规矩”。就是首先要承认文学创作可以是多元取向。然后，针对不同的元，取用不同的规矩来衡量其方圆。比如有的作家他自觉进入“宏大叙事”的一元，写长篇小说，三部曲或更大的系列，试图构成“时代史诗”或“民族心史”，那么，你就对他拿出一套相应的规矩，来评判他究竟取得了怎样的成绩。并不是凡长篇必优于短篇。短篇小说从体裁上自是一元。一部短篇小说或许确实难敌一部长篇小说，但若是专写短篇小说而积累到一定程度，其栽种的文学树林所构成的审美绿阴，就未必不敌长篇小说的树冠，甚至还会比三部曲什么的更具久远的审美价值。当然，衡量专写短篇小说或以短篇小说见长的作家的创作，就要另拿出一套规矩来量其方圆。

近年来中国大陆文坛长篇小说超常繁荣。小小说也颇兴盛。中篇小说且不论，因为我们常说的中篇小说，那样的篇幅，在国外一般也就都归于长篇小说范畴，在我国的台湾、香港地区也往往就算长篇小说。典型的短篇小说，也就是三千字到万把字，特别是五千字上下的短篇小说，尽管各类文学杂志上也总在刊载，不过无论就在读者中的影响，还是评论界的重视两方面来看，就还都输文采、逊风骚。

欧·亨利的短篇小说，其构思之精巧，常被世人称道，尤其是那往往令人拍案叫绝的结尾，意料之外，情理之中，戛然而止，余音绕梁，似完未了，掩卷味浓。这种结尾之妙，当然值得借鉴，但是我以为其开篇的技巧，也同样值得学习。我们现在的短篇小说，开篇往往不是过分平实，就是故弄玄虚，让人觉得寡味，或者感到麻烦，因此吸不住读者眼球，牵不住读者思绪。欧·亨利却能开篇头几句就把读者吸引住。比如《牧场上的博皮普夫人》的开头：“埃伦姑妈，”奥克塔维亚把她的黑色小山羊皮手套轻轻地扔向窗台上那只端庄的波斯猫，快活地说：“我成了叫化子啦。”——劈头便是动作，两个人物包括一只猫同时出场，并且立刻有了悬念：奥克塔维亚为什么成了叫化子？《嘹亮的号角》的开头：“这篇故事的一半儿可以在警察局的档案里找到，另一半儿则存在一家报馆的营业室里。”一读这两句，读者的好奇心便被提升起来。《就医记》开头一句则是：“于是，我去找大夫了。”给读者的感觉，仿佛在“于是”前，有些话被删除了，那是作者为尊重读者而采取了“少废话，快扣题”的明快叙事。除了“豹头”和“凤尾”，短篇小说中段的叙事技巧，欧·亨利也是非常讲究的，那“龙身”或云中隐现，或翻转自如，该粗放的地方一带而过，该细致的地方针脚密缝，写对话简洁生动，夹议论幽默生风。重读他一些小说后再回想在奥斯汀参观其故居的情景，越发觉得那小木屋构成了一种“小中见大”的象征。

欧·亨利成名后一直定居纽约。我在纽约打听有没有他的故居，不得要领。他四十八岁病逝于纽约。他入狱获释后似乎再没有去过奥斯汀，其实他诞生地也不是得州奥斯汀而是北卡罗莱纳州的格林斯波罗镇。奥斯汀小木屋是他生命中一段暗淡期的小巢。他留存下来的短篇小说主要是写中下层美国人在生活中的挣扎，他探讨的是人性，他寄希望于人与人之间的沟通、体谅、相濡以沫和利他感恩，就气象而言，确实还很难称是“无愧于一个时代的伟大记录”或“美国民族的灵歌心史”，但当我伫立在奥斯汀小木屋他那张陈旧的写字台前，想到他那时心怀文学梦而八字没一撇，却后来毕竟终于蹚出了一条适合于他自己的文学之路，就觉得他人生应无愧，而我们也没有道理用“伟大”“完美”之类的规矩来衡量这样一个谦卑而温和的人间观察者与杰出的故事讲述者，去贬低他和他的短篇小说的独特价值。

天降人才，不拘一格。人写小说，不拘一体。Y君那天忽然对我说：对了，大狗可以叫，小狗也可以叫，这是俄罗斯的安东·契诃夫说的吧？我没接Y君的话茬儿，但是，我感觉到，我们正在形成共识：“大狗”和“小狗”都是这世界所需要的，问题是无论怎样的狗，要叫，就应该叫得响亮动听。

巴黎屋顶

美国富人现在多住城郊的单栋住宅，许多城市里的公寓楼多由较穷的人居住，当然这只是概而言之，也不尽然，比如纽约曼哈顿岛上中央公园附近几条街上的高层公寓楼，那就是最富有的人士才住得起的了。法国情况跟美国恰好相反，尤其巴黎，富人首选是市中心，而且往往是多户合用的公寓楼，一套可望见塞纳河景色的公寓房，那价值往往超过城郊一整幢别墅一倍或数倍。

巴黎之美，可以从各方面来描述。但巴黎屋顶之美，值得特别提出来说说。单栋建筑的屋顶之美，例子极多，这里却从略，因为我想强调的是，巴黎市区众多建筑的屋顶，相互之间的那种和谐感，真是世界上众多都会中绝无仅有的。

巴黎圣母院、卢浮宫、歌剧院、先贤祠、伤残军人荣誉院……以及矗立于蒙玛特高地上的圣心大教堂……这些宏伟的古典建筑，其哥特式或罗马式或巴罗克式、洛可可式的或尖或圆或平中嵌以花样的顶部造型，绣出了巴黎古韵飘逸的天际轮廓线，自不消说，但构成巴黎屋顶如诗如歌整体之美的建筑，却还不是这些“水落石出”的庞然大物，而是那些歪来斜去的一般街道两旁的普通楼房，这些石料以主灰色为本的楼房大多只有七八层高，多数已经年事很高，平均楼龄总有一百五十年以上，外表大体上还保持着初建时的风韵，里面则早改造为现代化的住房，漫步在由这些楼房构成的街道，左看也觉顺眼，右看也很怡人，外国游客到了巴黎，不必非到这个博物馆那个参观点，就是随便地“走向歧途”，也会觉得满眼是景、随处生趣，尤其是在塞纳河右岸的孚日区和左岸的拉丁区，这种感觉会更加深刻。

古今中外，建筑物的“收顶”，是一桩决定建筑物功能性与审美性能否和谐体现的大事。巴黎市内绝大多数临街临河建筑的收顶方式，我觉得可以称之为“内敛”式。就是最高一层(一般都不会超过或低于前后左右建筑太多，平均在七层的样子)都会特别注意装饰性，绝少取平收齐、草率封闭，线条一般都会变为弧形，有的或许会在拐角处形成一个小型的圆穹顶，但左右延续线上会是铁皮或类似材料构成的弧坡顶，在小圆穹顶下部，以及延续发展的弧坡顶当中，会有老虎窗凸现，有的不造小圆穹顶和金属材料的弧形顶，则会是一系列斜坡顶，老虎窗不是从侧面凸出，而是从上面凸出，但无论花样如何翻新，都很注意保持一种内敛的气质，就是跟前后左右的那些建筑的屋顶，尽可能地和平相处，不去“勾心斗角”，不求“哗众取宠”，虽然细看各不相同，但望去却有浑然一体的视觉效果。

不知道当年巴黎人建造这些楼房时，是怎样取得“顶部共识”的，楼房高度街道宽度的和谐比例，大概是市政当局规划出来的，建筑风格特别是收顶手法，难道也会有强制性的规定吗？这些楼房绝大部分都是私人财产，占了地皮，运作资本，盖房子应该是随心所欲，谁能限制谁呢？法国人特别浪漫，巴黎人更是常常地匪夷所思，但他们在城市里盖房子，却偏能在屋顶造型上约定俗成地在“百花齐放”中去取得“满城同韵”的效果，这是巴黎人平均文化素质高的一种表现？

巴黎城近百年来也出现了不少的新建筑，有极成功的如艾菲尔铁塔，这座如汉文人字的纯钢铁怪物，竟被世界上绝大多数人认同，以为不仅没有破坏巴黎的古韵，而且恰恰起到锦上添花的作用。也有极失败的例子，那就是美国式的摩天楼蒙巴那斯大厦，所谓“城市败笔”对它而言不仅是理性判断，也是一种观感的白描。有的现代派或后现代派的建筑，高度上控制在与一般古屋平齐或略低，不走近看不见，所谓“养在深闺”，如蓬皮杜文化中心、卢浮宫内庭玻璃金字塔，虽然对其妍媸的争论至今还在延续，但就整个巴黎市区而言，它们在观瞻上所形成的影响是非常有局限的，我们漫步在巴黎街市，或在塞纳河上乘“苍蝇船”(这是巴黎人对露天甲板上坐满站满外国游客的观览游船的戏称)仰观两岸，巴黎屋顶之总体美感，还是会令我们心弦颤动满心欢悦的。

其实巴黎街道上也陆续出现了一些拆掉旧建筑新建起的房屋，著名的香榭丽舍大道，靠近凯旋门的几座建筑就是新造的，而且在外部结构上还很有些新潮意趣，但它们在高度上、色调上，特别是在顶部处理上，还是注意跟左邻右舍的古建筑保持呼应，因此仍是一种变化中富于和谐的景象。

我曾到巴黎老楼顶部的房间去观览过。原来那个位置上多是给仆人居住的“保姆间”，后来又多成为租金较低的外国留学生住房，但近年来兴起一股浪潮，就是一些雅皮人士“专好这一口”——偏要买下一片这样的顶层“保姆间”，将其打通，内部进行一番大改造，用来作为自己的住宅，结果造成顶楼房价飚升。探究其心理，就是因为激赏巴黎屋顶之美，觉得光是站在街上观赏还不过瘾，干脆住进其中，才更心旷神怡。一位住顶楼的法国朋友，还专门从老虎窗指点我去近观周边楼顶，结果发现那些风格相类的屋顶上全有粗陶的圆柱形小烟囱，密集如笔，十分抢眼。他说那也是巴黎屋顶之美的所在。那些多半是赭红色的小烟囱，是各层起居室的壁炉通出来的，现在也还有一些巴黎人冬天会烧起壁炉，越是有钱人，越要摆这个谱，这是他们传统的“壁炉文化”的延续，若要细说，那该是另一个话题了。

巴黎屋顶，承托起法兰西文化精髓，真值得细细品味啊。

巴黎有条小胡同

“巴黎回来不看街”，跟“黄山回来不看山”是同样的极而言之的说法，漫步巴黎市区，随便朝哪边望去，那些绝不横平竖直，往往是放射形交错的大小街道，实在是都氤氲着既古典又现代的独特风韵，令人赞叹有加。巴黎街道有大小长短之别，但给人类似北京胡同那样的通行空间，却极为罕见。那天一连翻译了我四个作品的译者戴鹤白先生对我说，巴黎有条小胡同，应该去看一看，我还以为他是开玩笑，就跟他说，巴黎该看的地方实在太多，我连巴尔扎克故居还没来得及去呢，哪有工夫去看巴黎小胡同？他就笑说，好，我先带你看那故居。

按说巴尔扎克故居离铁塔不算太远，但那里是一片叠层下降的坡地，开车去很不方便，乘地铁在附近下车后也还得步行登高一阵，又不与其他旅游参观点挨近，一般旅游团都不会安排到那里参观，散客有的对巴尔扎克兴趣不大，有的想去，没人指引也很难找到，因此我们那天走到跟前时，竟是门可罗雀的景象。

故居的铁门在一条小街上，但铁门里却是一道颇陡的石梯，通向巴尔扎克的那平房住宅和附属的院落，其住宅的屋顶，离铁门外的街面起码已有五六米远，落差之大，令人吃惊。更令人惊异的是，那住宅后墙外的现代风格的楼房，看去体量颇大，也颇堂皇，前面飘着别国的国旗，细看可以悟出是土耳其驻法国的大使馆，楼顶却又只比巴尔扎克住过的平房略高，显然那又是坡地的一个层面。在这些几度沉降的路面与杂错的建筑物的天宇背景上，是露出大部分身躯的巴黎铁塔。

那故居的平房总面积虽然不算太小，跟位于玛莱区孚日广场的雨果故居相比，那就只能用寒酸两个字形容。院落里目前也只有些许草坪和花木，想必当年还要荒疏。故居里展出的遗物寥寥，最引人注目的，是他用过的一套瓷咖啡壶，据说他写作时常废寝忘食，但咖啡却总是一壶接一壶地喝个不停。我在一间展室里流连最久，那里四壁橱柜里排列着他小说里诸多插图的刻版，其中许多是我在读傅雷译本时一再鉴赏的，原作估计是钢笔画，刻版把那些细腻的笔触完全保留了下来而又浑然一体，人物肖像多过场景描绘，造型与文字刻画吻合，神态宛然，性格毕现。那些插图下面则是《人间喜剧》的人物谱系，复杂而又有序。遥想当年并无电脑，甚至也没有打字机，连现在这样的钢笔都没有，全靠鹅毛笔蘸墨水一行行写出，却产生出了九十多部煌煌巨制，真令人惊叹不已。

现在不少人抨击文学创作的市场化弊端，我也对一味地追求商业利益，以致把推畅销书当做“印钞票”来运作非常反感，但在巴尔扎克故居里，想到此公的绝大部分作品都是在“赚稿费还债”的情势下，被出版商催赶着不舍昼夜地赶写出来的，也就觉得不能把一种道理弄成僵硬的圭臬，“不要为金钱而写作”和“不该为金钱而出版”固然是很好的道理，但像巴尔扎克，还有俄国的陀思妥也夫斯基，他们的扛鼎之作居然都是“还债之书”，这就说明不能一概地责备作家“为钱写”，从故居里巴尔扎克一再修改的校样可以知道，他写作的主要动机还是要表达自己对世界和人类的看法，并且在表达方式上精益求精，这与“图钱”的目的是交融在一起的，而那出版他著作的商人，能容忍他一再地修改校样，并不想囫囵着印书，也就说明还不是只图“印钞票”的奸商，如果把上述道理柔和地表达为“不要单为金钱写作与出版”，是不是更有利于形成文化界的公序良俗呢？

那故居有后门，却不开放。戴鹤白说带我绕到那后门外去看看，那能有什么好看呢？先上阶梯出故居门，走一截路再往坡下，啊，一条酷似北京胡同的黑灰色通道呈现在我眼前！戴鹤白告诉我，当年前门来了不依不饶的债主，仆人一通报，巴尔扎克就赶紧从这胡同里的后门逃跑。前门、后门在坡地的两个层面上，而且后门所在的胡同外面左右皆有不止一条小街，巴尔扎克虽胖大也能很迅捷地藏匿起来，债主其奈他何！

端木先生的眼神

我向一位年轻人推荐端木蕻良的短篇小说《鹭鹭湖的忧郁》,他问:“是翻译过来的日本小说吗?”我告诉他端木先生是中国作家,他又问:“中国作家怎么取了个日本名字?”我再告诉他,端木蕻良这个笔名的含意是“端正竖立的红高粱”,端木先生是抗日战争时期,流亡的东北作家群里的一员,他们的意识、创作都是非常本土化的。年轻人读了《鹭鹭湖的忧郁》以后,有些惊异地跟我说:“原来他写过这么好的小说。”

不少好的文字,被时髦的畅销文字遮蔽到几乎不存在的地步。我自己近来也有畅销的文字,能畅销,我高兴,但就我自己而言,畅销的文字也把其实颇好的文字遮蔽住了,这又让我很伤感。我觉得自己最好的长篇小说是《四牌楼》,但它却没有畅销。“你是不是写不出小说了才研究《红楼梦》?”这是我遇到的最多的问题。其实我年年在发表小说,2004 年有一部中篇小说集《站冰》由人民文学出版社出版,那以后我新写的中短篇小说又可以编个集子,准备明年出版。但是,我的小说没轰动,构不成传媒的热点,因此许多人就根本不知道我有那样的新作发表。

什么是幸福?在我看来,幸福就是能把为社会服务和自己的爱好结合起来。我在 1980 年到 1986 年,曾被北京市文联接纳为专业作家,得以和许多前辈作家“一口锅里吃饭”,端木先生就是“同锅”的老作家之一。那时候端木先生已经七十上下,经历过连续多年的蹉跎劫波,终于迎来改革、开放的新时期,得以安心写自己喜欢写的东西,文联让专业作家报创作计划,他报的是长篇小说《曹雪芹》,他早已开笔,但构思恢弘,工程艰巨,他一定是感觉到时间紧迫,所以抓得很紧。那年头一方面新潮涌动,一方面极左僵化的幽灵仍颇活跃，端木先生的创作选题，我听到过两种私下非议，一是觉得“并无新意”，一是认为“脱离现实”，但对他那一辈的老作家，从上到下都听任其便。我那时候报的选题是“表现北京市民生活的长篇小说”，申请联系的体验生活的单位是隆福寺百货商场，就多少经历了一点曲折，出于对我的关心爱护，有领导就觉得为什么不到工厂、农村和部队去体验生活，特别是那时候南方正有自卫反击战，年轻轻的，似乎应该主动到前线去，我就说写什么题材，至少需要两个基点，一是能够跟自己以往的生活体验衔接，一是自己喜欢去写，后来对我选题不甚满意的领导也想开了，表示：城市题材也是需要的啊。那以后我去隆福寺百货商场体验了一阵，再后来就写出了《钟鼓楼》。《钟鼓楼》出版后，我给端木先生一本请他指正，他题赠了一本《曹雪芹》上部给我，那正是我所期盼的。

虽然端木先生比我大三十岁，完全是两代人，但读他的《曹雪芹》，心却被共同爱好拉得很近。那时候就有人跟我说：“端木他写完《曹雪芹》，就打算续《红楼梦》呢！”我跟端木先生统共没说过几句话，其中一次是当面问他：“您还打算续《红楼梦》？”他只微微一笑，没答言，但他那一瞬的眼神，实在传达出了太多的意蕴。现在回味起来，他似乎在对我说：是的，因为喜欢；不要刨根问底，那是我个人的事；还只是一种意向，因为手头的工作还没有做完；别大惊小怪，世界上的写作原该多种多样；并无取代谁的意思，只不过是想通过这种方式抒发自己对曹雪芹的理解……

最近我有一本新书《刘心武揭秘古本〈红楼梦〉》由人民出版社出版，这是一本对周汝昌先生根据十一种古本汇校的求真本《红楼梦》的一个评点本，我认同周老关于曹雪芹写完了《红楼梦》、全书是一〇八回的判断，在我新书的最后一部分把关于曹雪芹的后二十八回内容的探佚成果通过回目、梗概呈现了出来，这不是续写，也没有在书里宣布我要着手续写，没想到有人向媒体乱曝料：刘心武要续写《红楼梦》啦！结果这条假新闻引出轩然大波。

于是又想起了故去十年的端木先生，想起了二十几年前那一瞬他的眼神。但愿我这篇关于端木先生眼神的短文，能让人们在假新闻广为流布的情况下，对我的真实状态有所理解。

挂牌之议

差不多八十年了，香港竟有依然如故的所在。从魔幻般急速变化的皇后大道中往山上走，穿过荷里活道，似乎也就是逆行于时间隧道，忽见古老的文武庙，尽显中华传统文化的风骨，再往上攀，又见仿佛生了锈的红砖西洋式建筑，那是基督教青年会的礼堂，默默地展示着在这爿土地上东西方交融的超百年历史。

不算文物古迹，不是“遗址”，是一直延用到今天的教会礼堂。走进去，陈旧，清洁而并不规整，约五分之一空间担负着仓储功能，堆放些纸箱，另五分之三的空间里摆放着些长条桌，桌边对坐着一些人士，正静静地劳作，细观察，做的是很简单的事——把一张打印好的信纸折叠好，再放进已经打印好地址的信封里。那些劳作者年纪大约从二十上下到五十左右，男女都有，是些残障、智障的人士。再五分之一的空间，就是高于地面一米多的讲台。

基督教青年会的这栋建筑经历过漫长的英治时期，过渡到了“一国两制”的新时期，这里面关爱社会弱势族群的“善事照旧”，比起“股照炒、马照跑、舞照跳”等“特区特色”来说，更让我心里充溢着欣悦。

贴近那讲台，不禁仰望，仿佛望见，并且听见——鲁迅先生 1927 年 2 月 18 日 19 日两次站在那里演讲。18 日演讲的题目是《无声的中国》，19 日是《老调子已经唱完》。两个题目过了八十年，灌进心里还热辣辣的，说惊心动魄仍不过头。

两篇演讲现在都很容易从《鲁迅全集》里查到。当时听众踊跃，却难懂先生的绍兴官话，好在许广平恰是广东人，一段段准确流利地翻译为粤语，又有热心人速记，事后认真整理，再经先生亲自订正，当年咳唾珠玉，现在依然在纸上熠熠闪光。

经历过“此时无声胜有声”“于无声处听惊雷”的历史阶段，如今的中国，应该说是众声喧哗，“大珠小珠落玉盘”，既有柔声细语，也有大声疾呼，但是，重温先生之论，就感觉，一方面，我们的话语空间仍须去除多余藩篱、加以展拓包容，另一方面，还需通过增强科学理性与百家争鸣，逐步凝聚出能体现新品格的民族文化声韵，令我们族群的多数，以及世界凡平等待我之他族，从喧哗中不是得出混乱的印象，而是感受到丰富中的和谐。

据当时记录整理先生讲稿的人士回忆，《无声的中国》由香港《华侨日报》刊发了，但同时送去的《老调子已经唱完》却“因故没有刊出”。什么缘故？香港文学史研究专家小思（卢玮銮女士）认为“大概谈的太敏感，报馆不想登”。确实，就是今天，“老调子已经唱完”这样一句演讲词听来也仍然会令某些人士觉得刺耳，何况用来作题目，而且，就那么一口气激昂地展开着这样一个论点。我个人 2006 年 7 月 21 日上午 10 点许站在当年鲁迅先生演讲的讲台下面，仿佛听到他宣示这句话的声音，忽然非常激动。这里面当然有个人的际遇之感。2005 年中央电视台《百家讲坛》邀我录制播放了《揭秘〈红楼梦〉》的系列节目，并出版了两本同名的书，我并不认为自己就正确，也无意抢“红学”权威及其机构学会的“生意”，不过只是离开“老调子”，试唱自编新曲，聊供世人参考罢了，怎么他们就会恼怒到那样的程度？鲁迅先生曾说有些人对“非我族类”者恨不能“打杀了煮吃”，原来读到那样的话忍俊不住，现在却绝对笑不起来。

是的，老调子已经唱完，我们处在一个崭新的历史阶段，应该提倡新思路，唱出新曲调。

那天参观完，同行人士有的就提出来，应该在这栋建筑外墙上挂一镌字铜牌，标名鲁迅先生曾在此演讲过。但香港还没有这样的文化习俗。举凡蔡元培、许地山、萧红、戴望舒等曾在香港从事文化活动的文化名人，与其相关的建筑、园地，目前还都没有挂牌。法国巴黎挂牌的建筑那就太多了，而且可以买到一种专门标明文化名人遗迹供游客“按图索骥”的交通图。按照鲁迅先生倡导的“拿来主义”，不仅是香港，中国各处都应该挂起尊重文化的铜牌，并普及“文学地图”，兴起“文学之旅”。

果香满溢夜光杯

“你又把我的《夜光杯》乱放到哪儿去啦？”

这是老伴习惯性的埋怨。我只得乖乖地满屋子去给她找。心里总不怎么服气：怎么《夜光杯》就成了她的呀？明明是《新民晚报》副刊部赠订给我，方便约稿才有的啊。赠阅我的报刊每年总有许多种，就报纸副刊而言，老伴对《夜光杯》确实情有独钟。我每天从楼下取回一大摞报刊，先清理一遍，《新民晚报》的《夜光杯》总是要想着抽取出来，不管她那时在什么地方，且把《夜光杯》去放到她的床头柜上。

我很快找到了她要的那《夜光杯》——是她自己搁在阳台窗台花盆边的。递给她，她自己检讨：“老了老了，我这个记性啊！”那天她本来倚在沙发上看，后来猫咪把阳台上花盆推翻在地，她闻声出去收拾了一番，去往阳台时手里还捏着报纸，收拾完又进屋抱起猫咪责备兼安慰地唧咕一番，傍晚时又想看《夜光杯》，就把“乱放”的罪责强安到了我头上。

她看《夜光杯》，有时忽然笑出声来。我让她告诉我是觉得谁的什么文章那么有趣，她要么不理睬，要么故意说：“反正比你的‘一句话小说’精彩！”“一句话小说”是我十多年前在《夜光杯》上开的专栏，实验用一句话写出一个有人物有情节有喻意的小小说，那时候手机还很笨重，也没有短信传输功能，我那文本实验却很像现在的“短信小说”，记得当时台湾《联合报》副刊还转登过一组，并发起过相应的征文。这也算我跟《夜光杯》的一段特殊缘分了。

老伴会把《夜光杯》上她喜欢的文章剪贴在她的一个本子上，有时则会留下整个版面，以备有兴致时重温。她不喜欢我去翻看她的剪贴本，但我知道，她所剪贴的，一类是情趣盎然的生活随笔，一类是钩沉探佚的历史小品。

上个月孩子们开车，送我们到远郊果园里采摘。采摘之意不在果。我们在果林里深呼吸，远望山景，近嗅果香。儿子儿媳妇摘完苹果又去摘大枣，我和老伴迎着阳光，用小马扎坐在果林旁，我带了画具，要水彩写生果林一隅，她呢，掏出老花镜，从布兜里拿出带来的《夜光杯》阅读。我说："这报纸字太小。那么多报纸都放大字号了，偏这报字号上守旧。"她却不以为然："这叫坚持传统风格。"又引我们共同的朋友苏姨为例：不嫌这报字号小，说是看惯了这样字号，若改大了倒生分了；苏姨每天要猜《夜光杯》上的谜语，从中获得许多乐趣。老伴说："人家编辑不容易啊，天天一个新谜语，多少年啦，几千个谜语了吧？别看每天就占那么一星半点地方，得费多少心思！"我说："这副刊编得也算是'大珠小珠落玉盘'了，有意味深远的大珠，也有轻松浅近的小珠，确实丰富多彩。"老伴说："你这样说就对啦。人家不是约你写篇祝贺报纸开办 60 周年的文章吗，拿《夜光杯》来说，别弄些个文字游戏，什么'杯杯是精酿美酒'呀什么的，依我看，有的文章是酒，有的却是鲜榨汁，像我这样不贪酒，更爱喝鲜榨汁的人，可能更多。"我边开画边说："我正愁不知从哪儿说起呢，你这话倒启发了我。其实，酒和果汁固然好，新鲜果子也很可爱呀！现在什么都讲究原生态嘛！"她就点着报纸说："现在鲜果种类也真丰富，刚才我采摘了美国布朗，呐，这儿就有旅居美国的作者的美文……"阳光下，果香满溢，沁入我们胸臆。

胡桃夹子

年轻时就常听柴科夫斯基的芭蕾舞剧《胡桃夹子》选曲，后来有幸到剧场看到全剧演出，更觉得别有意趣。只是究竟西方人生活中使用的胡桃夹子什么模样，在他们日常生活中起多大作用，还是梦梦然。

深秋时，年轻朋友开车带我到怀柔山区野游，路过红螺寺，停下来进去随喜一番，出来逛集贸市场，有很多卖当地干果的摊档，栗子、核桃不稀奇，还有小纺锤形的胡桃和名符其形的元宝果，甚为诱人，不由得买了两兜子。

中午把车停在山脚下一处叶子变黄的树林中，铺开带去的线毯，取出各种食物饮料，几位年轻朋友和我席地愉快野餐。我想尝尝胡桃和元宝果，谁知立刻犯难：无法剥开取仁！那些胡桃外壳虽有裂口，也能用指甲剥掉一部分，但若想让那胡桃仁儿出来，却千方百计地努力，也只是抠出一点碎渣，美味袭鼻沾舌，却无法痛快品尝。元宝果就更难对付。这才意识到胡桃夹子的重要性。而一位年轻游伴也就立即跟我坦白，他们在那里购干果时，我到一边看鲜果去了，卖干果的大妈跟他们推销了一种铸铁制作的粗糙的干果夹子，人家开价十五块，他们砍价至十二块，到头来还是嫌贵，没买。

“工欲善其事，必先利其器。”胡桃夹子论起来小工具一件，似乎无足轻重，但在那个阳光灿烂的秋午，在那美丽的小树林里，我忽然是那么样地想品尝当地成功引入栽培、新近收获的胡桃和元宝果，却仅仅因为缺那么一个对应的工具，只好望壳兴叹。

偏一个年轻游伴故意从带来的音响里选出了 CD 盘里的一段《胡桃夹子》舞曲，是以摇滚调式“歪曲”的滑稽乐音，逗得大家开怀大笑。

我想起二十多年前，那时候的水果罐头，多是矮胖的阔口玻璃瓶，瓶口用铁皮严封,开封成为一件极其麻烦的事情,那时候也没有相对应的开封工具，一般是把玻璃瓶倒置，用一个薄改锥，用力塞到封口的铁皮与玻璃之间——在那之间还塞有橡皮圈，目的是保证封口后不漏气也不进气——来回移动,直到一部分封皮终于被剥离开,嗤地一声漏了气,再把罐头正过来,用力旋开那圆形封盖,才能吃到里面的糖水和果块。那时候常常发生性急的人士因为无论如何也打不开胖罐头,赌气将其掷到地下摔碎的事情。我把往事讲给年轻朋友们听,他们笑,但显然并不怎么上心,因为时代毕竟不同了,现在各种消费品的专用工具都很齐全，我们那天的失误只是忘记了购置必要的胡桃夹子。

忽然一个年轻游伴嚷了声:“哈!人家送了把开果钥匙啊!”他从那兜元宝果里取出了那把钥匙形的掏仁器。有了那掏仁器,一些裂口较大的胡桃和元宝果就能撬开果壳掏出果仁了。原来卖干果的果农们也在与时俱进,尽管推销胡桃夹子未成,也还是把钥匙形的掏仁器免费放在了装果仁的塑料袋里。

傍晚我们抵达几乎是北京最北端的一处山村。头年我们曾在那里品尝过一根柴火烧出来的猪头。那里封山育林,不准伐树,但允许村民到山林里捡拾枯枝,因此柴灶在村里还随处可见,一处农家餐馆里因此有柴烧猪头的风味菜售卖。我读《金瓶梅》,注意到书里写到一位妇女的炊事绝技是能只用一根柴火烧熟整只猪头,原来以为那不过是小说家的夸张,见到尝到了真用一根柴火烧熟的猪头,才知人间真有此种炊技此种美味。舌别一年,重尝细品,当然是乐事一桩。但是,那晚我们吃到的猪头,竟口味平平,丝毫引不出头年的兴奋。细问农家餐馆老板,他如实告之:那位身怀一根柴烧一个猪头绝技的老奶奶,竟已在半年前作古,而她在世时,人们谁也没想去学她那手艺,她过世后,常有回头客开车来点柴火猪头这道菜,他也曾请村里好几位大妈大婶来试图复原老奶奶的手艺,却都达不到那个效果。我们一边喝酒吃菜一边叹息。

第二天回城的路上，我望着窗外越来越稀少的树木和越来越密集的灯火,惆怅不禁旋绕心头。今天没买胡桃夹子明天可以补买一把,但那些民间绝技一旦失传,我们如何补偿人类文明传递中的这些空白呢?

素书之美

还记得四十多年前的那一天，坐在素净的窗下，读一本素净的书。坐的是朴素的竹椅，窗外是刚谢了秋叶的素枝，连泻进窗内的秋光也那么素净，椅边小桌上放一杯白水，用毫无装饰的玻璃杯盛着，时不时呷一口凉白开，读上几页，便闭目遐思一阵……唉，那是多么值得怀念的一幅青春读书图！

还记得，有一回读的是屠格涅夫的《罗亭》，算是长篇小说，但并不怎么厚，平明出版社刊印，繁体字竖排，里面没有插图，封面就是全白的底子上，中间一个比例相宜的竖起的黑色长方形，当中再反白显示出“罗亭”两个字。当时平明出版社出版了一大批那样的文学书籍，原创的、翻译的全有，全是那样的装帧方式，真个是非常的素净。

读那样的书，享受到一种素净之美。《罗亭》一书的思想内涵，特别是主人公罗亭在俄罗斯那一时期的文学画廊里归属于“多余人形象”，其特定的美学意义，我那时都不可能真正把握通晓，但那一页页一行行译文所传达出的文学馨香，却丝丝缕缕地旋入我的胸臆，令我莫名感动，心灵似乎被无形的尘拂轻柔地除秽，被托举到一种素净高尚的境界。

俄罗斯作家高尔基童年贫困、青年时期到处流浪，他在艰难困苦中学会阅读，在没有灯光的夜晚，他用擦亮的炊锅反射月光，贪婪地吮吸世界名著，有一回他读法国文豪福楼拜的《一颗淳朴的心》，那是一篇写女佣生涯的小说，感动得不行，他忽然觉得实在神秘——这样简单的存在，怎么能给人心灵如此强烈的震撼？于是举起书，反复在月光下探究——书页，字母，文句，难道是具有魔力的吗？这魔力藏在了哪里？

现在我们都懂得，书之所以能令人感动或有所感悟，关键在于其文本，就像一个人我们之所以认为他好，关键在其内在品质一样。但是，“人靠衣裳马靠鞍”，安东·契诃夫说过：“人的一切都应该是美好的：衣裳，面貌，心灵，思想。”因此，书也有个包装的问题，到现在，一般读者也都懂得，一本书不但应该内容好，形式上也应该好，这形式包括方方面面：开本，用纸，封面设计(包括封底、书脊、勒口、书裙等的设计)、扉页(包括套封)的设计，目录版式，序跋版式，最重要的是内文的版式——版心大小，字号，行距，天地留白……

当年我读到的平明出版社的那种文学书，限于当时的物质技术条件，在纸质及印刷墨色等方面很难跟时下的出版物相比，但就整个装帧设计的通体效果而言，却堪称具有素净之美，不但高雅，简直高贵，氤氲出难以言说的纯文学气息。

鲁迅先生不但文章好，而且非常重视书的装帧，他为自己的书设计封面，也为别的作家设计封面，他比较喜欢当时国际上颇为流行的表现主义绘画，常取其长处去营造一种有动感的装饰趣味，但他更多的设计方案，是走非常素净的路子，看上去简单到不能再简单，但那字体字号的选择，以及线与线框的粗细长短和在页面上的摆放位置，如何比例得宜，如何既不粗陋更不鄙俗，如何能洋溢出高雅蕴藉的气息，显然都是踟蹰良久，来回掂掇，才最后拍板的。他为自己后期杂文集和瞿秋白《海上述林》的装帧设计，堪称素净之美的经典。

文学书可以有插图，也可以无插图。无插图的文学书只要文字好，读起来是“此时无图胜有图”的。上世纪50年代人民文学出版社出过一套文学名家在1949年以前创作的小说选本，封面非常之素净，一度是全绿底色，后来更干脆全白底子，上面一行大字标明某某小说选，下面一行小字是出版社名称，里面全无插图，但多数都编选得十分精当，像我精读过的《吴组缃短篇小说选》，里面《菉竹山房》等篇，其文字所唤起的想象，岂止是图画，简直是电影，随着阅读，全景，中近景，特写，大特写，反打镜头，摇拍……那感觉竟接踵而至，甚至仿佛有音乐时起时停地伴随其中，那样的文本，配上插图反而令想象力梗阻了。

鲁迅先生不排斥必要的插图，自己绘制过《朝花夕拾》的插图，也介绍过不少海外著名插图家的作品，像比亚莱兹、蕗谷虹儿等的黑白线画插图；他特别喜爱版画作品，有的版画家的作品不一定是为文章画的，他却特意找来插入在他选定的文章中，或安排在他设计的杂志封面上，如珂罗惠支的铜版画。美国版画家肯特与作家房龙为书籍而绘制的黑白版画与粗线漫画，那时候起就已在中国引起广泛兴趣。上世纪三四十年代中国有的文化人如丰子恺尝试用中国毛笔吸收西洋与东洋技法，画黑白速写式的生活漫画，也往往兼作杂志封面与扉页的装帧和内文的插图，一时很为流行，其影响一直绵延到今天。这些有插图的书，总体而言，还是拒绝铅华的素净面目，尽量展示出“却嫌脂粉污颜色”的天然风韵。

时代在进步，书就总体而言当然也在进步，眼下中国的出版非常繁荣，文学走向了多元，文学书从内容到包装已是乱花迷眼的局面。而且，文学的概念也扩展了，除了作为核心样式的小说、诗歌、散文，一些纪实性的作品，甚至一些学术、科技方面的著作，也常常与文学杂交，形成诡奇的文本景观。这些泛文学书籍的包装，现在是“八仙过海，各显其能”。据说眼下中国的文化经济已经是地道的“眼球经济”，要想刺激消费者掏钱来买，首先必须令其“夺目”。为达到“夺目”效果，已有“无图不成书”的趋势。图文并茂当然不是坏事。而且，将图与文有机地融合为一种新的文本，图不再是所谓“插图”，图旁文字也不再是撷取“正文”片断的刻板说明，图本身也具有文本的张力，图旁说明更具有原创的活力，这样的做法，我本人从1986年就在《收获》杂志上以《私人照相簿》系列尝试过，1999年更推出了十五万字与两百来幅新老照片和图画组成的《树与林同在》一书(已有法文全译本)，我还给自己的小说集、随笔集配过插图，最近出版的小说集《站冰》的封面和二十幅插图就都用的是我的黑白线画，可见我现在也还对营造图文并茂的文本充满兴趣。但我现在想呼吁的是：不要走向“无图不成书”的极端。文学书籍里，应该有一元是素净派，这样的文学书从外到里都可以是无图的，然而又是从形式上看也富有美感的。

素净的文学书现在成了稀缺的商品。进到书店，满眼花花绿绿，不光是文学书籍，几乎绝大部分书都是浓妆艳抹。浓艳当然也是一种装饰风格，不可或缺，但一味地追求珠光宝气，以致令人见色不见心，这样可不好。现在有的泛文学类书籍追求页页配图，而且追求配彩图，图很夺目，文字被排成小号，还常常被印在衬色上或作成反白，看起来特别费劲，已经很难说是图文并茂，应该算是彩图压迫文字，整个儿弄成了画蛇添足。为文字配图，特别是想让文与图互相交融成一种特殊韵味的文本，那就必须在图片的选择上下大工夫，像李辉为大象出版社主编的几套具有史料价值的人物类丛书，在这方面就做得非常之好，祝勇出他与人合作的《蓝印花布》，以及出他的《旧宫殿》，图的考虑在创作进程中就已经融合进去了，这都是成功的例子。可惜像这样认真的作者、编者、出版社还不是很多。我在一家著名的书店里浏览了一个下午，就遭遇到一连串的遗憾，比如一本望上去色彩很艳丽的描写法国风情的书，里面却插入了德国甚至美国的风景照片，显然是"萝卜快了不洗泥"，反正是西方风景的图片就往上贴，管他准确不准确。再比如某出版社出李泽厚《美的历程》的一种新版本，望上去比以往的版本都堂皇，里面充满美丽的插图，数量非常之多，一翻，不对了，显然那负责往里面摆图的编辑根本就不熟悉甚至根本就没通读过李泽厚的书稿，往里面填塞的图片美是真美，却完全弄乱了"历程"，大大伤害了此书的学术价值。这类的失误，恐怕是不能用"现在已经进入了读图时代"的辩词加以推诿的吧。也有的书，配的图大体不差，印制可谓达到国际水平，但我翻阅之中，因图过多，很快产生出审美疲劳。有的书里章节题目装饰得花里胡哨，尾花硕大，页边也镶上图案，还动不动搞"出血"式印裁，有的彩印书"出血"后那书边看上去很像陆离的蛇皮，这样的书我觉得一点儿也不美。至于乍看金玉耀眼，细翻错字连篇、图片杂凑的新书，那就更让人倒胃蹙眉了。

有人告诉我，凡书必有图的编辑出版风气，是从境外流入的。真是这样吗？我无从做普遍考察，抽样调查也难。但就我有限的见闻而言，只觉得尽管当今世界上图文并茂的书的确是非常多，却也仍有不是很少的素净书在陆续地面世，以法国而论，伽里玛这样的大出版社也好，午夜出版社这样的由"新小说派"发起的特色出版社也好，乃至专出中国题材书籍的小出版社中国蓝也好，年年还都在出素净的文学书籍，而且销路也未必就比花花绿绿、大量配图的书差。

“当今读者多爱图”的说法也许有一定道理，成人漫画也已经在我们的书店里露面。文字是青菜，图画是冰激凌，有兼而爱之的，有只爱冰激凌的，但青菜也仍有人偏爱吧。以中国读者基数之大，爱青菜的即使不是多数，那数目也应该非常可观，足以托起一个可以良性循环甚至可以稳赚的市场。

在我的藏书里，几十年前的一些素书，是最视若珍宝的。素净的环境里，以一颗去除燥气戾气的素净心，享受素书之美，真乃人生头等乐事。

随缘而吟意趣真

——读沈鹏先生诗作

报纸副刊上时有今人的旧体诗词新作，遇到我总不免默诵一通。我是最不通诗词格律的，这方面的学识最为欠缺，正因欠缺，所以恶补，补的主课是古典诗词，但也重视从今人新作中去领悟三昧，只是补来补去，仍在门外，不过偶然议论到过目的篇什联句，那感想倒被认为还有可资参考之处，编辑推动，不揣冒昧，也就写下这样一点欣赏心得，供诗家读者破闷一哂。

自己是《北京晚报》《五色土》的老作者，每晚披览该版已成习惯，近来沈鹏先生在《五色土》的诗词新作，也就顺便都诵读过。我与沈鹏先生素昧平生，但他的诗读多了，似乎也就结识了他，觉得他首先是个颇有情趣的人，如《获赠〈中国历代美学文库〉，亟翻读》吟道："雨后晴窗桐影疏，昼眠睡眼渐惺舒。夕阳犹可偷昏色，检索平生未读书。"后来又读到他有"高卧今晨嫌不足，暂凭续梦到南柯""读书每责贪床晏，阅世未嫌闻道迟"等句，不免微笑，我无沈鹏先生诗才，却与他一样有昼眠习惯，他真惫懒得可以，但从他诗句却又知道，他是个既善享受细琐生活乐趣，又能闲中闻道的聪慧人物，这是令人羡慕的。

沈鹏先生以书法大家闻名于世，但作为时下大城市的居民，也很难真有闲云野鹤的栖息环境，少不得还要住在公寓楼中，纵然所居楼宇地点质量都很不错，却也难免人在家中坐、噪音刺心来，沈鹏先生随事而吟，成《楼内装修》一首："一锤响彻百锤敲，天降斯人地动摇。欲探本原何处出，难分上下枉自焦。电钻施展紧箍咒，斗室重围划地牢。言道民工多就业，住房易主喜新潮。"烟火气扑面而来，读来却令人耳顺莞尔；这首诗属对似并不怎么精妙，但结句有宽人容异之心，原本对邻居装修愤懑者，诵后可一笑泯訾怨，推及他事,更可释怀。

当然沈鹏先生也有不少题材重大的吟唱,如《纪念〈义勇军进行曲〉60周年》《迎澳门回归》《〈北京晚报〉1月26日报导全球生态灾难严重》等等,其中不乏激情警句,但我读他诗多了,就发现他完全没有预设的“题材意识”,基本上是随缘而吟,我以为这是很好的作诗为文的态度,拒硬讴,避作秀,即便诗意未臻茏葱,至少能给人春草如针的一派鲜碧快意。

沈鹏先生屐痕处处,国内参观,周游列国,不少诗作是旅途感怀或归来回思,其中多有清新禅悟之句:“苔湿方知昨夜雨,频年难得听鹧鸪。”(《镇江·晨起》)“骚人指点命山名,山曰‘吾存自在形’。不识洪荒初启日,凭谁自我作多情?”(《漓江》)“蓄泄顺天循自然,论功放眼千年后。”(《都江堰宝瓶口》)“为因失算塔倾斜,因有斜倾盛得名。世事难分诚若此,东坡琴指辨声情。”(《比萨斜塔》)虽然沈鹏先生随缘而吟有五绝、五律、七绝、七律、四言、长韵、填词等多种形式,但我觉得他最擅长出彩的,还是七绝和七律。

喜欢沈鹏先生这样一些抒发亲情感慨天道的句子:“纸上音容即手温,凝情一瞬驻青春。”“真玉泥中存异质,老干枝上看鲜妍。”“冷暖炎凉身内外,四时返朴乐天真。”“滔滔洪水悠然过,思痛如何避后灾?”“潮升潮落谁流运,云舒云卷我趁时。”“大德曰生生不息,与人为善善能安。”……我对诗词格律始终学不通,但读别人写的旧体诗,倒还能多少体味到其中的声韵之美。四声平仄,按周汝昌先生点拨,“就是一阴一阳之道在汉语中的自然体现。”“中华诗的一大特点是‘义组’与‘声组’的可合可分的奇妙关系。”据此,我上面所引的沈鹏先生诗的最后两句,吟诵时就一定要把“义组”和“声组”区别开:“大德曰生——生不息,与人为善——善能安。”但这两句以平仄论是否对应得不够工整?我对入声(现在的汉语拼音方案中已取消此种发声)最拿不准,何字算入声?“逢入归仄”是否就对头?全不能判断。不过读诗实不必胶柱鼓瑟,只要觉得意趣真切,何妨击节欣赏。

沈鹏先生的诗有时冲淡飘逸,如《小避》:“小避尘嚣静不哗,绿荫铺地净无瑕。此身疑入桃源梦,唯恐桃源梦有涯。”《友人赠石枕》:“情多渐隐高唐梦,一枕黄粱俗务空。青石伴余青帐里,头颅自信比冰凇。”但不可据此将其视为“事不关己，高高挂起”之人，遇到不平之事，他也会拍案而起，如一首痛斥昏官的诗结句十分地“金刚怒目”：“为官不识水能柔，一旦狂涛川决壅！”又有寓言诗《泡沫》：“模样生来亦可人，亦真亦幻亦成文。迷离闪烁霓虹妒，圆转轻松柳絮亲。风至飘摇遂直上，气逢盈缩失依存。目盲五色唯游戏，且乘风头不计根。”所讥刺的世相宵小，读者或可联系自身的人生体验，产生强烈共鸣。

古人有作诗“三不可”之说：“诗不可强作，不可徒作，不可苟作。强作则无意，徒作则无益，苟作则无功。”又有“八句法”之说：“平澹不流于浅俗；奇古不邻于怪僻；题咏不窘于物象；叙事不病于声律；比兴深者通物理；用事工者如己出；格见于成篇，浑然不可镌；气出于言外，浩然不可屈。”我观摩今人旧体诗作，遵循这“三”“八”之训，也算迈过了“囫囵吞枣”的盲目阶段吧。沈鹏先生《自述杂诗》最后一首曰：“不从笔诀求书意，还向心中取别裁。独接毛锥千载上，远绍情性自天来。”这是他针对自己主业书法艺术的宣言，也可视为他作诗为文的圭臬，这想法是与古人的“三不”“八法”相通的。祝沈鹏先生诗思泉涌、佳作联翩！

乙酉元宵夜写于温榆斋中

闲水野鹭

给宗璞大姐打去电话，她以为又是一个记者要采访她，听清是我，松一口气，我原来也忘了那件有些人认为是极重大的事，跟她通上几句话，想起来了，在网上是看到了报导的，也就顺便向她道贺，她没什么谦词，也无什么感叹，只笑说她目前又在治牙，我们通话，无需很多的过渡性语句，多是跳跃式交流，如记录下来，旁人或认为是语无伦次，而在我们之间，却如淙淙细泉，点滴流水，全润心头。

记得今年春节期间给她去电话，不在家，后来她回我电话，问我知不知道北大墙外又增加了好多家餐馆？女儿小钰和其他亲友带她去餐聚，胃口还好，只是牙又不争气。她双眼已经是见光不成形，与电视的关系不再是“看”而是“听”，双耳功能也衰退，这“听”往往还得依靠助手的“传达”。我为她胃口尚佳而高兴。这就意味着她还能品。生之乐趣，需要助兴。我扬言或许会飘然而至三松堂，从风庐中将她引出，到北大墙外去吃西餐。

但我的爽约，也是出名的。四川话称这种人为“水客”。前年一次去电话，她责备我，问我怎么回事，竟许久都没有音信？我才恍然，确实差不多有半年没给她挂过电话，依我想来，对她尊之者敬之者慕之者喜之者甚多，对于我的电话，不至于那么重视吧。但她确实是喜欢我跟她在电话里闲聊的。那以后我就一直把通话频率保持在恰当的程度。

仲德兄还在时，我也会在电话里跟他聊几句。大姐告诉我，仲德兄跟她说过，认为我是一个可以谈谈的人。以仲德兄那样高品位的学问家，判定我“可以谈谈”，私心里是十分欣慰的。我毛病虽多，总还略有可取之处，人需表扬，心盼滋润，大姐与仲德兄偶尔会在电话里不经意地鼓励我一下，有一次就淡淡地说及，他们拿到新一期《随笔》，循例先读熟人的文章，于是仲德兄将我那篇《何处在涌泉？》读给她听，结果，读到末尾，仲德兄先流泪了。大姐由我的文章而感叹：世人多不能滴水之恩涌泉相报，这也不足为奇吧，但恩将仇报之事，何以例子多多？

这次打电话给大姐，是问她生没生我的气？我在中央电视台10频道讲《红楼梦》，头两集是从个人的角度谈“红学”，其出发点就是认为高鹗续书糟糕。我跟大姐在电话里就高续之优劣时作争论，她语气总如春云那么柔和，观点却又总像玉石那般坚硬，她说高鹗最后写宝玉披大红猩猩毡斗篷，雪地里拜倒河畔，那猩红雪白的配色多么优美雅致，宝玉跪拜后作歌而去，又是多么空灵飘逸……我的观点实在大杀风景。她说她看了《百家讲坛》里我的高谈阔论，而且这次她努力去辨认我在荧屏上的形象，眼睛大争气，发现我头发居然一丝不乱，平整得令她惊奇，她记忆里的我，总是一副夤懒的样子，头发总乱蓬蓬的，我就告诉她那是化妆师喷了许多啫喱水才镇压住的。她很高兴地说，怎么会生气呢？你那套观点又不是没听见过，难为你讲得那么振振有词，自圆其说嘛，就该那么个讲法，而且引用蔡元培“多歧为贵，不取苟同”的话很得体，她父亲在《新原道》序言里也讲过类似的话，学术见解，各持一端，阐释己见，何妨侃侃。但她又说，可惜要做的事太多，口述《西征记》《北归记》需抓紧，否则，她是饶不了我的，会写文章驳斥我的“贬高之论”。

大姐知我半年多来一直住在乡下，离温榆河不远，她让我把温榆河的景色讲给她听，我这边细细形容，她那边凝神静听，听完，她就说也许某一天，她会在温榆河乘舟往我这个村子而来，但多半是还没抵达，就兴尽而返。听我说到春后河畔一片白蜡杆树林里，几百只灰鹭又从南方飞回来，到旧巢中产卵育雏，景象十分壮观，她说仿佛已经步入那片树林，觉得鹭鸣是在吟诗……

跟大姐通完电话，刚搁下听筒，便铃声大作，一接，是一位熟悉的报人的声音，问我为什么那么长时间占线，是不是有别的传媒采访我？我就告诉他，忽然想到“闲云野鹤”四个字，但想把其改为“闲水野鹭”，所谓“宠辱不惊”，所谓“怡然自得”，全在刚才的通话里有了禅悟，我想马上再到闲水边赏野鹭去，他那些热闹场上的话题，今天不谈，以后也免了吧！

萧红的神秘魅力

1980年到1986年，我在北京市文联当了六年专业作家。那时候还不兴将专业作家“折合”为行政级，没有什么一级、二级之分。但作家们开会，必分为两组，而且要错开时间。开头我懵懵懂懂不知何以为此，一次我们那组开会，一贯给我忠厚温和印象的骆宾基老前辈，在一位发言者平淡的话语中，忽然满脸溅朱地大声插入一句：“端木是个坏人！”大家愕然，发言者才知自己不该偶然提到端木蕻良，我事后听林斤澜大哥指点，才知道事情原委。

萧军、端木蕻良、骆宾基三位东北籍作家，都深爱同籍的萧红，他们老辈子的感情纠葛，我们晚辈不好去问。萧红1942年2月病逝于香港，享年不过三十一岁。萧军是把萧红从困顿中解救出来的生死恋人，到上海后又一起深得鲁迅喜爱——甚至可以是溺爱，但他们终于因性格冲突分手，萧红后来跟端木结合，又一起流亡到香港，两人在香港各自写出了最重要的作品，尤其萧红，出手了堪称经典的《呼兰河传》，但日军突占香港，在一片混乱中，病笃的萧红几经转移，最后在临时作为医院的圣提士反女子学校的小楼里奄奄一息，按多年来一直苦苦追求萧红的骆宾基的说法，端木是在最关键的时刻遗弃了萧红，萧红在绝望中遂接受了骆的求爱，表示愿和他结婚；但端木其实是筹措医药费去了，并且在“失踪”若干时间后，又带钱赶回到了萧红病床边，萧红撒手人寰后，他们两人一起操持了火化，并连袂将骨灰埋葬在了浅水湾丽都花园海滨，不过端木自己准备了一只花瓶，装入了一部分萧红骨灰，后来去埋在了圣提士反女子学校花园凤凰木下。那以后三位男士都分别娶妻生子。我在他们晚年得以接近他们，发现他们家里别的方面差异很大，有一点却绝对相同——萧红的照片，大大小小，出现各处，三位妻子对此绝无意见，子女们也都安然接受。端木1996年去世后，陪伴他年头远超过萧红的妻子钟耀群，还认真执行他的遗嘱，将端木的一半骨灰，拿到香港圣提士反女子学校与萧红“仙聚”。

三位跟萧红全有过铭心刻骨爱情的男士，直到晚年也不能和谐，萧军较为潇洒，跟那两位大体上还能以礼相待；骆宾基不能见到端木，提起来搞不好就激动得浑身发抖；端木呢，他十分儒雅，但有时为躲避骆宾基，拄着拐杖加快步伐，也难免现出尴尬。其实，三位老辈子在我眼中，都属性情中人，都很可爱。他们之间那点是非，在我看来无是无非，只不过我一直觉得实在神秘：怎么萧红竟有那么大的魅力，能把这三位都绝非庸常之辈的男士，即使历经了那么多的政治社会风云，甚至在穿越炼狱后，仍能丝毫不减对她的挚爱，甚至可以说是崇拜？而且，这份如同对待女神般的真爱，还能渗透到他们后来的家庭，究竟秘密何在？

林斤澜大哥告诉我，一次闲聊他偶然说冰心是20世纪中国最杰出的女作家，没想到骆老又激动起来：“那么，萧红呢？啊？”我曾对端木老说，他的《鸴鹭湖的忧郁》真好，他蔼然认真地指导我：“《呼兰河传》才真好，要细读。”萧军老则对我说过：“你写城市，写街，这街那街，没人写得过《商市街》！”

他们三位毕竟亲近过萧红。在美国，见到葛浩文，那可是地道洋人，他年纪跟我差不多，哪里见萧红去？他家里竟也挂摆着不止一张萧红的像，他翻译萧红的小说，还写了本《萧红新传》，又多次去往萧红故乡，踏访萧红生命轨迹所至，到了萧红墓地，简直如同进了圣殿，满心崇敬，一腔爱意。噫，萧红萧红，你魅力一至于此，当代女作家，几人修得到？

小思不迁

香港的一些早期定型的译名用字憨直，比如渣打银行，并不刻意选用“扎达”(扎扎实实可以达到)一类谐音取吉的字样。在港岛西区半山，有所圣提式反女子中学，也没有把“提式反”文雅化，比如译作“缇施梵”什么的，这倒很符合鲁迅先生反对把托尔斯泰夫人另译作托尔丝苔的主张。

圣提式反女子中学有大片花园，老树蓊翳，灌木花丛围合，幽雅绮丽。十几年前一夜大风，吹倒了园坡上一株高大的凤凰木，至近残桩还凸显于茂草中。据说，萧红的一部分骨灰，就埋葬在那树根下。萧红是谁？至今学校大门外并没有挂牌，一般人哪里知道，这校园里还有关于一位中国现代文学史上杰出女作家的浪漫故事。

1997年，一位赴澳大利亚探女儿的白发女士，在几位朋友陪同下，被允进入学校花园，觅到了那株大凤凰木的残桩，她将自己带来的亡夫的一半骨灰，撒向那埋有萧红骨灰的树根，不曾想忽来一阵旋风，将她撒出的骨灰吹得如霰如雾，瞬间已消失在花园的各个角落。一个女人，不远千里，跑来把自己亡夫的骨灰撒给另一个女人，这事在校园里传开后，令许多女生惊异，这不仅是因为她们年岁还小，更是因为她们难知前因后果。据说有些女生，从此就有点怕进那花园，没有历史感与命运感的支撑，很难感受那真挚情感生发出的一派凄美与眷念。

于是，就有一个首先向下一代，讲述香港文化史的任务。暂时还没有任何机构来承担这一任务，民间人士里，挺身而出了一位女士，就是香港中文大学的教授卢玮銮女士，她主动挑起了搜集、梳理、考察、弘扬香港文学发展史的担子。

我结识卢女士，已达二十年。她用小思的笔名写散文。十几年前，她题赠了自己一本散文集给我，书名是两个大字《不迁》。那书出版前后，香港中产阶级市民外迁成风。个体生命有迁徙的自由。小思强调不迁，并没有干预评议他人迁移的意思，她曾跟我讲述，四十年前，有激进分子在铜锣湾百货公司安放炸弹，那天她恰好路过，见到紧急处置现场的警察和许多神情惶恐的市民，她说，就在那一刻，她心底浮出一个明确的意识，那就是：我是中国香港人，我爱脚下这片土地，无论如何，不可以在这里使用暴力来解决问题！

小思是我认识的香港文化人里，为数不多的本地生本地长的一位。2006年7月我赴港参加书展活动，其中一项，就是随小思进行文学散步，从鲁迅先生1927年应邀进行两场演讲的基督教青年会礼堂、戴望舒居住过的林泉居和被日本侵略者关押的域多利监狱、许地山教过课的香港大学……一直寻访到岛背后华人永久墓场里的蔡元培墓。

有人说香港是"文化沙漠"，但我跟在小思矮小瘦弱的背影后面，仅仅进行了一上午的田野考察，就由衷地感叹："我没有看到沙漠，看到的是厚重的文化积淀！"

小思虽然已经退休，却比任教时还忙。她说，香港现在是中国言论最开放、出版最自由的地方，而且香港有自己的文学发展轨迹，有大可发掘的文学旅游资源。不迁，是一份挚爱，更是一份责任。

小思发文章、出书、作报告，还亲自出马引领人们进行香港文学之旅。她有多少文学故事可讲啊！仅仅关于萧红，就可以讲她如何在香港写成了经典之作《呼兰河传》，她和萧军、端木蕻良、骆宾基三位男作家之间复杂的感情关系，在日本占领香港的一片混乱中，她如何一度住进当时改作医院的圣提式反女校，病故后端木如何把她一半骨灰埋葬在浅水湾一半埋葬在校园，而端木在北京去世前，嘱咐妻子钟耀群一定要把自己一半骨灰送往那株凤凰木下，与萧红"仙会"……这些故事里融会着历史、人情、人性，是文学的灵感发生处，也是文学赖以流传的精魂。小思不迁，她就是香港的一株凤凰木，绽放出一片艳丽的文化云霞。

重新打扮泡子河

以往北京的主要客运火车站是东便门迤里的东客站，凡重要线路的快车几乎都从那里进出,进出的火车在东便门外会过一座铁桥,桥下是一道河湾,二十来年前,那段河湾的景观实在不能恭维,岸边尽是些简陋的平房,还有些堆放杂物的空场,绿化差,水质浑,令火车内的旅客很是败兴。旅客们所看到的那个河湾,叫泡子河。如今北京虽然新建造了体量庞大的西客站,仍有不少线路仍以东站为起止地,因此,泡子河也依然还是北京的门面。北京人是最爱面子的。如今的泡子河经过初步整治,周边绿化搞得不错,河水也清亮许多,作为北京的门面之一,北京人不至于再惭愧了。

但是,如今的泡子河仍不能令人真正满意。要知道,在明、清两代,泡子河是北京的名胜之一。这道河湾原来西通北京外城,与西部来自玉泉山的水系相连,现在则已经不复西通,但它往南仍与北京南护城河以及龙潭湖水系相连,往东,则仍构成长河,即惠通河,流到通州与大运河贯通,可谓一处重要的水域枢纽。明代的《帝京景物略》称此处园亭、林木、芦荻、鱼鸟皆丰茂可观。清代《天咫偶闻》记载泡子河春日景象:“桃红初沐,柳翠乍剪,高墉左环,春波右泻,石桥宛转,宛若重虹,高台参差,半笼晓雾……”泡子河东北面有古观象台,再往北有贡院,西南则有蟠桃宫,因此也是人们礼天、祈吉、求福之余欢聚玩乐的空间,那里酒肆饭店颇多,茶帘酒招飘荡于绿树间,肆主设什不闲、八角鼓等游艺娱客,著名的酒肆饭馆有大花障、望海楼等;春日东便门城墙下时兴跑马比赛,冬日冻结的冰面上时兴坐冰筏遛弯儿;清代竹枝词道:“蟠桃宫里看烧香，玩耍沿河日正长，童冠归来天尚早，大通桥上望漕粮。”如今通火车的那座桥,也许就盖在昔日大通桥的旧址上吧?直到晚清,泡子河里仍能见到运粮进城的大船，辛亥革命后，这样的漕运景观消失了，茶楼酒肆也渐次萧条，但在泡子河的两道闸门之间，“夏季有游船可资代步，两岸芦苇掩映，垂柳疏杨，夹河森荫，岸旁村舍三五，点缀其间，风景绝佳。夕阳西下，渔舟唱晚，尤具林壑景象。”——这是1935年《北平旅行指南》上的介绍，可见六十多年前的泡子河虽然不复繁华，倒也还保留了浓郁的野趣。

如今泡子河北岸是一派高楼大厦；西南角的蟠桃宫，二十年前我住劲松地区，进城时常骑自行车从那位置过，还可以依稀辨认出宫门，并且在外墙一块石头上还刻有“蟠桃宫”字样，如今则荡然无存，架起了立体交叉桥，开发出一大片欧陆风味的商品房；南面还算有较大旷地，林木尚多；整个泡子河周边布置成可供市民休息的绿地，但无甚特点，缺乏吸引力。

我以为，泡子河周遭，特别是其东、南两面，应该重新规划打扮。倒并不一定要恢复蟠桃宫或很多的茶楼酒肆，但一定要给那片空间以鲜明的特点。这特点也不难确定。据考证，大文豪曹雪芹从南京随获罪落魄的父母迁北京以后，一度住在离泡子河不远的蒜市口一所十八间半的旧院落里，泡子河是他常去的地方，他的好朋友敦诚、敦敏等多次与他同游，敦敏的诗句“……古渡花争发，荒祠草又新；野烟人上冢，啼鸟自含春；无限幽栖意，临风一怆神；青帘遥隔岸，野肆绿杨堤；把酒问渔艇，临风试马蹄……”应该就是包括他们在通惠河一带畅游的写照，正是在这里，曹雪芹生发出“秦淮旧梦人犹在，燕市悲歌酒易醺”的无限感慨，强化了创作《红楼梦》的灵感。鉴于此，我建议以纪念曹雪芹和《红楼梦》为主题，把泡子河地区重作规划，细加打扮，这里可以竖立曹雪芹的雕像，建造相关的展室，布置与《红楼梦》相关联的园林小品，适当点缀些具有老北京特色的茶馆饭铺，在某些特定的节气组织具有浓郁民俗色彩的庙会式活动，并进一部优化植被水质，恢复水域里的游船……使其升格为北京一处优雅的文化名胜。出现这样的一个泡子河，该不是我的奢望吧？

在北京看《薪传》

几年前听说台湾有“云门舞集”的现代舞，“雅音小集”的改良京剧，“兰陵剧坊”的实验话剧，后来看到一些舞台演出的照片，引出的兴趣十分有限，也没有想到，会亲眼看到他们的演出。谁知昨天(1993年10月22日)却在北京保利大厦国际剧场真真切切地看到了“云门舞集”的代表作《薪传》，演出结束后，虽有热烈的鼓掌和持续的喝彩声，演员们也多次谢幕，“云门舞集”的创办人，《薪传》的策划编作林怀民也走到台前捂胸致意，其火爆的程度，似乎反不如他们十八次国外演出的某些场面。不过，这《薪传》的第一百三十七场演出，毕竟具有空前的特殊意义：这是在北京，面对着隔绝了那么久的骨肉同胞！

我想，当林怀民与台上的演员们，和台下的非仅是来观舞的同胞们在将散的一瞬间，恐怕都有点“相对如梦寐”的恍惚感吧！

在为这次赴大陆演出专门印制的说明书上，引录了若干海外与台湾岛内的传媒赞语，如“当代台湾最重要的活文化财！”“这个舞团与世界新旧现代舞团相较，不仅并驾齐驱，甚有超越之势。”“史诗的格局……连悲剧性的独舞也充满豪华歌剧的张力。”如此等等。但北京演出散场后，以我个人所听到的反映而言，却并不落于上述窠臼。论“活文化财”，大陆或许数量比台湾更多，且多到令人不以为“财”的地步，“暴殄天珍”的例子是不难举出的。与世界上别的演艺团体相比较，也不是大陆评家的思维习惯。说到“史诗”，“豪华”，大陆只要发挥计划经济的优势，可以完全免除资金和人员调配方面的后顾之忧，以北京观众看惯了大型团体操和《东方红》式动辄上百人在台上排列组合的眼光，《薪传》这样的舞台面至多不过是小二十人活动的演出，是很难引出外在的史诗感的。

但北京的观众还是受了一次震动，有的朋友更对我说，是受到了心灵的震撼。

我不知道以下这些在剧场外和回家在电话交谈中听到的反映，对于林怀民和“云门舞集”，有没有和《纽约时报》《国际芭蕾杂志》《费加罗报》《南华早报》那些传媒的评语同样重要的价值。

一位北京舞蹈界的人士说：“他们的舞蹈语汇，在我们看来没有什么‘生词儿’，无论是西洋的古典芭蕾，我们民族的‘平足舞’，中国传统戏曲特别是京剧和歌仔戏，中国武术杂技和气功，本世纪以来的西洋现代舞，乃至西方‘霹雳舞’里的快若闪电与慢若‘太空步’，诸如此类的‘舞语’，我们这边也都在运用，但《薪传》在表现闽南先民渡海去台，筚路蓝缕，拓殖新土，薪烬火传，世代不息，这三百多年的悲欢离合、生死歌哭时，把这些语汇交融得不仅天衣无缝，而且在《渡海》《野地的祝福》两段里达到了出神入化、惊心动魄的程度！”

一位年轻的观众说：“我完全没有想到，呈现在我眼前的是这样的舞蹈——当然，我指的是前面的几段。他们不仅在用四肢跳，使我吃惊的是他们的身躯也在跳，我没想到舞蹈演员的胸部、腹部也能表达出那么丰富的美感和意蕴……他们或许简直是在用心灵用魂儿跳，当朱宗庆打击乐团用震耳的大鼓声把舞台面的生命跃动煽得台上台下都要发狂时，我忽然有一种‘不忍目睹’的感觉……但是《耕种》一段就没劲了，很像大陆的舞蹈《大生产》，最后一段《节庆》，整个是我们熟悉的《红绸舞》，新鲜感立马减少了……”

与这位年轻观众感觉差不多的北京人颇多，他们对本是将舞剧推向最高潮的“红绸舞”觉得“似曾相识”，反没了开始观看时的新奇感。这大概是《薪传》演出以来的颇为独特的一种观众反应。

一位朋友和我讨论，我们都对“云门舞集”的演员们过硬的基本功，以及在魂魄投入的舞动中把肢体拼力伸向宇宙，在丹田的气息吞吐中坦然地把生命的喘息诉之观众，留下了很深的印象；此外，作为《间奏曲》的陈达演唱的《思想起》，有一种褫神摄魄的感染力——其实北京人几乎根本听不懂唱词，现场打出的繁体字字幕光度又不足——在北京人耳朵里，陈达的吟唱已超出了关于台湾的主题，而浸透了至少是本世纪以来全体中国人的酸甜苦辣；对于那块展开几乎覆盖全台的大白绸的巧妙运用，以及男舞者的裸露上身、女舞者的青布长褂等基本造型处理，都提起来便赞叹不已，除了最后一段，整个演出的纯舞蹈意味非常浓酽，不过，离对整个人类命运的形而上哲思，似乎还差小小的一步。

记得1992年冬在瑞典斯德哥尔摩皇家歌剧院看皇家芭蕾舞团演出的《倍尔·金特》，那也是打破古典格局的现代舞，确实，就策划编作和演出水平而言，“云门”甚或还略胜一筹；但看他们的演出，那些舞蹈语汇所引出的，是关于个体生命生存困境和奋力挣扎的联想，而看《薪传》，是关于生命群体生存困境和不息拼搏的思绪，东西文化，真是泾渭分明。什么时候，一种从内涵到“语汇”都能把二者融化得出神入妙的舞蹈，能呈现在我们眼前呢？

告别一座垂花门

北京市要拓展东西贯通的“第二长安街”平安大道，这就必然要拆除一些旧建筑，去年年底位于东四十条77号的院门开拆，引来了一群手持摄影器材的围观者，其中既有记者也有普通的市民。到北京坐过地铁的人都知道，有个地铁站就叫东四十条，东四是“东城十字路口的四座牌楼”的简缩称谓，我的一部长篇小说《四牌楼》就以之命名；四座华丽的古典牌楼(坊)已于50年代被拆除；东四北大街上有十四条齐整的胡同，是所谓“胡同文化”的典范载体，但其中的十条胡同在60年代业已有过一次“非胡同化”的拓宽，其中不少的四合院被削掉了三分之一，那77号院即其中一例。曾有出版社的青年编辑来找我为《胡同九十九》一书约稿，她拿出一张徐勇拍摄的照片给我，问我能不能为照片上的那个“胡同四合院院门”配文，我一看便认出那正是东四十条77号的院门，我当即对她说，严格而言，那根本不是胡同四合院的院门，那是一座典型的四合院内的二道门，即垂花门，这种门的最大特点是有华丽的罩檐，罩檐下部突出的部分往往雕成垂落的西番莲样式。它现在之所以成为了当街的院门，是因为马路拓宽时，把那院子的外院“连锅端”了，故尔成了头道门。对于真正熟悉和钟爱“四合院文化”的人来说，望见它这样地裸霹于大庭广众之中，就好比养在深闺的娇女强被拉出任陌生人围观，实在并不是一桩愉快的事。不过后来我还是为《胡同九十九》写了《垂花无语忆沧桑》一文，寄托了我泉涌般的怀旧情思。

旧的事物不断地消逝，或物是人非，或人在物亡，或竟人物两散，故尔牵出绵绵不断的怀念意绪。这种意绪一旦积蓄到强烈的程度，便会由怀念而焦虑，焦虑的情绪进一步升腾，则化为追旧、保旧的行动，人之逝不可免，永久保存势不可能，但物之逝却是可以避免的，只要下定决心、采取措施，永久保存应非虚妄之想。在城市发展的进程中，尤其是北京这种文化古都，如何在增新的过程中保旧，成为了一种普遍的焦虑，这回展拓平安大道计划的付诸实现，再一次使增新和保旧之间如何平衡成为一大关注点。这个工程从 1997 年 12 月 16 日启动，拆除东四十条 77 号院门是在八天后，这个约建于清初的垂花门从未被列入过文物清单，拆除它尚且引动了那么多传媒乃至普通市民的殷殷关注，那么，随着这个工程的进一步发展，它将牵涉到的还有民国初年执政府府门(也就是刘和珍等牺牲的地方)、孙中山北京行辕的辕门、欧阳予倩故居、北海公园后门等等重要文物，即使对这些文物均有妥善的避让拆存方案，对关注古都风貌的人士而言，实施这工程仍是一桩惊心动魄的荦荦大事。

作为一个在北京定居几达半个世纪的老市民，我对古都风貌的钟爱情怀之浓酽自不待言，但这半个世纪里，我却眼睁睁地看着古都风貌的相继沦丧泯灭，与我的少年时代紧密相联的隆福古寺现已片瓦无踪，陪伴我步入中年的北京城墙也基本上荡然无存，为了适应交通的发展，街上的牌楼相继拆除，古老的四合院不断“捐躯”，现在连本已“腰斩”过的东四十条 77 号院也要进一步终寝；当那座裸露过三十多年的垂花门被拆除时，它是什么心情？觉得不再无伦类地“现眼”，因之是一种解脱，还是觉得那是最后也最惨烈的痛苦？

告别了这座垂花门，清夜静思，痛苦地探究：在都市的发展进程中，如何在新旧冲突中作出抉择?有“夺回古都风貌”这样的口号，更有“编新不如述旧”的思路，大体而言，是尽量不要再在古都空间中做减法，而做加法时，也要尽量地摹旧，比如盖新建筑时在顶上镶加亭子或庑顶，以求延续“民族传统”。于是进一步想：什么是城市的传统?什么是传统的尺度?

城市是时空中的一个活体。它的延续，不应只理解为已有建筑物的保存，以及新建筑物的“归统”。城市的活力不是来自于建筑物，而是来自生生不息的市民群体。这个群体在时间中的代间嬗递，使得其主流欲望不断地变化演进；而这个群体在空间中的生存状态，又使得其主流欲望不可避免地要大兴土木。城市建筑物，从这个意义上来说，就是主流人欲的外化，是主流欲望的载体。回顾北京市民群体在叫做北京的这个空间中展示或收敛其欲望的半世纪的时间流程，我们可以大体上以三个阶段来观其流变。第一阶段是50年代，苏联展览馆(现北京展览馆)显示着“苏联的今天是我们的明天”的热切追求，“十大建筑”显示出“在社会主义道路上阔步前进”的雄心壮志，而最令全世界刮目相看的是处理天安门前空间的大手笔：不仅义无反顾地拆除了原来东、西、南面的辅门，以及正阳门与其箭楼之间的瓮城及相关庙宇，还拆除了东西的大面积街区，并彻底改变了地面铺敷状态，甚至将天安门前的华表也进行了挪移；也还不仅是做减法，加法做得也相当激烈——在拓展的广场上兴建了人民英雄纪念碑，使原有的天际轮廓线完全改观。这是新中国群体主流在古都心脏突显其欲望的杰作，据说二十几年前当时美国国务卿秘密访华，乘小轿车经过天安门广场时，一瞥之间，心中震撼。第二个阶段是60年代和70年代，那时政治上越来越左，忽视建设，破坏文物，文化被革了命，遑论什么城市美学，群体的合理欲求被压抑，不合理也不合情的政治狂热席卷了一切，拥有世界上最瑰丽藻井的隆福寺，以及北京的城墙和城门(除了极少残段残楼)，都是在这一阶段被消灭掉的。第三个阶段是80年代至今，改革开放的春风使城市新建筑物如百花怒绽，尤其是90年代以后，“都市新人类”的欲望逐渐开始牵动着城市建筑的美学追求，如北郊“亚运村”的国家奥林匹克体育中心，使用着与紫禁城、颐和园迥异的建筑语汇，吟诵出新的空间诗篇；但“编新”与“述旧”两派间的碰撞冲突也日渐激烈，到北京西客站的修建，国奥中心设计者的“编新”构想遭到否定，以一个硕大无朋而又毫无功能的亭子顶竭力“述旧”的方案得到青睐，并化为了触目惊心的现实，这一“述旧”之作，誉之者夸示为“弘扬传统”的力作，可惜认同此誉辞者似无多，多数的声音，是讥斥其为浮躁粗浅而又愚笨浪费之举。其实，争论的焦点恐怕并不一定是“编新”还是“述旧”，“编新”如滥用玻璃幕墙与“后现代”语汇，也多有败笔，其实是拾西洋人“牙慧”而又消化不良，何尝真有创新之志；“述旧”如着意寻求传统与现代的融合方式，达到天衣无缝、合璧浑成的程度，倒比“编新”还更合乎当代市民口味，像香山饭店、菊儿胡同新四合院，虽也有批评意见存在，但击节赞叹者，都说它们是化传统之魄丰现代之魂的佳构。

于是乎憬悟城市的传统，是由一代又一代的市民来承传的，因为一代又一代的市民的主流欲望在变化，而城市建筑物应是市民主流欲望的外化物，所以归根到底，传统的尺度是人，凡合乎现存市民群体主流欲望的新建筑，便是传统的正当而又正常的延续，以这个标尺来衡量，则每当城市的发展中新与旧发生冲突时，在认真保护历史文物的前提下，为新而舍旧，是值得的。对于一个历史悠久的古都来说，把任何一件历史遗留下来的东西都当做文物，企图统统原封不动地加以保存，到头来是无法做到的，像东四十条77号垂花门那样的旧物，是应该为了都市新生代更畅快地在这一空间中存活发展而“英勇捐躯”的，和它告别时，我们又何必惆怅不已呢?

洁 爽

我要坦率地说出自己这样的感受：我们一些大型的公共建筑，看上去很不洁爽。我不说“清爽”而冒生造之谴说“洁爽”，是因为觉得惟有这样说，才能充分、准确地表达我对建筑美的一种诉求。“清爽”当然是我也喜欢的一种面貌，但它的含义里突出的是“干净利落”，说“洁爽”，则似乎可以蕴含更多审美上的，从视觉到心理的快感。

建筑物不洁爽，有时不是设计上的问题，而是施工的问题。1999年国庆节前，北京东长安街的东方广场外装修完成，这座在动工前便成为京城热门话题的庞然大物一旦露出“庐山真面目”，自然引起了广大市民的浓厚兴趣，虽然一时还不能进入内部，但在那外面的广场与步行道上走走，观望一番这组建筑物的雄姿，也算共享了盛世繁华吧。入夜，东方广场顶部的灯光造型全部开放，离它较远的人们也能欣赏到它的轮廓线。这里且不从审美角度去评价东方广场在设计上的得失，也不拟全面评说其施工的水平，只说一点——它那前庭上的一系列喷水池，有数个在开放时总要把大量的水喷至池外，弄得供人们穿行的地面上废水横溢，我在那期间几次去那里观望，每次都会遇到怨声不绝的路人，他们本是乘兴而来，要一睹东方广场的“明珠”光彩，却因这一施工上的疏漏而大败其兴。大型建筑物所配置的喷水设施，有的是刻意要让欣赏者能直接嬉水，有的池水分层下泄，直达地平面，但那都一定会以精心的设计和施工来保证达到预期的效果，比如会给泄至地面的水流特设泄水孔隙和地下管道，将其回收循环使用。东方广场的喷水设施明显地不是这样的创意，它喷出的水是不该外泻的。也许有人会说，那是因为喷水龙头还没有调整好呢。没调整好怎能一再向公众展示？再说，投资代价这样巨大的建筑群，简单的喷水池怎么都不能建造得一步到位？我想那不会是技术水平的问题，而反映出我们的一些施工部门的某些环节上的人士，他们首先就缺乏把建筑项目当做艺术创造来看待的审美意识，尤其轻视某些细部，轻视大主体与小配置的精密契合，更轻视所施工的建筑与周遭环境的和谐。在中国，一个华丽的建筑耸起以后，它的侧面或背后会在很长的时间里堆放着一些剩余建材，甚至土方垃圾，丑陋刺目，这问题往往牵扯到几个方面，是经济利益及官僚体制等许多因素在作怪，但不管怎么说，我们应当扪心自问：国人啊，咱们为什么不能过得更好一点？为什么不能把求美之心，提升得更高一点？为什么不能把事情办得更洁爽一点？

好的建筑设计，要真正成为大地上的一道亮景，施工水平至为要紧。我们的一些大型公共建筑，在建筑美学的创意上，设计水平上，与发达国家的水平差距并没有多大，但施工水平的差距，却往往一眼即可看出——精确度、平整度、密合度、光洁度、材料质感……这里欠缺一点，那里出点纰漏，总之，用我的话来说，就是不洁爽，因而，虽然是踮起脚尖猛跑，追求“现代大都会气派”的劲头十足，实际效果却还是显得土气——却又并非田园气息；而有点像乡下姑娘学城里靓女的穿戴打扮，色彩不准，细节不对，闹了个令人忍俊不住。

当然，还有个建筑材料的质量问题。现在北京地区的一般民居，在窗框材料的选择上，已经由木料、钢铁，而转为了铝合金和“塑钢”，特别是“塑钢”近来大行其道，就连旧房新装修，“塑钢”也是最时髦的东西。我并不反对“塑钢”窗材的使用，但我发现，有很多新的“塑钢”窗体，都是还没有揭开其外面印着商标的包装纸就安装了上去，而且直到完工甚至使用后也一任其状，是那房主在追求一种“奇趣”么？显然不是。这里当然有施工不仔细的问题，但我向一些施工者询问，他们回答我说，那是因为剥离那用不干胶粘定的包装纸非常麻烦，常常不能完全剥离，弄得更加破相，所以他们也就干脆不去剥离那包装纸了。这就是厂家在生产上存在的质量问题。为什么不把去除包装这个环节弄洁爽呢？现在这样的带包装纸的“塑钢”窗在北京随处可见，往往是，那新楼“西服革履”，甚至某些装饰部件也堪以“项链”“戒指”作比，但却镶嵌着些不能剥去包装纸的“塑钢”窗，给人一种油头粉面却满嘴烟牙的印象。

但是建筑物不洁爽，也不能都一股脑推到施工部门和建材生产的质量问题上去。根子往往还是在设计者那里。不洁爽的设计，会导致这样的结果：施工方面越是中规中矩地严格达标，所使用的建筑材料越是品质到位，其建筑美学上的整体缺陷便越暴露无遗。

什么是不洁爽的美学面貌呢？可以先从明清的家具设计的对比谈起。我们都喜欢明代的家具，从贵族家庭到一般小家小户的家具，明代的大都给人以洁爽的审美感受，它们线条利落，风格明快，构件不多不少恰到好处，而且通体往往洋溢着一种灵动的气势，看到它们便能联想起或温馨或高雅的俗世生活。但清代的家具总体而言却风格大变，从富贵人家到一般市民家庭，床杌桌椅都往笨重、雕琢、构件复杂、细部琐碎的方向上发展，看上去令人觉得矫情、沉闷，尤其到了晚清，穷人的用品粗陋不堪，富人的用品繁缛不堪，家具如是，许多的工艺品也如是，灵气消减，奢靡浑浊，就算那也是一种美吧，却只能名之曰病态美。再看园林，像苏州拙政园，是明代打下的底子，清代曾被太平天国当做忠王府，倒没怎么大增大添，至今整个风格还大体上洁爽，布局疏密得体，浓淡相宜。可是狮子林就不同了，这座园林元代就有，之所以命名为狮子林，原是为了纪念在天目山狮子峰住过的中峰和尚，到晚清以至民国初期，园林主人追求让大大小小的山石皆像狮子，大肆堆砌，叠床架屋，使里面真成了森然密布石狮王国，搞得淤塞满闷，而那正是晚清民初的一种审美时尚。我们还可以比较一下明十三陵和清代在北京南面所建的东陵与西陵，后者比前者保存得更完整，施工似乎更细致讲究，但无论是神道边的石像生，还是陵内的石雕，却都匠气十足，木然呆板，是些应予保护的文物却并非值得欣赏的艺术品。当然清代也不是没有好的个案，像天坛祈年殿火灾后的重建，设计与施工都极好，再如颐和园的十七孔桥和龙王庙，昆明湖畔知春亭，万寿山下长廊，山上佛香阁，设计上都富创意，可谓洁爽优雅，但佛香阁下方半山上的铜亭等一组建筑，也犯了堆砌壅塞挤作一团的毛病，也许，那是因为中国的传统文化发展到那个阶段，已达于烂熟的地步,活力耗尽了吧!

洁爽的美学意趣是不是一定表现为简洁明快，是不是包豪斯派那样的建筑,或直接诉诸功能性的建筑,或立面素净色彩柔和的建筑,就一定是洁爽的,而后现代的拼贴式手法建筑,吸收了中国古典华丽风格以及西方古典中的巴洛克、洛可可风格的建筑,或墨西哥城的那种以大面积色彩艳丽的镶嵌式壁画装饰的公众建筑,就不洁爽了呢?我当然不是那样的意思,概括起来说,我期盼的洁爽就是设计上删尽多余枝蔓、施工上无懈可击、材料上处处到位,并与周遭环境相配,完成后能令人眼睛一亮,禁不住伸出拇指由衷地夸赞:“真棒!真爽!”那样的建筑。

玲 珑

北京鼓书的传统段子有《玲珑宝塔十三层》,整个段子有绕口令的性质,把一座十三层的宝塔一层层加以形容,听来耳爽心悦。每次听这个段子,我脑海里就显现出某些曾登临或仰观过的宝塔。有的佛塔,未必有多高,底座也未必有多宽阔,但给人的印象,绝无玲珑感。有的佛塔颇高,底座也颇宽阔,属于大体量的建筑,却能给人以玲珑的印象。开封铁塔就是一例。当然,这主要是塔的高度与圆锥型底面周长的比例较大所致。但问题也并不那么简单。北京广安门外的天宁寺塔,其高度与底座周长未必多么悬殊,远望过去,与开封铁塔全然异趣。倘若说开封铁塔会引出"楚王爱细腰"的谐谑,那么,北京天宁寺塔可能反会派生出"唐妇腴为美"的幽默。天宁寺塔玲珑不玲珑呢?欣赏一座建筑,也是仁者见仁,智者见智,所谓印象,虽因客体刺激而生,毕竟是主观上的产物;但若能把主观上的印象之所以产生说出个道道来,即使是外行话,也许还是对建筑师们多少有些个参考价值吧。我想说的是,在我眼里,体态丰腴的北京天宁寺塔,也有一种玲珑感。这玲珑感的产生,不是像开封铁塔那样,基于塔体的苗条,而是因为设计它的建筑师,在塔体各层密檐的布局上,善于化解其塔体的丰腴,那些精美绝伦的翘角密檐,不是均匀地机械地分布在塔体上,而是极富韵律地,灵动地,仿佛祥云呵护般地,环绕着那巍峨的塔体,因而我在审美过程中,竟对这并不苗条的建筑,产生出了玲珑感。这就不能不赞叹我们中国前辈建筑师的创美功力。不要以为,玲珑仅仅是胡同民宅或园林小品的属性,我们中国前辈建筑师在宫室神坛的设计中,也不是一味地雄浑肃穆,像基本完整保留至今的北京紫禁城,那四个角楼的设计,显然就是刻意要以玲珑的美学意趣,来为紫禁城那中和韶乐般的主旋律，通过“配器”来增添一些柔美缱绻的味道。

最近有朋友从上海回来，盛赞上海浦东的金茂大厦，说是那么雄伟的摩天楼，望去却并无“粗壮大汉”压人一头的霸气，感觉上，是亲切的，甚至有美女亭亭玉立满面春风的感觉。这其实也就是产生出了一种可称之为玲珑的印象。我到目前为止还没机会亲临现场目击身受金茂大厦的花容月貌，但看到过它的不少玉照，我的第一印象也是觉得它既雄伟又玲珑。在设计构思上，我觉得它和我在现场欣赏过的，马来西亚吉隆坡的佩特罗纳斯大厦，有相同之处，就是在整体造型上追求笋形效果。笋形是包含着玲珑感的。佩特罗纳斯大厦是双塔并立，造型上更接近幼笋的形态；金茂大厦是单体崛起，它若也取幼笋状，那就可能会失却雄伟感了，我从照片和电视镜头上欣赏它，觉得它是给我一种笋与竹之间的跃动感，它那楼体周遭的细部处理，很有些个笋皮绽破新竹拔节的气势。我们细想一下，中国乡野山峦的毛竹，可以长得很粗很高，其摩天气概丝毫不让松柏樟榉等乔木，但它那节节拔升与枝叶纷披的体态，却又格外地玲珑秀美，不知金茂大厦的设计构思灵感，有无中国毛竹的触动？

玲珑当然不是任何建筑都必须具有的意趣。有时为了保证宏大的叙事结构与雄浑静穆的升华效应，还必须刻意摒除玲珑纤秀的笔触和凡俗琐屑的联想。北京的新建筑常常遭到苛评，摇头的多拊掌的少，或者让人觉得玲珑得失却了威严，或者让人觉得威严得失却了灵气，我想这恐怕也是因为北京有北京的难处，比如限高问题，为维护古都风貌，二环路内严格限高，二环路外逐环放宽高度，这样二环内的新建筑就只能往横宽上做文章，一栋栋仿佛“麦当劳”的“巨无霸”；而逐环放宽高度的结果，是鲜有发展商愿意自动放弃所容许的高度，结果逐步使整个北京城构成了一只“巨盆”。再比如，长安街很直，两侧建筑很难打破“排排坐，吃果果”的格局，加上相临的建筑很可能属于不同的“根”，是在各不相干的情况下“栽”出来的，结果就出现了排列方式单调而互相又不能整合的弊病。这已经不是什么雄浑与玲珑的问题了，应该作专门的通盘研究。

剔透

与“玲珑”相连属的审美考语是“剔透”。所谓“玲珑剔透”，常常首先用来形容中国园林里的叠石。叠石的材料最好是太湖石，其上品需符合“瘦、皱、透、漏”四个条件。中国传统建筑的廊檐栏柱，特别是室内的装饰性部件，也特别讲究玲珑剔透的美学效果。中国传统建筑大量使用木料，门窗几乎都是木质的；在南方，墙体可以单薄，瓦顶也可以不那么厚重，这都有利于出玲珑剔透的效果。当然宫室神坛和大型的寺观建筑可能在总体风格上排除玲珑剔透，以免显得轻薄儇佻；不过在细部上，也还是可能起用玲珑剔透的部件，北京紫禁城里那发生过许多泼天大事，可谓当年最严肃的政治空间，鼎鼎有名的养心殿，其内部设置就既有玲珑感也有剔透趣。

现在专门说说“剔透”的美学意趣。中国的传统建筑，很讲究室内与室外的通透感。这当然首先体现在对窗户的理解上。我曾写过《窗内窗外》一文，大意是说中国古典建筑中，往往把窗户当做一个画框，即使那窗外并无自然风光，也要在窗外空间布置出一个盆景般的“拟自然”来；而西洋建筑多半只注意如何使窗户充分发挥采光、换气等功能。这个观点当然还要坚持。西方名著里有一部叫《看得见风景的房间》，还拍成了电影，似乎于他们而言，开窗可以看见风景，是一种意外之喜，其实，就中国传统建筑而言，正常的房间当然都应看得到风景，这本是不待言的，绝不令人惊羡，倘要让人产生悬念，写一本小说叫做《看不见风景的房间》，可能更为合宜。

现在我补充的是，在中国传统建筑里，窗的作用还并不仅是画框。窗是室内的人与室外的世界沟通，并融为一体的重要通道。当然，还不仅是窗，门，以及廊、棚、栏、栅，虽然在空间的切割上各有其独特的功能性考虑，“各司其职”,但它们都尽可能“剔透”,尤其在春、夏、秋三季,将其完全封闭起来的情况基本上是没有的。窗门或许会设置帘幔,但那帘子往往会是竹篾制的,不仅透气,而且“透景”,因此中国古诗词里有“一帘(繁体字应是竹字头下面一个“廉”字)春雨”的吟唱;而纱制窗帘也往往是透明度很高的,如《红楼梦》里写到的“霞影纱”和“软烟罗”,它们并不将窗外景物全然遮蔽,而是“剔透”得令人随时心醉。中国古典诗词里有无数表达个体生命在窗门内与窗门外的大自然以及人间烟火相融合的句子:“山色满楼春雨后,一帘风絮卷春归。”“升堂出街新雨足,芭蕉叶大支子肥。”“南窗一枕睡初觉,蝴蝶满园如雪飞。”“红楼隔雨相望冷,珠箔飘灯独自归。”……也不仅是视觉上的“内外勾连”,更撩拨心弦的也许是听觉所引领出的感受:“小楼一夜听春雨,深巷明朝卖杏花。”“梦觉隔窗残月尽,五更春鸟满山啼。”“枕上诗篇闲处好,门前风景雨来佳。”“今夜偏知春气暖,虫声新透绿窗纱。”“霞绡云幄任铺陈,隔巷蟆更听未真。”“夜深风竹敲秋韵……”“柴门闻犬吠,风雪夜归人。”……真是一年四季,室内与室外都是“剔透”的。切莫把这些天籁人情的意境,理解成是因为那时的建筑技术无法解决隔音的问题,“歪打正着”派生出来的。讲究把建筑物剔透得与自然的气流、气味,市井的声音、人气贯通融合,这一中国古典建筑美学的传统应当得到继承与发扬。

现在在全球一体化的浪潮里,西方的建筑理念、美学趣味浸淫到我们这样的东方国家,从中汲取其可以融化的营养,是有助于发展我们的新兴建筑业的;但新型建筑材料的推广,新的建筑技术的普及,连带着某些似乎是难以避免的生活方式的推行——如全封闭式的“智能式建筑”,它里面的气候是人造的,活动空间是绝对与“外面”隔绝的,往往那建筑物外面大雷大雨,而里面办公室的人却毫无感觉。那是绝不“剔透”的。当然,那样的西方建筑里可能也会有一部分房间可以鸟瞰外面的世界,我就曾在美国纽约曼哈顿进入过那样的摩天楼的高层办公室,它的一整面墙几乎都以落地玻璃窗构成,倒是很透明,窗外是钢铁、玻璃、石材与种种合成材料构成的“人造森林”,给我的感觉是,那落地窗的设置不仅不是为了让室内的人与室外的自然和人间沟通、亲合,反而是为了炫示高度工业化以及高科技对自然与俗世可以率性支配的一股旺健的霸气。当然,那也是一种风格。也不能说在多元的建筑美学趣味里,那就一定是不好的。但当这种西方建筑美学趣味处于强势时,强调一下不要丢掉我们民族自己建筑美学里的好东西,恐怕也是必要的。其实,古典和现代,东方和西方,凡人类创造的文明成果,都应是当代建筑师们取法的共享资源,灵活运用,东西合璧,相得益彰的例子,在北京就有,比如在西长安街复兴门内南侧的中国工商银行大楼,它的进口处就使用钢材和玻璃等新型材料,组合成了一个颇有人情味的“剔透”空间,给人以梳风栉云的诗意联想;愿这样的大体量、新材料组合的新建筑里,能在设计构思中有更多更巧的“剔透”式“乐句”。

跃 动

“勾心斗角”现在是个涉及人际关系的贬义词。其实它原是唐代杜牧在《阿房宫赋》里，用来赞美楼体互相巧妙勾连、檐角争奇斗妍的褒义词。杜牧可谓我们民族建筑评论的老祖宗，他这“勾心斗角”一词充满了跃动感。其他许多的老祖宗在文章里涉及建筑物时，也常体现出以跃动感为美的审美趣味。比如宋代欧阳修的《醉翁亭记》，寥寥“有亭翼然”四个字，立即使我们觉得眼前有个亭子似乎要把它那翘角顶当作翅膀扇动而去。苏轼形容不过是用土筑成，仅出于屋檐而止的一个凌虚台，“人之至于其上者，恍然不知其台之高，而以为山之踊跃奋迅而出也”，也着眼于跃动感。到清代曹雪芹，他杜撰了一个大观园，也使用了“飞楼插空”的词语。

其实使建筑物产生出跃动感，是中外古今流传颇广的一种美学追求。西欧古典建筑中的哥特式风尚，那使立面线条努力向上蹿升，在顶部耸起尖塔，固然是基于欲与上帝天国沟通的一片虔诚，有其宗教意识形态的大前提，但从形式美角度上考察，也确实使建筑物产生出了一种勃勃向上的跃动感，是爽目润心的。有的哥特式建筑，如法国巴黎的圣母院，不仅其尖拱顶塔仿若航船上的望楼桅杆，富于动感，那两侧的几道肋骨般的飞扶壁，本是基于结构力学的考虑，用以支撑庞大而沉重的墙体的，却也从形态上令人联想到鼓胀起风帆离港开航的的巨轮上那飞扬的彩带，所以巴黎圣母院隔着塞纳河从侧面望去，尤有劈波而去的生动气势。世界进入工业文明以后，近现代建筑中，巴黎铁塔又是一次跃动美的大展示，分明是最沉重的钢铁，却因“人”字型蹿升的流线与剔透的网状结构而顿生轻盈摩天的欢悦感。

20世纪以降，建筑美学的流派急速走向多元，跃动感在许多流派中不占地位，甚至遭到刻意摒弃，有的建筑师追求建筑物像磐石般稳定的意趣，有的甚至追求朝地底下扎进的“落实感”，即使是体瘦高拔的摩天楼，也并不使其“翼然”、“跃然”，如加拿大多伦多市政厅（两个圆弧形的楼体“相对而嘻”），美国桃树中心广场旅馆（造型仿佛一具竖立起来的巧克力糖果盒）；当然更有法国蓬皮杜文化中心（赤裸地静止着）和日本东京国家剧院（横向浮搁恍若古琴）那样的一些简直是“反跃动”式的诡奇之作。这是因为人类变得稳重了吗？

虽然跃动感的美学追求在建筑设计中已非普遍适用的趣味，但这毕竟仍然还是一种具有长久生命力的古典趣味，而且，即使在总体是非跃动的造型里，细部也仍可用跃动的线条来丰富其“文本”的语汇。如美国纽约的世界贸易中心，那双方塔的造型墩实厚重，顶部绝不攒尖蹿升，充溢着稳定感而难以产生出“身有彩凤双飞翼”的跃动感，但这只是远望的总体感受，倘你走近它的楼体，进入高敞的大堂，你就会发现，设计师在它的底部，配置了一整排音叉状的尖旋形支撑柱，这些高耸的柱体所构成的线条，非常强烈地派生出了一种奋力托举的跃动感。这是否是“静中有动，动中有静”的一个美学范例？

从“动”、“静”角度考虑建筑物的美学效果，只是一个方面罢了。随着20世纪的即将落幕，我们需要总结的建筑艺术的经验教训实在是非常丰富。我有一个感觉，不知道对不对，现在冒昧地提出来：我们的建筑界的眼光，似乎还不是非常开阔，拿借鉴国外的新建筑成果来说，比较集中在美国、西欧和日本的种种潮流、派别；有的地域和民族，他们其实在新建筑的美学开拓上，已经取得了长足的进步，而我们却还比较忽略，例如西亚一些国家，他们不仅是单栋的建筑物往往极富民族特色极有创意，而且在建筑与环境，与人，与社会，还有他们特有的宗教信仰诸方面，都创造出了十分璀璨的景观。我曾在阿联酋的迪拜有短暂的停留，那机场候机楼的独特造型，整个社区绿化带的布局，以及对那地方本来是极珍贵的水的景观运用，都令人眼目一新。另外如拉丁美洲的建筑，特别是巴西首都巴西利亚的总体规划与统一的美学风格，都值得作专门的研究。这是我思路的“跃动”。就创新促奇而言，跃动是永远需要的吧。

水自天来眼波横

城市景观中不可无水。即使不傍河海,亦无湖泊,或虽有河湖,但某些大的建筑物与公众共享空间却离那些自然水域颇远,那么,以人工力量来营造小规模的水景,便成为必要的了。

十多年前我头一回去法国,在巴黎铁塔前面和凡尔赛宫花园看到人工喷泉浩然喷发的情景,十分激动,回来后曾撰《凡尔赛喷泉》一文,慨叹中国城市里缺乏喷泉的设置,并初步意会到,中国古典建筑的庭院乃至园林的布局中极少喷泉的设置,是由中国与西洋不同的文化心理所决定的。现在想来,确实如此。在中国人的心目中,“黄河之水天上来,奔流到海不复回”不仅是诗,也是理。中国的地势总体而言是朝东倾斜,因此在经济、文化比较发达的东部地区,人们认为水的存在常态一是“泻”,一是“平”,而中国文化中影响最大的儒家文化与道家文化都强调顺应事理天意,故而在中国古代的诗词曲赋中,存在着大量咏赞瀑布与平湖的文句,以水的自然泻落与若镜映物为美:“日照香炉生紫烟……疑是银河落九天”,“庐山秀出南斗旁……影落明湖青黛光”,等等。“水是眼波横,山是眉峰聚”,此为大景;“满园深浅色,照在绿波中”,这是小景。总之绝少歌咏赞叹水的上喷蹿跳。

以北京为例,紫禁城那么堂皇富丽的庞大建筑群,景点繁多,花样迭出,可是却无一处喷泉。而在西洋哪怕是规模要小许多倍的皇宫里,也总会有不止一处的喷泉设置。此非不能也,而是不爱也。我们都知道乾隆在位时,宫中的西洋供奉曾为他在圆明园中设计过有“大水法”的西洋楼景点,李翰祥拍《火烧圆明园》时还搭出了大堂的布景,展示那一喷泉齐溅的景观。但其实我们并不能找到自乾隆到慈禧特别喜欢那喷泉的文献资料,圆明园的“大水法”只不过是中国统治者偶尔容忍一点西洋“淫巧奇技”的小例子罢了，喷泉始终未能进入中国园景文化的主流，“英法联军” 放火焚毁了圆明园后，“大水法”那样规模的喷泉可以说便绝迹于中了。

没有喷泉的中国园林，顺应“水往低处流”的自然属性，却也创造出了种种至美的佳境，《红楼梦》所描写的大观园，以沁芳闸为核心的水景布局，基本上概括出了中国人对水的审美心态。

但近十几年随着改革开放的推进，城市人造景观中对人工喷泉的营造成了越来越热门的事情。以北京而论，虽未必有昔日圆明园那么集中、复杂的喷泉组出现，但节日期间天安门广场的临时喷泉，北京游乐园的“水幕电影”，一些公众共享空间里的音乐喷泉，以及各大饭店宾馆内外的大大小小的形态各异的喷泉，已然构成了一派新的“城中水景”。十多年前，我从法国归来后曾大声呼吁引进喷泉，我以为喷泉不仅润泽着城市空气，可以与现代化的建筑物整合为一种美妙的景观，而且，那种偏“逆水性而嬉弄之”的浪漫情怀，能以激发出我们一种昂扬的创新精神。现在我的诉求可以说已经获得了满足，为此我感到欣悦。

不过我现在的心情又与十多年前有所不同。当设置喷泉在当今的城市景观中已成为滥套时，我倒要回过头来，强调一下我们民族审美传统的继承问题。我感觉，目下一些建筑物内外的喷泉，有一种赶时髦，甚至是盲目“西化”的倾向，或者是“为喷泉而喷泉”，全然道不出之所以那样“嬉水”的美学动机。其实，如果建筑物整体是民族风格的，那么，在以水布景时，无妨仍取中国古典式的“泻”与“平”的造境法，比如北京王府饭店，这是一座有中国古典式大屋顶和门前有中式牌坊的豪华建筑，它的前堂，使用了很大的水量来造势，不是用以构成喷泉，而是用以构成瀑布，这就不仅赏心悦目，而且与其整体的建筑风格相吻合，是一个成功的“返朴归真”的例子。其实即使是西洋人以洋美学追求为主体的设计，有时也很会从中国古典美学中汲取精华，取得“出奇制胜”的效果，如上海波特曼商厦那宏阔的公众共享空间中对水的运用，就主要不是使其上扬，而是使其沿着墙面流泻与营造出大面积水池，很有点“水自天来眼波横”的意趣。

在美国，俄勒冈州波特兰市公众共享空间中水域的配置，曾在全美乃至西方名噪一时，其实那主要是摆脱了一律喷泉的模式，大量采用了“水自天来”的人造瀑布与“水波漾漾”的人造浅池，用一种“东方（很大程度上是中国的）园林美学”来调剂了其过分反自然的城市建筑景观。当然，波特兰市在人工配置水景时，强调了“应当有用手可以接触到的水”的原则，不仅允许，而且有意营造出一些路人可以用手承接的水帘与可以伸手搅动的浅水，这一富于人情味的美学创意，是很值得我们借鉴的。

“大轮胎”与“大鸟巢”

2006年的六七月是“世界杯之夏”。我这人看球赛不但看比赛场面，也看观众席上的状态，还看运动场建筑。这叫做：散点透视，全面观察。

这回德国安排了十二个运动场用于比赛。首场的那个慕尼黑安联运动场是新造的，前年我去慕尼黑喝啤酒，远远看到工地，它还不成型，现在从荧屏上看到，它像个大轮胎。有人形容它像橡皮艇，确实也有点像。它那带有类似轮胎花纹的外壳，能以灯光显示出红、蓝、白三种色彩，如果它能呈黑色，那就更是个巨大无朋的橡胶轮胎了。这安联运动场是如今世界最负盛名的瑞士建筑大师赫尔左格和德梅隆设计的。他们在中国知名度也很高，因为2008年北京奥运会主运动场就是他们设计的，那个“大鸟巢”现在已经初具雏形。

“大鸟巢”极尽建筑美学上的颠覆性浪漫想象。它和法国安得鲁设计的“水蒸蛋”（中国国家大剧院）和荷兰库哈斯设计的“大歪椅”（CCTV新楼）一样，备受争议，但都已经接近于“既成事实”。这是他们个人设计风格的胜利？是全球一体化的象征？是世界大同的前奏曲？其实，应该说，那首先是当下中国欲望平均值的体现。

建筑是人类欲望的产物。经济快速升腾、民族自豪感高扬，使得城市规划和建筑上不但急着要跟世界接轨，而且，产生出要盖就盖最高、最大、最新、最奇、最怪、最让世人刮目相看、最能记载进吉尼斯纪录，当然也最昂贵的玩意儿来。这种民族综合性的欲望，有其合理的内核——谁说我们落后？谁说我们保守？谁说我们穷酸？谁说我们不懂后现代？谁说我们只会抄袭？谁说我们没财力没物力没能力没技术？谁说看最尖端的创意建筑只能到中国以外？来来来，现在我们要向全世界证明：最前卫的建筑在中国！——因此，不管反对的声音有多么响亮，到头来，“大鸟巢”一类的地标还是会印证一句“存在即合理”的哲言。那么，德国人这几年的欲望综合是什么？怎么同样是赫尔左格他们的设计，慕尼黑安联运动场却完全没有“大鸟巢”那么“酷”，那么浪漫，那么出位？你看这个“大轮胎”，绝不像“大鸟巢”那么让你眼花缭乱，它对称、规整、敦实、稳定，把德国人民族性格里的理性、内敛、刚强乃至洁癖，都体现出来了。

其实，德国人在不同的历史时期，体现于建筑的群体欲望是不尽相同的。1972 年慕尼黑奥运会建筑群，是在“冷战时期”的最冰点的国际环境下设计建造的，当时采用了德国自己的建筑设计师贝尼斯和奥托的方案，为了体现出西方从社会到科技到施工能力各个方面的优越性，大量采用了非规整的飞篷式顶棚，巨大的波浪式顶棚一时成为奇观。当然，后来这种玻璃钢弧线飞篷在建筑设计上成为滥觞，在改革、开放后的中国也一度处处开花，只不过波浪形篷子飞动的幅度都比较小，属于“小巫见大巫”。两德统一之后，德国不必再“以西震东”，搞什么宣扬性的“前卫”名堂，体现在造运动场上，也就弃轻飘张扬风气，回归沉甸甸稳笃笃的路数。从传媒上的照片可以看出，2006 年德国世界杯所使用的十二座运动场，无论翻修的法兰克福森林运动场、改造的多特蒙德的威斯特法伦运动场、新设计的盖尔森基辛的奥夫沙尔克竞技场……全都是对称均衡稳定的礼盒式古典风格，特别是位于前东德管区的莱比锡中央体育场，这座新体育场就建造在原东德设计的具有苏联式风格的旧球场旁边，现在在设计上不但没有刻意用新奇的造型去对比旧球场的落伍，而是用桥梁式通道将二者联为一体，使之整体和谐统一，然后在功能性上下工夫。如果说这些体育场有新意，那大多体现在设计细节与新型建筑材料的使用上，比如安联运动场，它那“大轮胎”造型不足为奇，但是它那由许多菱形组合而成的“胎壁”，使用的是全新的科技成果，材料既轻盈光洁，又具有阻隔紫外线和透光度高的双重功能。

赫尔左格他们是“看人下菜碟”，他们拿到北京投标的是“大鸟巢”，拿到慕尼黑投标的是“大轮胎”。倘若他们将两个方案互换，那一定全被淘汰出局！

耳的诉求

建筑既以人为本，则应使人的眼、耳、鼻、舌、身、心全方位地获得享受。

我家附近有个鄂味餐馆，黄豆焖猪蹄、老干妈烤鱼串等菜式都很可口，价格也平易，我常在那里与亲朋小聚，那里面一楼到三楼的厅堂，总是宾客盈座，厅堂装潢得不错，菜上得快，服务也好，就是有一样：在舌苔获得快感的同时，耳朵却饱受折磨——似乎全堂人们的话语声与送餐进餐的盘碗筷勺声，都在经过墙壁屋顶地板的多次反射后，从一个无形的漏斗撒到你耳膜上，在这样的地方进餐，人们说话只能放大嗓门，而人人大嗓门的效应，更造成了耳膜的灾难。最近一位外地朋友又来北京，我在电话里约他去这家餐馆尝豉烧白鳗，他有过在那里进餐的经验，马上"啊呀"一声，然后说不如换一家哪怕鳗鱼烧得略差，而耳朵不至于那么受罪的餐馆去聚。其实，这家餐馆老板只要在装修时请一位懂建筑声学的技术员来，在屋顶墙面的凹凸布局与贴面材料的选择上作些处理，厅堂里那乱音丛聚的局面就能大大地缓解，但老板至今未对口甜耳苦的厅堂加以改进，一般食客虽有抱怨，却也未能把对建筑的声音元素的重视，提升到应有的高度。类似这家餐馆，不重视建筑的声音元素的公共场所，我还能举出若干，比如某超市、某银行分理处、某邮局等等，这些场所里的吸音、消音效果太差，以致在人并不太多的情况下，耳朵也会产生乱音难耐的不快。

也许是有相当一段时间，我们的生活普遍地粗砺化，连建筑物是否好看都顾不上，哪里还顾得上去评价建筑物是否好听？改革、开放以降，是否好看，已成为人们评价新的公共建筑的通行标准，但是否好听，一般人却以为那是针对演出场所的特殊要求，还没有形成普遍的诉求。是的，演出场所，特别是音乐厅，对建筑声学技术的要求非常高，像悉尼歌剧院，虽然其总体造型，以及与周边海岬环境的互映关系，都处理得很出色，堪称悉尼甚至整个澳大利亚的耀眼地标，它在功能设计上也竭尽全力，却仍有高标准严要求的人士一再地指出，它的音乐厅部分声音效果未臻理想，特别是大合唱队的声部层次，不能细腻地传递到观众耳中，这就是其建筑声学体现于空间设计、材料选择、细部处理等方面的缺失。一般中国人的耳朵习惯于嘈杂，不怎么挑剔，但随着生活品质的逐步提高，许多城市居民，又尤其是青年白领、灰领，包括一批大学生、高中生，耳享受的自觉性明显增强。举一个小例子：北京现在有多处星巴克咖啡屋，其中一处地点并不适中，却总是高朋满座，还有特意从远处约往那里聚会的，怎么回事儿？我曾去考察，开始，以为不过是音响伴奏音调得比较合宜，还有座位布局比较能屏蔽隐私，后来细加研究，才发现那里面的建筑声学效应非常好，是装修时特别地注意，还是由于若干偶然因素的凑巧歪打正着？不管究竟是如何达到那个境界的，那地方给人的享受中，耳享受也占一席重要地位，这是非常值得珍惜的。

耳享受究竟是一种怎样的享受？这是个很难用简单的话语讲清楚的。静，固然是一种享受，特别是在家里，邻居搞二次、三次装修，冲击钻的声音，磨地板的声音，入耳刺心，一边宽容忍耐，一边祈祷快点结束，一旦能静中自处，真是飘飘欲仙。古典乐音，和谐音，当然是一种享受，但对于青春期的生命而言，狂躁的摇滚，沙哑的嘶吼，也能引出浓酽的美感，不过对这样的耳享受，应该限定在隔音效果非常好的特殊空间中，嗜者自愿进入，厌者可过其门而不闻。我曾在瑞典斯德哥尔摩大学宿舍区寄住，半个月里每天路过学生活动中心，那是一栋后现代派的飞机库似的庞大建筑，四周是枯草倒伏的旷地，每次在白夜里路过那座建筑，我总觉得寂静得未免凄清，有天我过分贴近了它的墙壁，于是隐约听到了一种沉闷的，仿佛一颗巨大的心脏在跳动的声音，难道这庞然大物是个有生命的恐龙吗？出于好奇，我随几个学生进入了里面，大堂灯火通明，朝不同方位可以去图书室、咖啡吧、健身房、舞蹈练功房……非常安静，那么，心跳声何来呢？后来，我跟随几个学生，开启两道错开的包皮大门，进入了迪士高舞厅，立刻，震耳欲聋的摇滚音瀑布般冲刷我全身，重锤般的电子低音鼓，就是那“恐龙的心跳”，我赶忙逃离，但不得不佩服那栋建筑在划分声音区上的成功。我们的城市在声音区域的划分上，似乎还不够自觉、严格，比如商业街道旁的音像店，把两个音箱放在大门口，不间断地大声放送狂放的流行曲，以广招徕，这对一部分路人可能是耳享受，对于另一部分路人则属于强制性灌输，违反了“多元分置”的公共审美约定。中文里有“闹市”一词，其实，市不一定非得“闹”，现在都市的中心商业区，包括步行街，在声音控制或者说声音配置上，应该首先忌“闹”，但也要注意忌“冷”，“闹”令人烦，而“冷”令人闷，所以商厦的中庭与通道设计尤其应该把握好尺度，过量的回音和过度地吸音都不好，要让进入里面的顾客耳朵，有一种舒服的嘤鸣享受。

许多现代建筑讲究切断与自然的联系，里面的气候是人造气候，楼外大雪纷飞，楼里四季如春，楼外狂风如磨，楼里全无感觉，这种智能化效果，体现出“人定胜天”的理性科学的胜利，功能性上具有相当的优势，但我以为不能成为今后我们城市建筑的惟一范式。我们中国文化讲究“天人合一”，西方也有雅人倡导“诗意栖居”，仅从听觉这一个元素来讨论，完全切断自然音就未必是“先进技术”。我曾在一家新建不久的星级酒店大堂喝茶，它的一个立面，完全是落地玻璃，气派非凡，那玻璃墙外的庭院里，设计了人造瀑布，还有池塘溪流，配以竹丛花圃虹桥，确是一幅美妙的天然图画，经理知道我也研究一点建筑美学，来问我观感如何，我告诉他眼睛的感受当然不错，但是您这钢化隔音玻璃墙却使我的耳朵不快，因为我目睹瀑布溪流却全然不能享受到它们的美妙音韵，闷闷然！他对我的反应颇为吃惊。我以为，在不影响其他使用功能的条件下，我们的建筑还是尽量不要将内部空间与外部空间全然隔断，特别是要设计出可方便开启关闭的窗户来，这里先不说气流等其他方面的因素，就耳享受而言，建筑物内的人通过接收窗外的自然音，是诗意栖居的重要一环。我们的老祖宗在春天会欣赏“五更春鸟满山啼”，夏天会品味“虫声新透绿窗纱”，秋夏间听雨丝敲出“芭蕉叶上诗”，深秋则捕捉梧桐滴露和枯荷雨声，即使到了冬日，贫困的白屋居民，竟也能从“柴门闻犬吠，风雪夜归人”的声息中感受到诗意与亲情。我不明白为什么现在只能半开启的塑钢推拉窗如此流行，全封闭的空间又为什么被奉为“高档”，而具有可以全部“洞开”的窗户的新建筑却在逐步消失，我们对自然气流与天籁吟唱难道就此渐行渐远了么？

业主、规划部门、建筑师、工程师以及各相关方面的人士，请重视这耳的诉求！

反刍苏联电影

我这一代人，是深受过苏联电影熏陶的。我不爱说“前苏联”，历史上曾存在过普鲁士，还存在过奥匈帝国，现在若提起，不用说“前普鲁士”、“前奥匈帝国”。除非像南斯拉夫那种情况，“前南”的提法才成为必要。好，咱们现在说苏联电影。我这一代以前的人，倘是生活在大城市里，并且有条件经常看电影，那么，他们可能首先受到过早期好莱坞电影的影响，像《乱世佳人》、《卡萨布兰卡》、《魂断蓝桥》等等，都是一提起来，便会引出他们许多相关的回忆与感慨。但是到新中国成立前后，他们则又多半是受苏联电影的影响了。像《夏伯阳》使他们体验到无产阶级英雄人物的性格美，《攻克柏林》令他们惊叹苏联电影营造史诗式大场面的功力，《桃李满天下》(原名《乡村女教师》)，这部电影曾使众多的中国青年立志献身于教育事业，而《幸福生活》等电影则使不少的中国青年决心到集体农庄当一个拖拉机手或农业技师。《幸福生活》中的插曲《红莓花开》，简直成了受其影响的那一代人的“代歌”，最近俄罗斯的“红旗歌舞团”来华演出，投其所好，大唱此曲，直唱得台下的那一代人珠泪涟涟。电影及其插曲就有这么大的魅力——超越时间地域，超越批判禁绝，甚至超越国变制改的世道沧桑，而终于还是嵌在观众心灵里不能磨灭淡忘！

不过到我这一代人长大时，苏联电影已然发生了很大的变化。1956年，赫鲁晓夫作了一个“秘密报告”，此报告彻底否定了斯大林，并直截了当地批评了某些对斯大林阿谀奉承的电影，首当其冲的，便是《攻克柏林》、《幸福生活》。这使得这两部电影的导演好几年灰溜溜地拍不了片子。此后苏联出现一批视角与手法都较新颖的电影。那时候中国仍大量译制放映苏联电影。对我这一代人影响至深的，有一部《牛虻》。此片是据英国小说家伏尼契的小说改编的，表现的是一个意大利历史故事，然而却充溢着浓郁的苏联美学气息。比如说，小说里的蒙泰里尼大主教，形象是清癯文雅的，内心的苦痛是难以言喻的，总之应是一个复杂的人物，此片却起用出演过《彼得大帝》的人民演员西蒙诺夫扮演，形象变为粗壮狞厉，突出了其虚伪，却减弱了其复杂。这部影片的男女主角靠此片一炮打红，并“在银幕外找到了银幕中失落的爱情”，当时的《大众电影》等报刊广泛宣传，一时传为佳话。那时苏联的一批“当代生活片”也给了我辈很大的影响，像《没有说完的故事》、《生活的一课》、《劳动与爱情》、《不同的命运》、《大家庭》、《不称心的女婿》等等，都是经久难忘的。这些片子或揭露官僚主义，或鞭挞自私自利，歌颂纯真的爱情、友情，富于人情味和幽默感，故事抓人，表演上乘，摄影讲究，节奏明快，格调健康，音乐优美，当然有时也免不了主题过于显豁、训诫性过于沉重的毛病。那时苏联的“文学名著改编片”也风靡一时。像根据契诃夫原著改编拍摄的《脖子上的安娜》、《跳来跳去的女人》，根据老托尔斯泰原著改编拍摄的《复活》，以及根据肖洛霍夫原著改编拍摄的《静静的顿河》，根据小托尔斯泰原著改编拍摄的《苦难的历程》，都忠于原著，制作精良，成为我辈一时观赏的重点。在名著改编片中，我以为最出色的还是根据陀斯妥耶夫斯基原著拍成的《白痴》和《白夜》，难得的是拍出了人性探索的深度，充溢着幽婉悲怆的高雅格调；其导演恰是挨过赫鲁晓夫骂，拍《幸福生活》的培利耶夫，他总算终于找到了自己在电影艺术中的最佳位置。

后来中苏两党分歧公开化。于是，有些苏联电影不能到中国公开放映了。它们被指斥为“修正主义影片”。像《第四十一》、《伊万的童年》、《雁南飞》、《士兵之歌》、《晴朗的天空》，等等。但那时两国毕竟还没断绝文化交流，还时不时地在两国举办另一方的“电影周”活动。于是我辈得以在60年代初的“苏联电影周”里看到了根据肖洛霍夫小说改编拍摄的《一个人的遭遇》，确实“中毒不浅”，原来处理反法西斯战争这种题材，还可以有“为了斯大林，冲哇！”之外的思路与角度！后来这样的影片不能正式公映了，但北京南河沿的“中苏友好协会”的礼堂，还时不时演一点俄文原版片，我找到票也去看，

《雁南飞》就是在那儿看的,“深受其害”,我觉得它比《一个人的遭遇》又走得远多了。

到接近“文革”爆发,苏联电影很少演了,但在“文革”当中,一边中苏在珍宝岛交了火,一边却大演特演起了几部“精选”出来的苏联电影,特别是《列宁在十月》和《列宁在1918》,以至于成为在那一阶段生活过的中国人所最熟悉的电影,这在姜文执导的《阳光灿烂的日子》里有非常生动,令人发噱却也令人鼻酸的揭示。据说在苏联尚存的后期,就已有了带法律性的规定,因为这两部电影严重歪曲了史实,此后不得公开放映!但我想许许多多的普通中国人,大概还把那片子里所演的都当成史实,那句台词——“面包会有的”,至今仍被一般中国人习惯性地广泛引用。

“文革”结束后,苏联电影一度“卷土重来”,像《这里的黎明静悄悄》,可以说是引起了新一轮轰动。但“好景不常”,苏联自己终因“面包”总是不能丰富,再加别的原因,一朝瓦解。我们呢,国门大开之后,更富新颖感刺激性的西方文化包括其电影开始涌入。到现在,不仅苏联、东欧的电影在我们电影院中已难寻觅,就是英、法、德、意诸国的电影也不怎么吃香了,时髦的是看美国好莱坞的“大投资高科技巨片”,呜呼!若干电影院,如北京的大华、首都、红楼、明星,都俨然还在原处,本是我辈进去为苏联拍摄的《宝石花》,或《奥赛罗》,或《海之歌》……而睁大眼睛的地方,如今则是二十啷当岁的青年男女搂坐于“情侣席”,嚼着口香糖,观看“好莱坞大片”的场所了!虽说银幕本幻象,映过便成空,但那积淀于心底的种种感受,究竟移时而不能泯灭,怎不令人思之怆然!

电影的历史还很短,然而已成为我们生命中难以排拒的一种文化刺激。往往是,看过的电影,我们会在某一个时候,因为处在某一种情况下,将其从记忆中拎出,反刍一番,是乐趣,也可能引出惆怅。此刻我反刍了些苏联电影,哪天我会反刍国产老片呢?

反刍国产老片

朋友D君看了我《反刍苏联电影》一文，笑说苏联电影现在回映的不多，你的“反刍”倒还有趣，可是你要反刍国产老片，那恐怕就难勾起读者兴趣了，因为现在中央电视台的电影频道（第六套节目）差不多把国产老片都给回映了。人们既然看到它们很容易，你的文字性“反刍”还有多大的意义呢？

其实，国产老片这个概念，倘从中国人自己拍电影算起，那涉及的面相当广泛。在中国电影资料馆里，藏有丰富的老片拷贝，而且像《中国电影发展史》那一类的著作，也有详尽的记载、评析。我生也晚，对1949年以前的国产老片，不可能是“同步欣赏”（即那电影是“新片”时便到电影院观看），累计看过的，数目也寥寥。中央电视台电影频道偶尔也回映一点1949年前的老片，有的是大家熟悉的，如《马路天使》、《一江春水向东流》，有的是原来不易看到的，如《小城之春》，但总的来说，回映得还很不够。比如阮玲玉主演的《神女》，多次有过嵌入片断的介绍，却始终未向一般电视观众完整地映出过，是因为拷贝已无全璧了，还是有别的什么考虑？

好，现在还是缩小反刍的范畴，说说1949年后公开放映过，而现在无论在电影院还是电视中都难见踪影的一些电影片。50年代初，我还是个孩子，有的电影，像《三毛流浪记》，看得懂，而且痴迷，那是自不消说的。但也随家里大人看过一些“怪片子”，比如有部片子叫《关连长》，演的是解放军要解放一处城池，战斗中遇到一个特殊情况，就是在火力范围内，有个孤儿院，为了开战时不伤害到孩子，解放军连长宁愿牺牲自己——好像是这么个故事，倘不准确，原谅我那时不满十岁。到后来，我长大成人了，才知道这是一部放映后迅即遭到批判的“坏电影”。批判它的理由，好像是“宣扬了资产阶级人道主义”，而且“丑化了解放军”。还有一部《我们夫妇之间》，是赵丹主演的，也是没演几天便遭到批判，批判它的理由是“丑化了工农干部”。再一部，给我印象极深，是根据茅盾原著改编拍摄的《腐蚀》，看那片子时早熟的我自以为已非儿童，能坦然地欣赏成人世界的艺术品。那片子开头的一段（用行话说，即片子的“头一本”），镜头的运用使我觉得非常巧妙，而且饰演女主角的演员的表演亦非常成功，她那双眼睛的顾盼流波令我懂得了什么叫作“尽在无言中”。很久以后，我才知道那名叫丹尼的女演员便是该片导演黄佐临的夫人，亦即现在已蜚声中外的名导演黄蜀芹的母亲。自看过《腐蚀》后，我便总盼着丹尼再出现在银幕上，可是她似乎从那以后便息影了。《腐蚀》这部电影也是公映了没几天便停放了，据说是因为其内容有“同情特务之嫌”，不过，也许毕竟原著者是茅盾吧，没公开批判。当然，到了我二十多岁的时候，“文革”逼近，那就对茅盾也不客气了，也是根据他原著改编摄制的《林家铺子》，便遭到了劈头盖脸的猛批。这是后话。

上述几部国产老片，好像还都是上海的私营电影制片厂出品的。解放初私营电影厂拍的片子上市公映的记得还有《太太万岁》，是张爱玲编剧的——似乎不是根据小说改编而是直接写出剧本拍的——家里大人也带我看过，但一点印象也未留下。那时有几个人会觉得张爱玲是个大作家呢？没想到“风水流转”，时下张爱玲的创作极受推崇，不知中央电视台电影频道可否安排《太太万岁》的播映，以便各方品评借鉴？

50年代中期，私营电影制片厂都已改造为了国营，拍片数量增大。因资金雄厚，人才济济，影迷们的眼福也随之得大饱。1956年前后，出现了许多优秀的或有趣的电影。那时最令我辈心醉的是《平原游击队》和《上甘岭》，说句毫不过分的话：像郭振清塑造的游击队长李向阳，高宝成塑造的志愿军连长，这两个艺术形象所达到的魅力高度，是不可复制、难以超越的，什么叫工农兵的阳刚雄壮之美？此之谓也！这两部都是长春电影制片厂的杰作，当时北京电影制片厂的《钢铁战士》、《智取华山》，上海电影制片厂的《渡江侦察记》，亦可与之媲美。这样的佳片应时不时地在影院和电视中回映，使其审美价值代代相传、常观常新。但那时也拍出了一些有争议、遭批判，有的甚或还给拍摄者带来了灾难的影片。我想到了石挥，他在我前面提到的《腐蚀》里扮演了男主角，现在常被回映的《我这一辈子》里更有出色的表演。他在1956年前后编导了一部"灾难片"《雾海夜航》，是根据当时一桩真实的沉船事件编拍的。那时的我孤陋寡闻，不知世界上早有这种由"群戏"构成的"灾难片"，在电影院里看得津津有味，很以自己看懂了该片"散点透视"的艺术韵味而自豪。谁知这片子很快便被指斥为"丑化社会主义制度"，石挥亦在"反右"中划"右"；而最悲剧性的是，石挥本人在划"右"后不堪重压，竟到海船上投海自尽了！当然这是后来才知道的事。"雾海夜航"竟成不祥之谶，思之宁不怆然！几年后中国译制了英国"灾难片"《冰海沉船》，观时觉得惊心动魄，观后不禁心中暗暗思忖：怎么英国人没觉得这片子丑化了他们的制度或国家、民族呢？

反刍当年看过的国产片，一方面觉得对一些影片的粗暴批判和压制是极其不当，甚至完全是错误的，另一方面，倒也并不以为凡被批判过的影片一定就是优秀的。实际上，有些影片确实是幼稚的，或有缺陷的。比如我记得1956年左右上海拍出了一部《情长谊深》，是歌颂"高级知识分子"的，这部片子后来被批判得体无完肤，判定为属于"反党"性质，这种批判当然是冤屈了影片的创制者。回想起来，它的立意岂但绝非是"鼓动高级知识分子向党争夺领导权"，反倒是天真地欲表现"党喜欢有松竹梅般气节、刻苦进行科研的高级知识分子"。影片中有一个长镜头给我留下了至今难忘的印象：表现由上官云珠饰演的一位女"高知"回到自己家中，一口气穿过了三个堂皇富丽的房间，高跟鞋"的根、的根"地一路脆响。当时的我作为一个年轻的观众，也觉得实在是太夸张了，把"高知"与普通劳动者之间生活水平的差异，如此这般地加以渲染，只能说艺术家的创作心态太幼稚了。影片中"梅园赏雪"一场，配之以讴歌"高知气节"的插曲《梅花开咯》，在那样的时代气氛中，明明极不合时宜，编导者偏醉心于此。此片的拷贝应尚完整，何不回映一下，以使新老观众从新的角度，加以赏析评论？

反刍日本电影

我的电影史知识很欠缺，比如日本电影的发展史，我就说不出个子丑寅卯。改革、开放后，有关部门举办过不止一次的日本电影回顾展，或关于日本电影的专题研讨活动，我偶尔挤入观摩、聆教，却往往不得要领。但我青年时代看过不少日本电影，这些片子大都是五六十年代的日本"左翼电影"。也许这些片子从"史"的角度考察，"代表性"不强，或简直不能入"史"，有的甚或是专家们大可对之忽略不计的平庸之作，但作为一个普通的电影观众，这些花钱买票进电影院看的片子，却往往构成个人观影史中不可忘却的"银斑"，闲暇时对之加以反刍，也就在所难免了。

我之所以看过若干"二战"后的日本"左翼电影"，那并不是我个人选择的结果。我年轻时是没有机会自择外国影片来观看的。1954年，日本电影导演黑泽明以一部《罗生门》在法国戛纳电影节上夺得了最高——金棕榈奖，电影史家认为其事标志着"亚洲艺术电影的崛起"，这事是我二十多年以后才知道、三十年以后才得亲眼一睹的。我在五六十年代只能看到经我国有关部门慎重选择并加以译制的日本电影，那即使不是"左翼电影"，也是"进步电影"。

"一战"以后，"左翼文化"便在西方国家蓬勃发展，"二战"前后更达于高潮，从文学、戏剧、造型艺术到电影等领域，几乎无不波及，许多至今提起仍如雷灌耳的艺术大师，如毕加索、马尔罗、希克梅特、布莱希特、聂鲁达、伊文斯、阿瑟·米勒……便或是贯穿"左翼文化"运动的大将，或一度卷入"左翼文化"而情绪激昂。"左倾"的政治激情往往不仅没有妨碍他们艺术创作的水准，而且还使他们在艺术上因竭力反叛资产阶级艺术的老套路，而锐意创新，另辟蹊径。因之他们或成为"前卫艺术"的骁勇，或在"现实主义"中注入新的活力，像“二战”后的意大利“左翼”电影艺术家们，就开创了一个“新现实主义”的潮流，这潮流也涌荡到日本，使日本不少的“左翼电影”在艺术上也很有成就。

五六十年代在我国电影院中公开上映的日本“左翼电影”，给我留下印象的很多，如控诉日本军国主义给普通日本平民带来灾难的《战火中的妇女》，揭露战后日本社会阴暗面的《混血儿》、《狼》、《米》、《暗无天日》，表现日本底层民众淳朴情操的《二十四颗眼珠》、《浅草日记》，直接抒发“左翼”艺术家情怀的《这里有泉水》，历史题材的《箱根风云录》等等。其中《狼》我看了不止一遍。这部影片根据当时一桩轰动日本的抢劫邮车案编摄。记得影片的第一个镜头是地上一个毛毛虫的特写，那毛毛虫在蚁群的攻击下痛苦扭动，令观众一惊。这当然是一个隐喻。接着便是一个妇女的脸部特写，她显然是在俯看脚下毛毛虫的悲惨处境。可是她无暇去解救那毛毛虫，因为她正与另外几个人在公路边等待即至的邮车：她满脸黏汗，紧张至极……劫车后她与同谋者相继被捕，我特别记得她被警察粗暴地用手铐铐走的那些镜头。扮演她的是那时日本的红星乙羽信子，乙羽信子在不多的镜头中就将这位女士的既悲苦又荒谬的生存状态揭示了出来。后来影片便把这个女犯，还有她的同伙，一群下层平民，是如何求职无门，呼天不应，叫地不响，百般无奈，才以下下策的方式，纠合一起，干出了这种被报纸称之为“狼”的蠢事作了铺叙。我后来知道乙羽信子本是日本的“肉弹”型女星，亦即以性感而为人称道的美女。但显然她并不想永远当一个商业性的演员，并且她的思想亦在时代潮流中左转；她参加《狼》这样的“左翼电影”的拍摄，既提高了自己的思想境界，也在扮演下层悲苦妇女的过程中使自已成为了一个公认的“性格演员”。后来她又参加了《裸岛》的拍摄，扮演一个荒岛上的农妇，那更是“豁得出去”，完全不是像有的肤浅女星那样，拼命“在镜头前找美的感觉”，而是化入了农妇这个粗粝的形象之中，其敬业精神令人感佩。《狼》的导演我还记得叫今井正，当时是日共党员。他的导演手法非常高妙。记得《狼》全片几乎完全不用音乐，其中有一段出现的乐音，也只是影片所示的具体环境中有人在家中弹奏钢琴练习曲。他还十分注意细节的穿插，如影片中一个人物为找另一个人，拉开了一扇拉门，那人不在，可是却有一个乐伎在“一二三四，二二三四……”地复习舞姿，虽镜头滞留不过两秒，却一下子使影片的现实主义品格丰盈了许多。《裸岛》好像是另一左翼大导演的作品(新藤兼人？——你看我并非研究日本电影的人士，却也能记住一些个导演的名字，可见当年这些电影对我影响之深)，那片子手法更绝，全片没有一句对白，却并非无声片——自然音响及社会音响都是有的；而且它有很多故意重复的镜头，表现一对居住在孤岛上的夫妻如何从另外的大岛上取得淡水，然后像捧金子般地将其运到他们的耕地，以用于灌溉。这既是人与自然搏击的悲歌，更是穷乡僻壤的个体生命在资本主义社会夹缝中的呻吟……在重复出现的镜头中，正当观众被刻意营造出的枯燥弄得喘不过气来时，忽然乙羽信子所扮演的农妇一个不小心摔倒在地，淡水全部溢出，那农夫见状，毫不犹豫地转身给了她一记耳光；她于是跑向山坡，将脸用力地往泥土里拱埋，那绝望的嚎啕声闷在了土中……这时，影院中的观众几乎没有一个不被那场景所震动。《裸岛》在莫斯科电影节上获得了大奖，那是顺理成章的事。

在“文革”后期，由周恩来总理决定，在包括中学教师和所有基层干部在内的大范围里，放映《日本海大海战》、《山本五十六》、《啊！海军》、《军阀》等日本电影，那是作为警惕日本军国主义复活的反面教材，但也因此使很不少的中国观众见识了山船敏郎这样的日本影星(他以《罗生门》一片走上国际影坛，在《山本五十六》中饰演山本五十六)。“文革”结束后，日本电影大量进入中国影院，既有《啊！野麦岭》、《望乡》这类的“左翼电影”，也有了《追捕》、《砂器》、《人证》这样的纯商业性影片，高仓健、三浦友和、山口百惠、中野良子等商业影星也成为了中国观众所熟悉的人物。而除了营业性的放映，更陆续有越来越多的专业研讨性放映，我就在那样的场合看到了《砂女》、《酋山节考》、《性爱王国》等影片。1983年，我有机会到法国参加南特国际电影节，与《性爱王国》里扮演女主角的日本影星在酒会上相遇，她脖子上挂的“项链”是一大串鸡毛，令我不胜惊讶。但是，说到头来，似乎还是我二十啷当岁时所看过的那些日本电影，以及在那些影片中演出的日本演员，在我心灵中留下的划痕最深。

反刍"短篇电影"

我的文学创作，是从模仿开始的。模仿的手段之一，便是把看过的电影，写成故事自娱。我十四岁的时候，自己"出版"过一份杂志，名叫《斜坡》。文字编辑是我，美术装帧是我，用钢笔字"排版"是我，用缝衣针装订也是我，读者当然更是我——也曾打算"扩大发行"，无奈家中大人竟都不屑一顾。记得那"创刊号"上，便有我看了苏联电影《雾海孤帆》后，凭借对镜头的回忆写出的故事。其实那电影本是根据一部同名长篇小说改编，后来我看到了译本，才知我写的"故事"有若干"歪曲"之处；不过那不是故意歪曲，而是限于我当时的理解能力，没把电影中的一些情节看懂。

把一部片长九十分钟以上的电影完整地用文字复述出来，对十四岁的我来说，感到十分吃力，但那时我又看到了一种"短篇电影"，就是在九十分钟或更多一点的放映时间里，在一个统一的片名下，却包含着四五个各自具有独立性的故事。有一部墨西哥电影就是这样的，它的片名叫《命根子》，里面分别演了好几个动人的故事。这部译制片不知还有多少人记得它，也许它实在算不上一部多么出色的影片，在墨西哥电影发展史上甚至于可以忽略不计；然而，因为我在自己的杂志《斜坡》上把其中的三个故事写成了三个"短篇"，并且使"读者"多次读来都甚有兴味，因此，这部墨西哥电影于我个人而言，是起着艺术启蒙的作用。我至今仍感念它。

我记得《命根子》里有一个故事，讲的是一对研究人类学的白人学者夫妇，他们深入到墨西哥土著聚居的贫瘠山乡，在那里"认认真真"地搞调查研究。又是给土著量身高、体重，测"脑容量"，又是搞多种形式的"智力测验"，比如挂出许多西方美术史上的名作复制品，详细询问他们的观感……总之是一顿瞎折腾；但当地土著竟都非常友善、耐烦地跟他们配合，他们也很感动。回到城里以后，他们根据搜集的种种资料，著书立说，大意是那种土著不失为一种勤劳、善良的民族，不过，却因平均脑容量较小，所以缺乏走向现代文明的基本条件，尤其是审美能力极为匮乏，令人惋惜云云。他们的论文引起了普遍的重视，使他们名利双收。于是他们又结伴回到山区，以期进一步证明自己的“科学论断”，不曾想他们甫进村，便遭到村民敌视，令他们非常惊讶，心想即使自己的研究成果对这些土人不恭，他们又何能得知呢？他们试图与那些村民沟通，不但无效，最后竟遭至武装包围，险些丧命。危急中，一位白人传教士赶到，忙把他们带入教堂，而土人这时已紧紧围住教堂，喊声如雷。传教士把他们带到教堂祭坛前，让他们仔细观看。他们顺着传教士指示处定神观看，呀，祭坛上怎么放着达·芬奇的名画《蒙娜丽莎》的复制品啊！传教士告诉他们，这是他们上回来搞“智力测验”时没有带走的一幅画，这里的土著们都觉得画上的形象正是他们心目中的圣母，他们不仅能审美，而且，还能加以想象，他们非要传教士把这幅画摆在祭坛上，当做圣母像，传教士只好便通行事，答应了他们……现在他们对二位来者为什么敌视，那是他们误以为，二位回来的目的是取走这幅画像……两位学者先是大窘，接着十分羞愧，他们拿出自己本打算送给传教士的“学术论文”，在祭坛前扯得粉碎……

另一个故事叫《独眼龙》，讲一个贫苦的寡妇，为了给一只眼失明的爱子治眼，花尽了积蓄，仍不能奏效。时逢一个宗教节日，有人告诉她应到某地的圣母像前祈祷；据说那圣母像时常显灵，特别是能让瞎眼人复明。于是该寡妇便带着孩子，走了很远的路，到了那个地方。影片拍得非常生动，具有纪录片风格。影片上展现出极具墨西哥风情的宗教节日的斑斓场景。寡母和孩子来到了圣母像前，只见圣母像的衣裾上挂满了信徒们捐献的金银制成的眼睛模型；香烟缭绕中，寡母也用最后的钱钞买了一只银眼挂上，并跪下，匍匐前行，虔诚祈祷……孩子却被盛大的游行队伍所吸引，游行的花车五彩缤纷，而且又燃放了焰火，谁知孩子在仰观焰火时，却偏有未燃尽的火屑落进了他那只好眼当中！这段影片最后的场景，是在龙舌兰丛生的大地上，母亲悲苦地牵引着孩子，双目失明的孩子抓住牵引绳后的横木，踉跄地前行着，悲呼道："啊！感谢圣母！再也不会有人喊我'独眼龙'啦！"这是回应故事开头的一个细节：一群孩子围着他鄙夷地怪叫："独眼龙！"可是，对双目失明的盲人，却有孩子会去帮其过马路。

依我想来，这部总名《命根子》的电影，应该是根据一位墨西哥作家的几个短篇小说改编拍摄的。我至今并未读到那小说的译文，可是，这部电影却不仅使我从银幕上得到了审美快感，也使我在将其写成故事，编入我那《斜坡》的过程中，体味到了短篇小说写作中的一些入门诀窍，比如如何构思，如何截取生活场景，如何精选细节，如何"卖关子"，如何让读者吃惊，如何令读者感动，或掩卷深思，等等。

这样的"短篇集锦式电影"，我记得二十多岁时还看过，也是墨西哥拍的，叫《朔拿大》，是四个故事构成一个"四重奏"。还记得的这类电影，有日本的《不！我们要活下去！》。匈牙利的一部，片名忘记了，但其中的一个"短篇"给我印象很深，讲一个地主在短暂的革命中被雇农贬为厨师，他能烹制一种点心，谄媚地奉献给雇农，雇农大快朵颐，故对此地主多所庇护。谁知不久反革命复辟，那地主又烹制出那种点心，给雇农吃，雇农已经吃饱，却仍逼其往肚里填，最后竟拔出手枪，硬让雇农再吃……最后一个镜头，是那雇农被撑死后，让人用手推车推走了。这故事或许有"诬蔑劳动阶级"之嫌，但其实编导者的用意，是揭示剥削者的阶级报复心理之狠毒。当然，现在反刍，觉得有些个人性探索的味道。还有西班牙影片《瞎子领路人》，从结构上说也是由几个"短篇"构成。还看过苏联根据契诃夫小说拍的"短篇电影"。国产老片里也有这种形式的，记得八一电影制片厂就拍过一部旨在提高革命警惕性的"短篇集锦式电影"，只是比较简单粗糙，恐怕是经不起再看了。至于好莱坞的老片《纽约奇谭》，那是这两年才在电视里得以观赏的，一串大明星出演"短篇"令我吃惊。

这种"短篇电影"，现在似乎很不时兴。作为一个观众，我希望这种电影样式不要消亡。

反刍东欧电影

20世纪50年代曾形成了一个社会主义阵营，那时我是一个少先队员，每年要两次游行通过天安门，一次是“十一”国庆节自不消说，另一次是“五一”国际劳动节。记得“五一”节的游行除了抬着马恩列斯毛的巨幅画像外，还要举着苏联领导人以及当时所有社会主义国家领导人（共产党或相当于共产党的执政党的主席或总书记)的大幅照片。我就曾被荣幸地派定举着乌布利希的相片豪迈前行，他是当时东德的领袖。这样的政治格局，也就决定了当时的文化交流格局——那时中国电影院里所放映的外国影片，主要是社会主义阵营国家的影片，其中首先是苏联影片，然后是东欧各社会主义国家的影片，当然，也有一些朝鲜、越南和蒙古的影片。

说起东欧影片，如果做一点社会调查，那么你不难发现，现在六十岁上下印象最深的，大概是波兰的《华沙一条街》；五十岁上下的，大概是罗马尼亚的《多瑙河之波》；四十岁左右的，大概是阿尔巴尼亚的《宁死不屈》；三十岁上下的，则是南斯拉夫的《瓦尔特保卫萨拉热窝》和《桥》。值得玩味的是，以上不同国家不同年代出品的风格不同的影片，题材上却都属于反法西斯这同一范畴。

社会主义阵营是第二次世界大战结束后的产物，亦即反法西斯事业胜利后的产物，反法西斯斗争成为20世纪电影艺术家们取之不竭、用之不尽的题材宝库，连西方资本主义国家的电影也乐此不疲，何况社会主义阵营各国。因此，这种题材的影片不但数量多，在艺术质量上也多有提高，确实留下了一些经得起时间考验的耐看之作。在世纪的岁月流动中，每过二十来年，便会涌现出一批崭新的电影观众。值得注意的是，尽管反法西斯战争离今天越来越远，对于新一代电影观众却越来越有历史的意味，但这种题材的影片，只要拍得不是太糟糕，就依然会受到欢迎。这除了是因为老一代企图用这样的电影来教育后辈毋忘历史，戒惕法西斯主义的死灰复燃，引导得法外，恐怕还有通俗文化欣赏心理中的规律在起作用。这种心理对全球的电影观众，特别是青少年观众来说，是具有普遍性的。那就是，可以从银幕上的反法西斯故事里，获得英雄主义的满足，而且那英雄往往还与美人双双体现出正义与公理，同时，还能借助于反法西斯的战争场面来释放潜意识中的暴力欲望，并且因为反法西斯的斗争除了正面战场外还有地下斗争，因此有关情节更能充分满足观众追求惊险、悬念、神秘、解谜的审美趣味。50年代直到70年代的东欧电影中，反法西斯题材的佳作除上面提到的以外，还可举出很多。其中艺术上最具创新意味的，我以为是保加利亚的《当我们年轻的时候》。这部影片透过年轻人因幼稚而导致失误来反衬英雄主义，立意不俗，震撼心灵，并且非常讲究镜头构图，剪接明快，情调上既有青春气息又有沉郁的悲剧氛围。还有一部捷克斯洛伐克的《黑暗中的罗米欧与朱丽叶》，表现的是法西斯铁蹄下一对青年恋人的悲剧，具有舞台剧的结构，却又很善于运用黑白灰三色营造银幕图像，音乐在阴森中又透出生命的坚韧感，吸引我连看了两遍。另一部留下印象的是东德的《痛苦的一页》，通过一个德国“纯种”妇女，而且也是法西斯军官的妻子，她的眼光，来揭示法西斯主义的反人道本质，角度新颖，不少细节具有冲击力。特别是女主角的表演，那演员外形并不美丽，却性格鲜明，传达出了角色内心的悲苦，把她立场转变的过程，演绎得真实可信。

当年的东欧电影，当然也有现实题材的，或揭露官僚主义，或弘扬社会主义道德，或正剧或喜剧，有的在“干预生活”上甚或颇为尖锐。大概是因为毕竟各有国情，后来在意识形态上更有了分歧，所以译制过来公开放映的，数量便不多。记得50年代我在电影院看过一部波兰影片《车祸》，开头便是某公务员与情妇私通的场面，虽用了很含蓄的手法来表现——尽量不显现他们的身体，只让观众看见他们乱抛在地的内衣什么的，可当时入眼后，还是莫名惊诧。那是一部很沉闷的伦理道德片，但也只有在当时那种“阵营一片红”的热火期才会引进公映。后来，像波兰斯基执导的《水中刀》，抨击特权，揭露体制弊端，当然就不仅不能引进，连消息也不透露了，我是在80年代，才在内部研讨场合看到的。我在“文革”前所看到的东欧现实题材的生活片，留下印象的寥寥无几。

另一类东欧影片，是他们表现自我民族历史的，或据他们的古典名著改编的，如波兰的《十字军》，匈牙利的《双婚记》，捷克斯洛伐克的《好兵帅克》，匈、捷合拍的《圣彼得的伞)，保加利亚的《轭下》，东德的《阴谋与爱情》、《冷酷的心》，罗马尼亚的《斯特凡大公》，阿尔巴尼亚与苏联合拍的《伟大的战士》，等等。这类影片因为政府重视，计划经济下有充足的财政拨款，而且可以基本无偿地使用军队、民众和各种场地来营造大场面，所以气派不凡，或具史诗意味，或有民俗色彩，都很好看。但也恰因为是计划经济下的产物，所以也常派生出一些问题，如长官意志对艺术风格的破坏，大而无当的银幕造型，主题先行与拔高古人，等等。在姜文的《阳光灿烂的日子》里，有一个情节是孩子们看腻了《列宁在1918》，钻到只有一定级别的干部才能进去关门“参考”的场所，偷看“内部影片”，那闪动了几个镜头的“内部影片”，便是70年代罗马尼亚与意大利合拍的《罗马之战》，那一类主要是用来出口西方“挣外汇”的电影，当年东欧各国几乎都有生产，我国也曾购得拷贝，只是大都不能堂而皇之地向老百姓公映。

90年代，一场“苏东波”过后，世界彻底改变了两个阵营对峙的“冷战”局面，而进入了多元格局，原东欧各国，东德已并入西德，捷克与斯洛伐克分了家，南斯拉夫更分成了好几块，那些地方的新电影，在我们这边的电影院里几乎完全看不到了。但愿这只是暂时的现象。毕竟，打开了门窗的中国人需要享受八面来风，东欧的这股风怎可欠缺呢？

反刍电影文学剧本

我二十岁上下的时候，不仅爱看电影，而且爱阅读电影文学剧本。这种爱好在当今的青年人里已经非常罕见了。首先，现在你很难找到供阅读欣赏的电影文学剧本。在我的青少年时代，发表电影文学剧本的杂志，像《电影创作》什么的，非常流行，就像今天的《时尚》、《知音》杂志一样，到处可以买到遇上，而且一些文学杂志也时兴把电影文学剧本当做一种常备的体裁。我记得，大概是1956年，《人民文学》就发表过公刘的《阿诗玛》，那电影剧本的文学气息非常浓郁，文字考究，有诗的韵味，读来不仅满目清凉、唇齿生香，而且陶情怡性，心中增善。不幸的是那剧本刊出不久，公刘即被打成了"右派分子"，从此衔冤廿载。60年代中期，上海电影制片厂拍出了"彩色歌舞片"《阿诗玛》，我去电影院看了，大失所望；立意概念化，叙事僵硬，那不是根据公刘剧本拍的，虽说是鲜艳十三彩，可是远没有公刘那剧本的文字观赏起来舒心。

不过，我青少年时代所阅读的电影文学剧本，还是国外的居多；当年所谓的"国外"，主要是苏联。同苏联电影在中国畅行无阻一样，50—60年代初期，苏联的电影文学剧本也有点满天飞的架势，不仅杂志上很多，单行本也不少，我读得相当的多。因此，我甚至于对苏联的一些电影文学剧本的作者，有了追踪性的阅读兴趣。比如说，有个叫加布里洛维奇的人，他每一个译成了中文的剧本，我几乎都设法找来精读。我记得，他在50年代初写了一个叫《但丁街凶杀案》的剧本，拍成的电影在中国放映时片名叫《第六纵队》，非常地吸引我。这个剧本的故事发生在法国，女主角是个通俗剧的明星。剧本一开始的场面是"二战"结束后的法国，这位女明星被人谋杀在家中，但警察赶来后她还没咽气，于是警官一边组织对她施行抢救，一边蔼然可亲地向她询问究竟。通过女明星的叙述，展现了德国法西斯入侵法国的过程中，她与她的经纪人、父亲及她儿子的曲折遭遇。她父亲偏瘫了不能撤离村庄，便手持猎枪，在家中餐桌前"恭候"入侵者。当德国兵闯入时，他冷静地开枪将其击毙，自己也就壮烈牺牲在敌人的乱枪下。她的经纪人本是一个只顾跑码头赚钱的商人，可是最后也参加了抵抗运动，在临牺牲时，才向她表白了深藏于心的爱情。剧本写这位经纪人的台词最显功力，把表面的玩世不恭与内在的执著纯情交织得自然得体。这位女明星后来在一次有德军将领来观看的演出中，借剧中有开枪的情节，用真枪射向了德国将军，并成功地趁乱逃逸。剧本的这些内容都还是一般地表现普通法国人的反法西斯侵略的爱国热情。剧本的"戏眼"则是她那稚气的儿子在逃难中，因去寻找汽油而失踪。当隔了很久，儿子终于回到她身边时，儿子对她虽然还是很好，可是，她发现儿子的眼神似乎已不对头。在爱她的经纪人牺牲时，经纪人告诉她，打死自己的一群人里，有她的儿子，她深感震惊，半信半疑。战后，儿子成了推销吸尘器的商号老板。故事开头的那个晚上，儿子忽然带一些人来找她，劝她不要再"参与政治"，她严辞责问儿子：你们究竟是些什么人？！那些人竟开枪杀害她。她向警官以及赶来的检查官呼吁：严查这些潜伏的法西斯"第六纵队"。他们都表示定严查不赦，她也便瞑目而去。剧本的结尾令我吃惊：检察官召见了她儿子等人，伸手打了她儿子一个耳光，斥责他们：没出息！连个老太婆都对付不了！这个剧本，是"冷战"时期苏联攻击西方国家包庇法西斯残余势力的巧妙图解。加布里洛维奇是当时苏联的主流电影剧作家，他总是"得风气之先"，1957年"十月革命"四十周年时，他推出了电影剧本《共产党员》。这个剧本里的主人公继承了保尔·柯察金的自我牺牲精神，然而，却又能超越保尔式的情欲自律。他大胆地爱一个有夫之妇，并在雾蒙蒙的荆棘地里，与所爱的个体农户的妻子有一场酣畅淋漓的激情戏，从而将"共产党员是特殊材料制成的"那种斯大林式的判断，衍进为"后斯大林时期"的"共产党员也是感情丰富的普通人"的宣谕。剧本里的人物性格写得相当丰满，细节生动，文字有一种把握得恰到好处的煽情效应。到60年代，加布里洛维奇试图摆脱主流意识形态的藩篱，发表了引起争论的《奇怪的女人》。剧中的女主人公身为高干之妻，生活富足，并能随夫出国，其夫也并未对她不忠，可是，她却浑身不自在，偏去孳孳汲汲地寻求“真正的爱情”，故而在当时成为惊世骇俗的“怪女”。这个剧本似乎是从“新潮概念”出发的“主题先行”之作，读来矫情生硬。加布里洛维奇的电影文学剧本所构成的轨迹，耐人寻味。那一阶段我还读过一些意大利“新现实主义”流派，以及卓别林电影的文字记录本。

“文革”结束后，电影文学剧本一度仍很流行，1978年我曾参与《十月》杂志的创办，直到80年代初，《十月》杂志上还经常刊载电影文学剧本。后来，日本式的按小场景开列1、2、3、4……的“简约体”剧本出现了，它似乎很接近导演的分镜头工作本，却离开了文学。到现在，影视剧本大都是在确定了有人投拍后才匆匆开笔，并且越来越简约，只具工具性质，完全失却了供人当成文学作品单独阅读的价值，这是令我非常惆怅的事。

反刍《海之歌》

苏联的电影艺术一度在世界上享有领先地位，世界电影艺术史上的早期经典作品，很多是苏联电影艺术家拍出来的，这些影片具有拓荒与启蒙性质，如爱森斯坦的《战舰波将金号》、普多夫金的《母亲》、杜甫仁科的《土地》等等，就是其中的翘楚。值得注意的是，这些在沙俄时代便从事电影创作的艺术家，在“十月革命”前后都极为左倾，像上面所列举的三部作品，题材都是直接表现革命的，但当这些作品映入西方资本主义艺术家们眼中后，所引起的普遍反应，却是对其艺术创新的奇诡与圆熟的击节赞叹。这或许强有力地证明了，在某些情况下，艺术创新本身有超越意识形态的可能。

杜甫仁科是乌克兰人，他活得比较久，直到50年代末期仍在拍摄影片。他晚年的“绝唱”是《海之歌》。这部影片于60年代初在我国译制公映，我那时二十啷当岁，是这部影片的热心观众，看了不止一回。当时喜欢它，主要是觉得手法奇特。《海之歌》这部影片的大框架，是说苏联要“改天换地”，搞一个人造海，这就得搬迁很多集体农庄，使很多乡民另辟新的生活天地；同时，前后离开这些乡村，从当上将军、副部长的上层人士，到艺术家、采购员，形形色色职业的人们，都在人造海即将放水之前回乡一游，向故土告别。为建成人造海，当然会有众多的劳动者投入其中，包括工程指挥者、设计者、技术员和最基层的施工人员……影片在这个框架中没有设置完整的故事，甚至于可以说简直没有故事，竟采用了文学中散文诗的手法，以电影胶片汪洋恣肆地抒发编导者内心复杂的情愫。虽说整部影片犹如散文诗，但造出的“文句”，却又是“唯电影方能如此”的。比如影片中表现一位归乡的将军带着他晚出的娇儿行进在一望无垠的金麦中，那位在莫斯科生活惯了的“干部子弟”极不耐烦，责问父亲为什么要带他到如此枯燥乏味而且艰苦难行的地方来，这时出现了将军的内心独白，大意是“将军的儿子，雇农的儿子不回答你……”将军脚步越来越急促，回顾起他戎马倥偬的一生，画面的配音从甜美的音乐转为了轰炸机来临的声响，接着天上出现了德国飞机，并往麦田里投掷了炸弹，烽烟四起。以往我看到的电影，也有从和平场景转化为战争回忆的蒙太奇段落，但那总是回忆者也变为了“过去时”形象，杜甫仁科却处理成那将军以及麦田都还是“现在时”，可是将军心中的“过去时”又活生生地出现在了同一画面上，令人耳目一新，而且极富感染力。影片时不时响起长吁短叹的旁白，有时是某一角色的心语独诉，更多的是编导者的“终极叩问”，使影片弥漫着哲思氛围。影片中旁白点到哪儿，画面也随之变化，比如其中一位农庄姑娘被负心郎抛弃，夜晚在湖边游荡，旁白说到她投水自杀后会怎么样呢？画面上立刻是鲜花拥簇着她的尸体，而那位负心郎在一旁煞有介事地大放虚伪的悲辞……到后来，观众才知该女郎并未自戕……

即使放在当今全球电影艺术新的如林佳作中，我以为《海之歌》在电影美学上所提供的创新意识仍是富有启发性的。不过，现在反刍这部影片，我觉得最令我深思不已的，是杜甫仁科在这部封山作中所流溢出的大苦闷，他似乎在苦苦地探究虽然我们在大地上开辟出了如此宏伟的人造海，可是，我们却很难使人性，使人与人之间的关系，得到海一般的良性展拓，这是为什么？他不但在影片中设置了一个为了与“高干女儿”联姻以便有个“灿烂前程”，便无情无义地抛弃了已与之发生了关系的农庄主席女儿，那样的一个“苏联陈世美”，还直截了当地表现一个坐着高级轿车“衣锦荣归”的现任女副部长，如何趾高气扬地装出“不认识”当年邻居和小学同学的“高贵相”，那些没能走出农村的当年女伴们聚集在篱笆旁，不忿地指斥她说：臭什么美！当年功课没我们好，常常不及格，哼！……作为一个心灵具有高度敏感性的艺术家，杜甫仁科在歌颂当时苏联计划经济下“改天换地”的大举措时，实际上也在针对体制痼疾，揭示着若干“不祥之兆”。以正直敏锐的“艺术家良心”感受生活，并以不懈的创新意识加以自由挥洒，这也许便是在环绕杜甫仁科的意识形态已然萎落后，而其所留下的作品却仍耐品味，并具有超越性乃至经典性的原因吧！

杜甫仁科在60年代溘然而逝，当时苏联将基辅电影制片厂命名为杜甫仁科电影制片厂，想来那电影厂现在还该是这个名字。不过，苏联已经解体，乌克兰与俄罗斯俨然已是两个主权国家，不知现在莫斯科的电影艺术家们，是把杜甫仁科认同为“自己人”呢，还是已将其归入了“外国人”行列，思之令人怅然。

反刍往日影院

我这些关于电影的“反刍”系列文章，全凭一己的记忆与兴趣写出，既非“电影史话”，更非专业性评介，读者权当散文或随笔来读，读时如可破闷解颐，我则甚感欣慰。有位电影界的朋友鼓励我说，这些作为最普通的观众所作出的“反刍”，对他们专业人士多多少少有些个参考价值，从中可“打捞”出一些关于“电影·时代·人”的有用信息，因此鼓励我无妨继续写下去，再多提供些“观众记忆储存”的个案资料，聊备一格。近来新的长篇小说快孕育成熟，但尚不急开笔，这间隙里正好信笔“反刍”，故一篇接一篇地写了出来。

这一回想反刍北京往日的电影院。我1950年随父母从四川来到北京，此后便一直定居北京。将近半个世纪里，北京的电影院我可谓是“十二栏杆拍遍”，很少有不去“染足”的。不过，由于我少年到青年时期住在东四北大街的钱粮胡同，故东城的电影院去得最勤。钱粮胡同通过隆福寺市场与隆福寺街相通，那里有两家历史相当悠久的电影院，一家当时叫蟾宫，一家叫明星，相对而言，我又最喜欢到蟾宫去看电影。蟾宫，这个名字多么富有诗意啊！直到50年代初，黑白电影仍处于鼎盛状态，彩色影片虽有，却还不多。蟾宫，也就是月宫的意思，中国人关于月亮的想象，是那里面不仅有嫦娥和她居住的宫阙，还有在桂花树下捣药的灵兔，以及趴伏一旁的蟾蜍，这一切景象，都笼罩在银色的光晕中。而电影，正仿佛是一次又一次地引领我们到月宫中去遨游，电影院取名蟾宫，真是越想越恰切。50年代的蟾宫，门面并不显豁在外，包围着它的，是一家照相馆和一家花木店。走进蟾宫，必得经过照相馆的大玻璃橱窗，而蟾宫的休息室里，大概是两家买卖的主人有意互相烘托，以利双方吧，沿墙摆放着大盆的花卉，那时还不时兴巴西木、散尾葵、发财树什么的，记忆里最鲜明的，是开着粉红乳白花朵的夹竹桃。那个大休息室里设有售票处，不买票进场的人也可以徜徉其中。记得它的四壁上，总是粘贴着全开的电影海报，不是只贴一圈，而是上下左右贴得满满的。既有已上映过的，也有正在上映，特别是即将上映的电影的海报，当然那些海报是“一池活水”，某些映过而反映平平的电影，其海报不断地由新海报取代。我那时不可能把所有公映的电影都看遍，但我敢说那一阶段几乎所有公映的电影海报我都曾过目。到蟾宫看电影海报，是我在隆福寺小学上学时，每天下午放学后的“必修课”。至今还记得的几幅广告，如苏联的历史影片《海军上将乌沙科夫》，画面上有欧式古典多桅战舰；印度电影《暴风雨》，画面上歪着一张眉间有红点的印度美女的大脸；《斩断魔爪》，是一部国产“反特片”，画面上溢出一股令我感到神秘的气氛，自然成为我购票观看的首选……但有一张海报是上影出品的《一件提案》，画面上是个高颧骨的老太婆，令我发闷，什么叫“提案”呢？也曾回家问过大我十多岁的哥哥，他鄙夷不屑地说：“那是苏绣文主演的，演得可好啦！”可到到头来也没让我明白什么是“提案”。那一年我十二岁。后来的十几年里，我上了中学、大学以及当了中学教师后，仍是蟾宫的常客。记得50年代中国第一次举办“法国电影周”，像我那样的中国少年得以一睹法国影星钱拉·菲利普在《马兰花·芳芳》中的风采，并且，我欣喜地发现，随片来中国访问的菲利普在蟾宫电影院外的照相馆拍了一张照片，扩放得很大，又细心地着了色（那时中国照相馆尚不能拍天然彩色照，为黑白照着色曾是一项专门的技术），被久久地陈列在其橱窗里。后来，我注意到，那家照相馆因为与蟾宫“连体”，很吸引了一些来华访问的外国影星光顾（他们可能是在蟾宫参加了首映式后顺便而去的）。比如巴基斯坦当年一部在中国大受欢迎的电影《叛逆》中饰演男主角的影星，也有大照片在那家照相馆橱窗里出现，使我备感亲切。“文革”中蟾宫先是关闭，后来拆除了前面的建筑，经改建后易名长虹，这个我以为大不如蟾宫的名字一直保持到今天。

明星电影院在隆福寺街东口，当年是一座颇有情调的小红楼。记得它的舞台较宽，不仅演电影，也可用来演出戏剧。家中大人曾带我去那里观看费穆执导的戏曲片《生死恨》，是梅兰芳主演的彩色片。电影放映前，由一个私营剧团加演话剧《凤仪亭》，虽然布景灯光都极因陋就简，可是那吕布向董卓掷戟的情景，仍给了我很深的印象；而梅兰芳慢条斯理地在影片中唱了些什么，竟了无记忆。这家电影院一度也改了"革命化"名称，近年恢复了原名，不过已然彻底改建成了西方式的"娱乐总汇"模样。

东单附近的大华电影院，西单附近的首都电影院，珠市口附近的大光明电影院（现在又改了名字），其建筑物尚余往昔余韵，不过，这些所存不多的老影院，以及后来陆续改建的胜利、红楼、大观楼（一度是专门放映"宽银幕立体声影片"，以及需戴上专门的眼镜观看的"立体影片"的场所）等电影院以及后来陆续增建的工人俱乐部及地质部礼堂等以放映电影为其专业的地方，以今天的眼光审视，都既缺乏建筑艺术上的创意，更欠缺电影文化的氛围。令我不解的是，为什么现在的电影院或完全没有自绘的巨幅电影广告（那是以往电影院必不可少的），或粗制滥造，明摆着糊弄一时，甚至于在影院门里门外特别是休息厅里，也很少认真张贴、及时更换电影海报、剧照，难道是因为现在有了更多的宣传与促销方式，因此视海报的绘制、印刷与剧照的张贴、更换为可有可无的手段了吗？依我想来，电影文化固然以拍讫的影片拷贝为核心，却又应是一个包括电影院、电影海报、电影剧照，以及电影说明书（直接给予观众个人的观影纪念品）等等因素的大概念。1992年我曾在瑞典斯德哥尔摩小住，我就很爱到该市商业区NK百货公司一侧的那家电影院的前厅留连，那里面不仅充满了画面、风格各异的电影海报和琳琅满目的电影剧照，还有可以自取的印制得很精美的新片宣传材料，并且又在四角高悬闭路电视，循环播映最新影片的广告带。在那个地方，我总是不禁忆及我青少年时期所热爱的北京蟾宫电影院。唉，电影啊电影，你怎么会如此深入地介入了我等凡夫的人生？

父亲的银幕偶像王汉伦

——中国电影百岁絮语之一

2005年是中国电影的百年华诞。我不是电影史研究者，却也为此颇有欲吐之言。电影一旦介入我们生活，对我们的影响真是太大了。我父亲生于1905年，他还是个少年时，就成了中国最早一批电影的影迷。

1905年，中国的第一部电影产生。它是由丰泰照相馆拍摄的《定军山·舞刀》，演员就是当时的伶界大王谭鑫培。父亲50多岁的时候，还能绘声绘色地跟子女们讲述他头一回看电影的情况，那是祖父带他到前门大栅栏一家茶馆里看的，有外国的风景短片，也有中国的《定军山》，他说看那些居然活动起来的图象时，觉得自己仿佛飞了起来，成了仙人似的。

父亲记忆最深刻的，是19岁的时候看的一部电影，那可是正经的故事片了，是明星公司1924年出品的《孤儿救主记》，主演是王汉伦小姐。事隔多年，他竟还能复述那整部的电影，不光是讲情节，还把许多具体的镜头，特别是王汉伦的神态复述出来。后来我知道那时电影都是无声片（父亲用的词儿是"默片"），那时电影导演也还不会耍"蒙太奇"（提出"蒙太奇"理论的苏联导演爱森思坦的《战舰波将金号》1926年才拍成），镜头处理比较死板，又因为还没有彩色技术的发明，反正观众看到的总是黑白图像，所以为了感光效果好，有时演员化妆干脆就用黑白二色，比如女角色的嘴唇上，涂的就不是口红而是黑墨。

有次母亲听父亲跟我们讲王汉伦，就讽刺他："那可是他心目中的偶像！"于是后来母亲在跟前时，他就讲胡蝶主演的《姊妹花》和《啼笑因缘》，母亲倒无话了。到我已是青年时，有次父亲跟我谈心，坦言母亲跟王汉伦长得很相像，逗漏出某种微妙的情怀。后来我梳理自己观影意识，也惊悚地发现，电影里的女性形象，实在是无可避免地渗进了男观众的心理深处，只不过不同的男士对女角的筛选不同罢了，相信女观众对银幕上的男子形象，也会有相同的效应产生。

父亲在改革、开放时代刚揭幕时不幸溘然而逝。那以后电影资料馆逐渐地向社会开放，近些年更有大批老电影被制成光盘上市，我就总想一睹《孤儿救主记》，但直到现在也未能如愿。想是那拷贝未能传世。王汉伦这名字甚至一些年轻的文艺圈里的人士也不知其何许人也，她简直被世人遗忘了。偶尔可以在某些资料性印刷品上，看到《孤儿救主记》的残存剧照，但那女主角的形象只呈粗糙的侧面，庐山真面目，仍在云山雾罩中。王汉伦在上世纪20年代所主演的另外几部当时轰动的影片，似乎也都失传。

前几天逛一家音像店，在放置老片子的冷架前逐一检索，忽然发现有张光盘封面上有王汉伦的名字出现，大喜过望，赶紧拿在手里，仿佛怕有人会跟我抢似的。那是孙渝在上世纪50年代导演的《鲁班的传说》，他特别请出息影多年的王汉伦饰演鲁班的母亲，只有短短一段过场戏，而且那鲁母只有肢体语言，并不出声（“默片”时的影星往往说不好“官话”，有声片出现后无奈只得息影，不知王汉伦是否也属这种情况）。我总算看到了王汉伦。演鲁母的王汉伦该已接近花甲之年，不过风度依然令人心生愉悦，也不禁就想到自己过世的母亲，那慈眉善眼，确实非常地相像。

中国的电影，诞生得比电影发源地法国只晚个十来年，开篇是一部京剧艺术记录片，而且很快就有故事片产生，极具中国特色，有反映现实揄扬传统道德的《孤儿救主记》《姊妹花》，也有演绎武侠小说的《火烧红莲寺》，到30年代，由于左翼进步文化力量的介入，更使可贵的现实主义品质成为主流，艺术上也有了长足的发展。百年来的中国电影史应该梳理，百年来的中国人观影史，是不是也该有人搜集整理成书呢？

哥哥告诉我谁是电影皇帝

——中国电影百岁絮语之二

我的少年时代，最崇拜的银幕形象是《平原游击队》里的李向阳和《上甘岭》里的连长，饰演那两角的演员郭振清和高宝成，也就被我牢牢记住，后来只要是他们出演的片子，我总不愿漏过。

记得上世纪50年代初推出了一部故事片《暴风雨中的雄鹰》，男主角也是郭振清扮演的，我和二哥同去看那片子，看完后，我总议论郭振清那一角，二哥呢，却总议论影片里扮演郭振清父亲的那个演员金焰。那时的金焰已经年过半百，扮相老气，二哥却赞他有阳刚之气，令我不解。

我二哥比我长十五岁。他的少年时代，是常看金焰主演的电影的。他告诉我，在20世纪30年代，金焰被称为“电影皇帝”，那时候人们赞美一个男性，还没有“帅”、“酷”之类的词汇，北方影迷会说“真棒”，南方影迷则会说“雄壮”，或者男北影迷共赞为“伟丈夫”。

我是到了上世纪后二十年，才从光盘里看到金焰年轻时的银幕形象的。真是名不虚传，好个光彩照人的伟丈夫！《大路》里面的造型自不必说，高个头细腰身腿长臂壮，肌肉发达却绝不憨笨，眉宇间英气逼人，一招一式切合剧中人物身份，在特写镜头里能有既含蓄又传递信息准确到位的表情，堪称难得的阳刚典范、银幕英豪！可惜他在演完《暴风雨中的雄鹰》以后，胃病越来越严重，不得不做胃切除手术，结果命虽保住了，人却瘦成了皮包骨头，也曾在报刊上见到过他晚年照片，说实在的真惨不忍睹，一代银幕伟男，竟萎缩成了那般模样！从此我尽量地把他那晚年形象从记忆库里抹去，抹不净也让其模糊，而在反复观赏他主演的那些电影光盘的过程里，把他潴留于世的美好形象尽量地吸进记忆库里加浓放大。

去年买到了金焰1936年拍摄的《浪淘沙》光盘。影片导演是拍摄过《神女》的吴永刚。《神女》由阮玲玉主演，跟她配戏演反派恶霸的是章志直。金焰和阮玲玉可以说是那个时代最出色的男女演员。《浪淘沙》里跟金焰演对手戏的也是章志直，金饰一被迫弑仇的水手，章饰一追捕他的警探，因所乘轮船在海难中沉没，两个对头一起流落到荒岛上，为了生存，他们不得不合作奋斗、互相照顾，但一天有船驶来，警探突然掏出手铐套住水手，谁知那船并未靠岸，最后两人同归于尽，尸骸被海浪淘洗。

看完这盘我大吃一惊。1958年我十六岁时，曾在《读书》杂志发表《谈〈第四十一〉》一文，评论了苏联作家拉夫列尼约夫的小说《第四十一》，那小说也是在上世纪30年代被译介到中国，还曾引起过鲁迅先生重视，写的是红军女战士和所押解的白军军官，因船覆流落荒岛，一度在共同的生存奋斗里产生爱情，却也是在有船驶来时，各自恢复了敌对意识，红的举枪击毙了白的。上世纪50年代苏联曾将这小说拍成彩色故事片。金焰演的这个《浪淘沙》，究竟是参考了《第四十一》，还是完全地原创？又想到前两年美国还拍了汤姆·汉克斯主演的《荒岛余生》，也是把人物放置在暂时脱离了群体社会的绝境，来挖掘人性深处的东西。这是不是证明"结构主义"理论是对的呢？该理论认为其实古往今来文学艺术里的故事，都脱胎于一组组一项项的"原始结构"，不管其主题上或许不同甚至相抵触，到头来那故事还是"亲戚关系"。

我更吃惊的是，《浪淘沙》这片子艺术性非常高，在那个时代拿它跟美国、欧洲的名片横向相比较，绝不逊色，就是拿来跟今天我们的许多电影作品纵向相比，除了技术上或许有所不足外，无论是叙事策略、节奏把握、演员表演、情调营造，似都仍属上乘。就拿片头来说，一片海滩，浪淘过来再退下去，呈现出用手指头画在沙子上的字迹，淘一次换一次内容，那也就是演职员表，非常有味道。

纪念中国电影百岁，不要总是粗线条地重复那些人们耳熟能详的信息，像《浪淘沙》一类过去被冷落的个案，也该趁此机会得到宣瑜和探讨。

40 年代个案:《夜店》

——中国电影百岁絮语之三

电影编剧在电影事业中的作用究竟应该如何估计?这在全世界至今仍是一个聚讼不休的问题。据说上世纪 80 年代中国的著名小说家李准随电影代表团去日本访问,在酒会上,因为他胸卡上写的是编剧,结果竟大受冷落,日本电影界的人士和传媒记者一看他那胸卡,微微一笑后,便都转身离去,抓紧时间去找导演、演员们交谈、采访。李准很后悔他没让人给他胸卡上写为作家,出席那酒会的日本作家,因为胸卡上写明作家身份,极受尊敬。李准觉得很奇怪,按那时中国文化界的思维方式,写小说的写剧本的,不都一样是作家吗?

后来一位电影界人士告诉我,李准那天胸卡上写的日文是"脚本"两个字,如果他是写舞台剧本的,可能还不用那两个字,在日本,写电影脚本的人被视为一种干技术活儿的人,在中国香港也大体是这么个地位,香港人用词也比内地直白,比如我们称"办公楼"或"商用楼",他们叫作"写字楼",电影拍摄班子里我们叫"剧务"的,他们字幕上印出来称为"茶水"。

"剧本剧本,一剧之本",这话用在舞台剧上,至今还适用,但用在电影上,却越来越未必了。像香港导演王家卫,他根本不要人家给他什么剧本,他自己构思剧情也基本上不落在纸上,有个大概齐的梗概后,边拍边琢磨,也就难免改来改去,演员拍这个镜头的时候,也不知道下个镜头他究竟还要怎么拍,跟他合作必须极具耐心,而且要断断续续花费许多时间,所以像张曼玉在拍完《2046》以后就公开表示,今后是"奉陪不起"了。王家卫把"电影是导演的艺术"这一论断发挥到了极致,也确实获得了很大成功,现在许多演员绝不死抱"要看本子好不好再决定接不接戏"的圭臬,他们挑的不是本子而是导演，只要王家卫、张艺谋那样的大师级导演一声召唤，管他什么剧情角色，甚至也不管是否1号2号，只要能在他们的新片子里露脸，就视为莫大的机遇，赶紧雀跃报到。

但中国电影自诞生后，在很长时间里都有重剧本、尊编剧的风气。许多著名的作家在创作小说、舞台剧的同时，也都认真地担任电影编剧，像田汉、夏衍、阳翰笙从上世纪30年代就写了不少出色的电影剧本。到上世纪40年代，又有柯灵这样的重量级电影编剧出现。柯灵是全方位的文化人，“海派文化”的杰出代表，他编辑的《万象》杂志风靡一时，如今辽宁教育出版社重出《万象》，在柯灵谢世后，仍坚持期期在杂志顾问栏内，将他大名列于首位。柯灵也是如今名闻遐迩的女作家张爱玲的最早发现者与扶持者，张爱玲受其影响，也曾从事电影编剧，如《太太万岁》就是张在40年代写出的，拍摄后于50年代初上映。

柯灵编剧的电影，重要的有40年代的《夜店》、50年代初的《腐蚀》、50年代末的《不夜城》。《夜店》原是他和师陀合写的舞台剧，其内容又是将俄罗斯作家高儿基的话剧《底层》加以中国本土化，这是一出群戏，从中国化后的人物称谓及其身份，不难看出是下了很大的功夫，动用了自己多年的生活积累：闻太师（店主）、杨七郎（流浪汉）、石小妹（丫头）、金不换（破落的富家子弟）、海月楼（潦倒伶人）、赖嫂子（贫妇）……柯灵独自将其改编为电影剧本时，又成功地完成了从舞台到银幕的艺术转换，经黄佐临导演拍摄为电影，获得了极大的成功，当然这也是因为石挥、周璇、张伐等演员的表演非常出色。

《夜店》这样的电影，体现出中国自有电影以来，就有一批电影工作者把目光投注到社会下层，把同情给予被侮辱与被损害者，寄希望于通过他们的抗争开创出新局面，从20年代的《劳工的爱情》《姊妹花》到30年代的《铁板红泪录》《大路》《渔光曲》《十字街头》《马路天使》《小玩意》《船家女》，再到40年代的《丽人行》《一江春水向东流》等等，构成一种厚重的传统，这一历史遗产，应是现在中国的电影人宝贵的营养资源。

回望浪花的脚步

——中国电影百岁絮语之四

上世纪50年代，中国电影遗产相当丰富。这里且不涉及中国香港和台湾这两个特殊的电影生产地的情况，仅就内地而言，上海的私营电影制片厂在收改为国营前也出品了一些很有意思的片子，如《武训传》《关连长》《我们夫妇之间》《腐蚀》《两家春》等，组建了国营的上海电影制片厂以后，迅速拍摄出了质量很高的《南征北战》《渡江侦察记》《柳堡的故事》等令观众耳目一新的片子，而早已国营的长春电影制片厂和北京电影制片厂也有许多精彩的片子推出，解放军组建的八一电影制片厂发展得也很快，到50年代末期大有后来居上的架式。这些主线条、大课题，都留待专家们去梳理、研究吧。

作为一个普通，而且那时还只是个少年的观众，我想议论一点那时放映过，后来却基本上不再复映，并且也不被电影史家重视，更很少有专业研究人员提及的“冷片”。其中有两部可以合在一起议论，那就是北京电影制片厂拍摄的《生活的浪花》和长春电影制片厂拍摄的《青春的脚步》。

这是两部风格清新的城市生活抒情片。《生活的浪花》由陈凯歌的父亲陈怀皑执导。我不知道他究竟独立执导过几部片子，这部如果不是惟一的，也应是其代表作。后来陈怀皑总是跟崔嵬合作执导，据说那些片子艺术上的想法基本上都是崔的，陈主要是起技术保障的作用。《生活的浪花》对生活的视角确实是“浪花”式而不是“浪涛”式，片子里的矛盾冲突不是急风暴雨，只是表现一个由于洋饰演的青年人如何因缺点贻误了工作，又如何在人们帮助下得以矫正缺失重新投入和平建设。《青春的脚步》立意与其相似，只是被教育而改正的主角不是男青年而是女青年。

最近我购得《青春的脚步》光盘，加以重温，感慨良多。影片的导演是严恭和苏里。袁玫饰演的女建筑设计师,因其建筑设计方案受到刘增庆饰演的男友的否定批评,而在与其的爱情关系上动摇,结果有妇之夫的资深建筑师趁虚而入,女主角竟在其魅惑下先怀孕后堕胎,结果是那有妇之夫被认定道德败坏被带往法院,那女主角却在幡然悔悟后,决定随男友奔赴支援青海的艰苦场所。按"结构主义"的理论,这样的三角或四角(影片中还有由老影星王人美出演的弃妇)关系,是一种"母结构",现在影视里的那些立意很新潮(价值判断甚至与这部老电影相龃龉,或加以暧昧化模糊化,所谓"让观众自己去作出结论")的"都市言情剧",就戏剧"元素"的"基因"而言,与其属于一个谱系,是近亲关系。

像《生活的浪花》《青春的脚步》这样的电影,后来被批判,是认为它们热衷于表现先进与落后的矛盾,而没有去表现更应该表现的你死我活的阶级斗争。另外就是都属于"小资产阶级情调",影片的场景、节奏、配乐,包括主人公的服装发式等方面的造型,都"背离了火热的工农兵生活","不健康",不宜宣扬。其实,从观众的角度而言,需要各种各样的电影,同一个观众也往往是喜欢看多种电影的。比如50年代的我,看《上甘岭》,听那插曲《我的祖国》,十分激动,非常喜欢;但看《情长谊深》(一部表现科学家之间友情的城市片,舒适、上官云珠扮演的角色西服旗袍上场),听其中的插曲《梅花开咯》,也觉得增长人生知识,感到优美动人。对演员的魅力,男演员如郭振清、高宝成那种工农兵型的阳刚气质我十分地崇敬,而孙道临在《家》里面塑造的觉新(60年代他又将那种气质体现在《革命家庭》《早春二月》主人公身上)的儒雅文气,我也十分地欣赏,并不觉得这样的多向度审美对自己有什么坏处,细想起来,恰恰是通过对多样化的题材、主题、风格、角色的观赏,提升了自己对社会人生的认知,也有助于在综合比较、淘澄取舍中,形成比较健康的审美趣味。

《青春的脚步》里饰女一号的袁玫,后来似乎很快销声匿迹,不知是什么缘故。其实她的银幕造型是靓丽大方的,本应有更灿烂的星途。一部电影有一部电影的命运,一个导演和一个演员也都各有各的命运。回望中国电影百年时,我觉得对那些长期被忽略的冷片、冷人,也应多少有些挖掘、研究才好。

80 年代后个案:《回家过年》

——中国电影百岁絮语之五

最近看到一本女作家写的书,她谈及王小波时说,人们在他逝去后才发现他的价值,有的已经出了名的人那时候也没注意到他,说到这层意思时她点了两个人的名,一位“名人”就是我。她这样举我为例是不妥的,因为我在王小波生前不仅非常看重他,而且还有颇深的私交。

我是偶然读到《黄金时代》的,那作品把我震了,我就想方设法找到了王小波,他也就到我家来了,聊了一下午还不够,我们一起到我家楼下小饭馆喝酒,继续神侃,这一侃竟持续到二十二点以后,饭馆里已经没有食客,服务员直打呵欠,我们发觉有的服务员晚上是要在饭堂拼椅子睡觉的,这才埋单离开。那以后我又和他聚过,并且邀来几位青年作家、编辑家作陪。

令人痛惜的是有天我又邀他,他说中午才跟“发小”喝了酒,晕了,晚上没法跟我喝了,我当时也没在意,谁知约一周后就获悉他猝死的消息,令我无限悲痛!

不知是不是所有的人都清楚,王小波不仅是杰出的小说家、散文家,而且也是个具有开拓性的电影剧作家。他的原创性剧本《东宫 西宫》是中国电影史上探究同性恋的第一例。

我虽是个不善交际的人,主动求识其作品警动了我的文化人,却也不止联系到王小波一例。比如我就又千方百计去联系王刚,不是演电视剧的那个演员,是小说家王刚,那时他的长篇小说《月亮背面》出版,我读了觉得不是一般的好,找到他后约他来我家,当面说出我那绝非恭维话的读后感,他非常激动,以至眼里涌出泪花。

这里提到王刚也非离题，因为他也又是个电影剧作家，冯小刚的卖座贺岁片《甲方乙方》和《天下无贼》他都担纲编剧。最近他的新长篇小说《英格力士》获得人民文学出版社的两项年度大奖，评论界和媒体对他青眼有加，我真为他高兴。

王小波的《东宫 西宫》由张元执导拍成电影，在南美洲拿了一个奖项。我没看成电影，是在张元家里看他给我放的录像带。从胶片转成录像带后配音效果变得没了层次，加上画面太小，使审美效应大减，但我还是觉得非常有吸引力。看完我坦率地跟他交换了意见，他也把此后的一些创作打算讲给我听。

你看，不善社交的我，其实又是个追星族。一点不错，我也有追星的一面，只不过我追的多半是还没光芒四射的星，我预计其前途无量，提前去追；另一面，我追星中的最大满足，就是从这些"潜星"那里获得宝贵的指点与启发，如王小波点拨我"如果不相信耶稣复活，又怎么可能真地皈依基督教"，王刚则告诉我商界的某些奥秘，张元使我知道观察生活探究人性还有那么独特的角度，跟他们在一起，真是听君一席话，胜读十年书。当然，一般"潜星"升起为亮星，我也就不再去凑热闹麻烦人家了。

我跟张元的结识，起于他的第一部作品《北京杂种》，看完我惊呆了，鉴于此片当时难被许多人接纳，而且尚无一个字的公开反应，连批评批判都没有，简直是虽有若无的状态，我思考后就写了篇《你只能面对》，投给了《读书》杂志，没想到《读书》当时主编沈昌文不仅容纳了这篇非关图书的文章，还安排在头条刊出。那是1993年的事。后来张元拍摄了《回家过年》，又约我看。那片子后来得以公映，还上了电视，陆续有评论出现，我就没有再写文章。

上世纪八九十年代中国电影可谈的话题很多，我这里但凭弱水三千，只取一瓢饮，我觉得《回家过年》这"一瓢水"折射出了中国电影发展进程中许多方面的闪光：中国电影人创作自由度与电影管理部门的宽容度的双向展拓，现实主义流派的深化与非现实主义流派的徘徊，商业浪潮下坚守创作个性的艰难，电影人的个性之韧与变通之柔，电视和光盘冲击下电影观众的流失，以及使中国观众到头来跟美国观众一样，仍能踊跃地进入电影院去的契机……

《回家过年》里我印象最深刻的一组镜头，是片中那对中年夫妇下班回家后抓紧时间淘米、择菜准备晚饭，拍得跟罗中立的那幅《父亲》一样，给我“超级现实主义”的感觉，那一片断或可命名为“日子”，不管怎么说，中国电影既已百岁，它的日子就还要过下去，祝中国电影万岁！

美在寻常处(代后记)

看着心武老师为《说寻美感悟》卷挑选篇目,选择了一根粉红色的水彩笔,开始在一些篇名上划起来的时候,我自己倒笑了。

我有些吃惊，怎么他用粉红色来标识和代表美呢？这倒挺好玩的。这个时候，我刚好看见一个穿粉红色衣服的少女，脸蛋儿也是粉嫩粉嫩的，袅袅婷婷地走进了咖啡馆，和在那里等待的男朋友见面，一时间，少女的那种娇媚和青春气息扑面而来，的确很美丽。也许，在心武老师的心目中，美，应该就是青春的、躁动的、按捺不住的那种生命气息的东西，就是这种粉红色吧。想着那个粉红色少女的背影，就什么都理解了。

收在这本《说寻美感悟》卷中的篇章,所涉及的领域很多。因为,刘老师的兴趣本来就非常广泛,他对建筑、电影、旅行、书籍、音乐、戏曲、饮食文化都有兴趣,他自己也经常在野外写生,画一点水彩画。我知道多年前举行的某个拍卖会上,他的一幅很小的风景水彩画还拍出了几千元的价格呢。他一直善于在日常生活和俗世生命中去寻找美,并且把生活变成享受美、体验美的人生。

我还记得,我们曾经在一家西餐店吃饭,说起如何吃西餐,刘老师也是头头是道,我喝汤的时候喜欢汤勺朝外哙,他就笑着指出来,在西方,这喝汤的时候,勺子就应该朝里哙。他对建筑、音乐、诗歌的欣赏水平也很高,因此,他不断地在这些领域发现美,寻找着美丽,也记述发现这些美时候的那种欢欣。而这种欢欣,就是收在这本书里的文字。做一个美的鉴赏家,当然还需要一双独特的眼睛,也更需要有一颗敏感的心。这些文章,都是他发现美和寻找美的时候的心得体会。其实,他用自己的实践,让我们明白了一个道理,人应该做一个美的发现者和鉴赏家,才能把自己的人生过得有滋味。

邱华栋识于2007年春

（京）新登字083号

图书在版编目（CIP）数据

刘心武说寻美感悟/刘心武著．—北京：中国青年出版社，2007

ISBN 978-7-5006-7442-9

Ⅰ.刘… Ⅱ.刘… Ⅲ.①散文-作品集-中国-当代 ②随笔-作品集-中国-当代 Ⅳ.I267

中国版本图书馆CIP数据核字（2007）第060800号

策划 李师东 黄宾堂

选编者 邱华栋

责任编辑 万同林

封面设计 康 健

内文设计 小马哥

出版发行 中国青年出版社

社址 北京东四十二条21号（邮编100708）

网址 www.cyp.com.cn

营销部 010-64010813 84027892

直销部 010-64057586

编辑部 010-84015592

印刷 聚鑫印刷有限责任公司印刷

经销 新华书店

规格 700×1000 1/16

印张 16

字数 250千字

版次 2007年7月北京第一版

印次 2007年7月河北第一次印刷

印数 1－10000册

书号 ISBN 978-7-5006-7442-9

定价 25.00元